KB261146

0시의 부에노스아이레스

0시의 부에노스아이레스

김도연 소설집

| 차례 |

0시의 부에노스아이레스

CHECK IN : 그녀가 결혼한다는 소식을 듣다

삼 일 동안 쉬지 않고 내리는 눈(雪)처럼 나는 이 작은 포구의 민박집 이층에서 잠을 자다 깨기를 반복하고 있다. 잠은, 그 속의 꿈은 일그러진 기억들이 들어오고 나가는 대합실 같다. 그 기억들은 아직도 온기가 남아 있다. 나는 벽에 걸린 액자에 고정된 시선을 힘겹게 옆으로 돌려 통유리 너머의 바다를 본다. 바다의 색깔은 네이비블루에 가깝다. 흩날리는 눈발이 그 색깔로 동요 없이 스며든다. 좀더 눈이 내리면 바다 색은 코발트블루로 변할 것이다. 하지만 나는 무엇 때문에 바다의 색이 시시로 변하는지 정확히 모른다. 단지 변화를 거듭하는 무수한 결을 담고 있는 바다, 라는 이름밖에는. 그

＊제목 0시의 부에노스아이레스는 아르헨티나의 작곡가인 아스트로 피아졸라의 탱고 곡명임.

점에서 바다는 그녀와 닮았다. 그녀와……

　포구의 방파제에서는 낚시꾼들이 눈발을 맞으며 숭어 낚시를 하고 있다. 그들은 편광안경을 쓴 채 바다를 들여다본다. 사흘째 계속되는 같은 풍경이다. 숭어는 해수면 바로 아래에서 무리 지어 회유하고 있을 것이다. 겨울의 동해안 숭어는 눈에 지방질이 끼어 주변을 잘 살필 수가 없다고 한다. 이를테면 눈먼 숭어다. 눈먼 숭어를 잡기 위한 낚싯바늘은 그래서 단순하고 폭력적인 형태를 취한다. 송곳니 같은 굵은 쇠바늘 여러 개가 입을 벌린 채 낚싯대에 매달려 출렁거리며 바다로 뛰어들 순간을 노리고 있다. 지난 사흘 동안 내 잠의 옆구리나 꼬리로 날아들어와 꽂혔던 훌치기 낚시의 육중한 바늘을 나는 묵묵히 바라본다. 비명조차 지르지 못했다. 순식간에 나는 바다를 떠나 허공으로 들어올려져 입만 벌린 채 매달려 있었다. 그때 내 시야에 들어온 것은 허공을 채우는 눈송이가 바다로 내려와 담담하게 풀어지는 모습뿐이었다. 그 바다를 내려다보며 나는 입 밖으로 나가지 못하는 말을 중얼거렸다. 나는 숭어가 아니라 사람인데, 저들이 쓰고 있는 편광안경은 사람이 숭어로 보이는 것일까…… 이것은 너무 잔인한 사랑의 표현이야. 사랑은 이런 게 아니야. 하지만 내 혼잣말은 허공을 건너는 눈발에 매달려 내가 떠나온 바닷속으로 잠기는 게 고작이었다. 낚시꾼들은 잠 밖에서도 변함없이 바다에 몰두한다. 그들의 등허리에 긴장이 몰리는 것을 멀리서도 느낄 수 있다. 나는 벽에 걸린 액자에 다시 시선을 고정시킨다. 내 눈을 향해 아가리를 벌린 채 전속력으로 날아오는 주먹만한 낚싯바늘! 눈을 질끈 감는다. 눈먼 숭어가 바다 밑으로 내려간다.

　눈발은 그곳까지 들어오지 못한다.

　연애를 해온 지 삼 년이 조금 지난 어느 날 밤, 서울의 안국동 시끄러운 주점에서 술을 마시다가 나는 그녀와 사소한 일로 싸움을 시작했다. 대개 그런 싸움은 성경의 문구처럼, 시작은 미약하나 끝은 창대할지어다, 를 따라가는 경우가 많다. 그 싸움도 그랬다. 그녀는 한참을 훌쩍거리다가 말했다.

"잠깐 나갔다 올게."

그리고 돌아오지 않았다.

나는 자리에서 그녀를 기다리다 몇 잔의 술을 더 비웠다. 화장실을 살폈고 고개를 젓는 카운터의 여자로부터 돌아섰다. 시간은 꿈속인 것처럼 흘렀다. 시끄럽던 주위가 조금씩 조용해져갈 때 이번에는 카운터의 여자가 내게 와서 영업시간이 끝났다고 일러줬다. 그날 밤 나는 안국동에서 종로로, 종로에서 청량리를 지나 회기동까지 걸었다. 물론 그녀가 가지고 있는 통신수단에 호소하지도 않았다. 잘 알겠지만, 연애란 때로 그런 경우가 있는 법이다. 그 통념에 발등이 찍히는 예외를 잊은 것은 아니었지만 연애하는 사람은 대개 자신을 과대평가하는 경우가 다반사다.

그녀는 정확히 한 달 후…… 결국 내게 전화를 걸어왔다.

눈송이를 흡수하는 바다의 파도가 거칠어지고 있다. 가까운 바다는 짙은 코발트블루로 변해간다. 피서철이 아닌 계절, 육지와 바다의 경계에서 서성거리는 것들은 늘 뒷주머니에 은밀한 무엇인가를 숨겨놓고 있는 것 같다. 함부로 꺼내서는 안 될 그 무엇을. 눈발이 날리는 바다의 가장자리는 봉분이 없는 해변의 공동묘지인 셈이다. 그 유형 무형의 시신을 먹으려고 물고기와 갈매기 들이 몰려들고 낚시꾼들은 예리한 미늘이 붙은 낚싯바늘을 던질 기회를 노린다. 다른 한쪽에서는 술과 이불을 팔고. 나는 북적거리는 방파제에 놓아두었던 시선의 걸음을 총총히 옮긴다.

내가 잠을 자고 있는 방은 여느 여관방과 다르지 않다. 단지 바다 쪽으로 통유리창이 있을 뿐이다. 민박집의 여주인은 지금은 서울에서 살고 있는 자신의 아들이 쓰던 방이라고 했다. 그러나 아들이 방을 썼다는 흔적은 없는 편이다. 옷장에 꽂혀 있는 낡은 책 몇 권이 고작이다. 침대. 탁자. 이인용 소파 두 개. 큰 거울. 소형 냉장고. 텔레비전. 화장실 겸 욕실. 옷장 속의 책; 1) 오성 취미 시리즈 14 『민물낚시』, 2) 더이상의 낚시교본은 없다『秘 오세호의 바다, 민물 종합 실전낚시』, 3)『한국의 나비』, 4)『동물도감』(어린이용). 항구도시의 야경이 사진으로 들어 있는 액자는 거울 맞은편 벽에 걸려 있다. 이것이 전부다. 아니 자세히 살펴보면 더 찾아낼 수도 있다. 재떨이나 휴지통, 물컵…… 삼 년 전에도 여주인은 내게 같은 이야기를 했다. 지금은 서울에서 살고 있는 자신의 아들이 쓰던 방이라고. 물론 그 까닭으로 내가 이 방에 들어와 사흘째 잠을 자는 것은 아니다.

옷장 옆 귀퉁이에는 노끈으로 묶은 라면상자가 궁색하게 자리를 차지하고 있다. 그것은 내가 가져온 짐이다. 지난 사흘 동안 바다에 지쳐 돌아올 때 시선이 잠시 다가가 머무르곤 했지만 나는 애써 외면했다. 이 방으로 들어온 지 하루가 지난 시간, 여주인은 교도관 같은 표정으로 내 모습과 방을 살펴나갔다. 나는 꼬박 하루를 굶었다. 여주인은 다행히 삼 년 전의 나를 기억하지 못했다.

"총각, 밖으로 나가는 걸 못 봤는데…… 식사는 어떻게 하우?"

나는 소파에 앉아 여주인의 시선을 좇아갔다. 여주인은 노끈에 묶인 라면상자를 주시하고 있었다.

"별 생각이 없습니다."

"사람이 먹지 않고 어찌 사나. 죽으려고 온 것도 아닌데…… 우리 아들과 나이가 엇비슷하겠구만."

여주인은 여전히 라면상자를 노려보았다. 나는 담배를 찾아 물고 불을 붙였다.

"정 배가 고프면 나가서 사먹겠습니다."

라면상자에 불가사리처럼 시선을 붙여놓고 있던 여주인은 비로소 미소를 지으며 내 얼굴을 보았다.

"비싼 돈 주고 맛도 없는 식당에서 먹을 게 뭐 있어! 그 반값으로 여기서 먹는 게 훨 낫지. 다 우리 아들 같아서 하는 소리야!"

나는 주인 여자의 요구 조건을 대부분 수락했다. 식사는 하루 세 끼에서 두 끼로. 식비를 포함해 돌아오는 일요일까지의 숙박비도 선불로 지급했다. 주인의 큰 양보는 일층에서 내가 머무는 방으로 식사를 가져다준다는 점이다. 우리 두 사람은 그 점을 놓고 지루한 줄다리기를 해야 했다. 주인은, 아들 같은 내가 아래로 내려와 식사를 하는 게 옳은 일이라고 은근히 압력을 가했고 더욱이 자신은 일층에 혼자 살고 있어서 내가 생각하는 번잡함과는 거리가 멀다고 덧붙였다. 나는 그럴 거면 차라리 포구의 식당으로 가겠다고 맞서 주인의 못마땅하다는 눈빛의 양보를 얻었다. 다행히 주인은 식사를 가져다줄 때의 참견을 빼놓고 더이상 아무 때나 방문을 두드리지 않았다. 어제 저녁, 주인은 밥상을 내려놓으며 재빠르게 옷장 옆의 라면상자를 훑어보고 물었다.

"총각, 설마 딴 생각 먹고 여기에 머무는 건 아니지?"

나는 여주인을 밀치고 문을 닫아버렸다. 문 밖에서 구시렁거리는 소리가 얼마간 들려왔다. 그중에는 방파제에 나가 숭어 낚시를 해보라는 권유도 있었다.

방파제의 낚시꾼들은 여전히 편광안경 너머의 바다에 몰두한다. 바다의 색은 네이비블루이거나 코발트블루이고 아니면 진북청색이다. 어쩌면 회색일지도 모른다. 나는 침대에 모로 누운 채 바다와 하늘, 그리고 텔레비전의 유선방송을 보다가 눈을 감는다. 일요일까지는 다시 사흘하고도 세 시간이 남았다. 긴 잠 두 번이면 건너뛸 시간이다. 하지만 잠은 이 방에 머무는 시간이 늘어날수록 짧아지고 있다. 토막나버리는 잠이 전부다. 토막토막 끊어지는 잠 속에는 똑같이 끊어지는 꿈과 기억이 있다. 도마 위에서 등분되는 숭어처럼.

냉장고의 문을 열자 가지런히 누워 있는 맥주병들이 보인다. 이 방으로 들어오면서 나는 가급적 술을 마시지 않기로 다짐했다. 그 다짐을 곱씹으며 냉수 한 통만 달랑 들어 있는 냉장고에다 사온 맥주를 하나하나 넣었다. 그러나 나는 사흘 동안 냉장고에서 휴식을 취한 맥주를 꺼내 침대 곁으로 옮겨놓는다. 노끈에 묶인 라면상자를 여주인의 눈초리로 내려다보고 옷장에서 그녀의 아들이 가져다 놓았을 책을 꺼낸다. 낚시와 나비, 동물에 관한 어떤 내용이 담겨 있을 책을…… 나는 다시 침대로 돌아와 반쯤 누운 채 바다를 보며 맥주를 조금씩 마신다.

유리창 너머의 눈발은 사흘간의 금주 뒤에 마시는 맥주 탓인지 무수한 흰나비떼처럼 보인다고 나는 고개를 끄덕인다. 『한국의 나비』의 저자는, 나비 관찰을 위해서는 먼저 채집하는 도구를 잘 갖추어야 한다는 지적을 했다. 채집 도구는 의외로 많다. 먼저 포충망이 있다. 그리고 삼각지, 삼각통, 핀셋, 필름통, 허리주머니, 나침반, 줄자, 구멍을 낸 비닐통, 지도, 테이프, 칼, 가위, 노트. 이중 인상적인 도구는 당연히 나침반이다. 내 기억 속의 나침반은 전쟁중에나 필요한 도구였다. 나비를 좇다 길을 잃을지도 모른다는 저자의 철학적인 배려는 전문가다운 기질이 보이는 대목이다. 다음으로 저자는 옷차림에 대해서 언급한다. 간편한 복장이 좋은데, 간혹 나비를 좇느라 넘어지거나 가시에 찔리는 경우에 대비해 등산복을 권한다. 비나 뱀, 더위를 피하기 위해선 우비, 장화, 모자도 필수품이다. 마지막으로 그는 기록을 권한다. 그때그때의 날씨, 채집시간, 채집지 환경, 암컷의 산란 행동, 산란 위치 등등…… 일리가 있는 지적이지만 너무 과한 게 아니냐는 생각으로 술잔을 비우고 다음 쪽으로 넘기자 그는 한술 더 뜬다. 나비 촬영을 위한 기재들은 다양하다기보다 복잡하다. 그 기재들을 이용해 초점 맞추기, 조리개의 선택, 나비에 접근하는 요령, 렌즈의 선택, 기타 기재를 이용하는 방법, 노출 보정, 플래시 사용, 필름 선택……에서 끝나는 게 아니다. 다음은 채집한 나비를 표본 제작하는 요령과 정리 보관에 대한 내용인데 거의 사랑하는 연인을 지극정성으로 배려하는 것과 다르지 않다. 사족으로 나비와 나방의 차이점을 실었는데 저자는 그 둘의 경계 지점에서 노는 것들을 조심하라는 당부를 마지막으로 글을 마친다. 나는 냉장고에서 꺼낸 세 병의 맥주를 모두 비웠다. 창 밖의 눈발은 정말 흰나비 같고 그 너머의 바다색은 네이비블루이거나 코발트블루, 아니면 진북청색이다. 침대로 쓰러져 잠들면서 나는 내가 포충망을 들고 산야를 헤매다가 어디에서 어떤 실수로 나비를 놓친 것일까 생각해본다. 내게서 떠나가는 나비는 눈발이 날리는 바다 위에서 팔랑거리고 있다. 나는 침대에 결박당한 듯 꼼짝 못 하고 나비를 바라볼 뿐이다.

한 달 만에 전화선을 타고 건너오는 그녀의 목소리는 차분했다. 폭포수 아래에서 한 계절 인고의 시간을 견딘 늙은 잉어를 연상시켰다. 나도 덩달아 동안거나 하안거에 들어간 스님의 목소리를 짐작해 흉내내려는 투였다. 상대방이 누구인가를 확인한 우리 두 사람은 잠시 한 달간의 공백을 소거할 침묵을 유지했다. 나는 안국동에서 회기동까지의 밤길을 찬찬히 떠올렸다.

"나, 돌아오는 일요일에 결혼해."

그녀의 목소리는 폭포의 파열음을 유유하게 건너오는 매끄러운 목선(木船) 같았다.

"결혼?"

앉은 채 잠깐 졸다가 어깻죽지에 죽비를 맞는 충격을 처음으로 느꼈지만 나는 이내 몸과 표정을 바로잡았다. 그녀에게 그 모습을 보여주지 못하는 게 아쉬웠다. 그녀와 연애를 한 지 삼 년이 조금 지난 어느 날 밤 하고도 한 달이 되는 날 오후의 폭설이었다.

"그렇게 빨리?"

"그렇게 됐어."

"뭐 하는 남잔데?"

"내가 가르치는 학생이야."

으음…… 한 사내의 얼굴이 지나간다.

"언젠가 구로에서 봤던 그 사람?"

"아니야, 네가 모르는 사람이야."

"……"

"네가 잘되었으면 좋겠어……"

"걱정하지 않아도 돼. 잘될 거야. 그건 걱정하지 마. 근데…… 그 사람, 나랑 만나고 있을 때 사귀었어?"

폭포수 아래의 잉어는 대답하지 않았다. 대답을 기대한 것도 아니었다. 그녀의 목소리는 물밑으로 가라앉고 대신 물기둥이 자잘하게 깨어지는 소리가 귓속을 가득 메웠다. 나는 정좌한 자세를 흩뜨리지 않고 그녀의 선택에 고개를 끄덕였다. 충분히 그럴 수 있었다. 그녀 나이 서른하나. 지고지순이란 말은 녹슨 족쇄나 다름없다. 흔히들 말하는 사랑이란 감정도 생각만큼의 무게를 지니고 있지 않았다. 사랑의 집터는 물 속이거나 부처의 손바닥 위가 될 수 없었다. 그녀는 폭포 소리를 지우고 수면으로 올라왔다.

"그날 뭐 할 거야?"

나는 순간 그 물음의 진의가 무엇인지 헛갈렸다. 그녀의 결혼식에 와달라는 것인지 아니면 그 반대인지…… 내 대답은 엉뚱하다고도 할 수 있고 아니면 출가한 지 오래된 수도자의 자기 성찰의 답변 같기도 했다.

"그 방에 가 있을 거야, 아마도…… 거기서 잠을 자고 있을 거야."

잠을 깨운 사람은 식사를 가지고 온 여주인이다. 손에는 두툼한 열쇠 꾸러미가 들려 있다. 여주인은, 일어나지 못하고 멍하니 항구도시의 야경이 담긴 액자에 시선을 매달고 있는 내 모습을 조금 한심하다는 얼굴로 내려다본다. 나도 얼굴을 찡그린다. 허락도 없이 방으로 쳐들어온 여주인의 행동에 대해. 그녀는 즉각 내 심사를 눈치챈 모양이다.

"아무리 두드리고 불러도 대답이 없기에…… 총각이 이해하시우. 민박을 오래 하다보니 별의별 손님이 다 있어요. 특히 이런 비수기 때 찾아오는 손님들은 더 신경이 쓰여서."

"아무 일 없을 테니 그만 돌아가세요."

나는 비틀거리며 세면장을 찾았다. 여주인은 세면기에 머리를 담근 내 등에 대고 한마디 거든다.

"어젠 요 아래 물치민박집에 투숙했던 젊은 여자가 바다에서 자살했대요. 뱃속에 애까지 있었다고 하니…… 원 세상에!"

비누거품이 흘러내리는 손을 뻗어 거칠게 문을 닫는다. 아무래도 숭어 낚시를 나가야만 여주인의 의심이 풀릴 듯하다. 나는 입고 있던 옷을 모두 벗고 뜨거운 물로 몸을 적신다. 거울에 들어 있는 한 남자의 나신은 밀려오는 안개로 서서히 지워진다. 안개 위에다 손가락으로 글씨를 썼다가 지워버린다. 내가 쓰고 지운 글은, 하 하 하……이다. 나는 텅 빈 욕조로 들어가 쪼그리고 앉아 뜨거운 물과 차가운 물을 적당한 비율로 혼합해 수도꼭지를 틀어놓고 눈을 감는다. 나는 아직 사랑 때문에 목숨을 버릴 만한 경지에 올라가 있지 않다. 단지 어떤 기억이 있을 뿐이다. 잠을 방해하는 기억. 겨우 잠에 들었다가도 불현듯 가슴을 옥죄어 터지게 만들 것만 같은 기억. 당분간은 어떤 일도 손에 잡지 못하게 만드는 기억. 길을 걷다 두 다리로 후들거리며 올라와 꼼짝할 수 없게 하는 기억의 공습을 어떻게든 처리해야 할 뿐이다. 기억의 장례식이 가능하다면 손을 내밀 수도 있다. 하지만…… 살아 있으면서 어떻게 기억을 장례시킬 수 있을까. 욕조로 흘러드는 물은 목울대까지 차올랐다가 배수구로 이동한다. 따스한 물 속에 잠긴 내 육체는 기억이라는 유령에서 벗어나지 못하고, 일렁이는 검은 숲 사이에서 조금씩 고개를 들고 있다. 나는 숲을 들여다본다. 물뱀 한 마리는 도리어 그 기억을 좇아 숲을 빠져나가려고 꿈틀거리는 것 같다. 하지만 물이 넘쳐흐르는 흰 욕조 안에는 다른 누구도 없다. 물뱀에게 완곡한 말투로 그 사실을 일러주고 싶다. 지난 어느 날의 욕조 속으로 우리는 돌아갈 수 없다고…… 나는 수도꼭지를 잠그고 욕조 바닥의 고무마개를 연다. 그리고 물살의 소용돌이에 가만히 얼굴을 디민다. 물뱀은 체념한 표정이다.

나는 텅 비어버린 욕조에 물뱀과 함께 쪼그리고 앉아 있다. 물이 빠져나간 구멍 속에서 검은 바람 소리가 올라온다. 검은 구멍을 바라보며 나는 숭어를 떠올리고, 흰나비를 그리고, 기억에 쫓겨 달아난다는 프롱혼이라는 영양을 『동물도감』에서 꺼낸다. 그러고 보면 민박집의 주인 아들은 이 방에 꽤 많은 물고기와 나비, 짐승 들을 풀어놓고 서울로 간 것이다. 어쩌면 그는 여주인의 말대로 서울로 간 것이 아니라 낚싯대나 포충망을 챙겨들고 다른 어느 곳을 쏘다니고 있을지도 모른다. 그리고 자신을 따라올 누군가를 그곳에서 기다리는 것 같다. 삼 년 전 나는 어떤 흥분에 휩싸여 있었기 때문에 당연히 그가 놓아둔 네 권의 책을 펼쳐보지 않았다. 삼 년 후 나는 비로소 그 책을 뒤적거리고 있는 것이다. 바람 소리가 올라오는 욕조의 검은 구멍을 들여다본다. 그곳으로 빠져나가지 못한 내 몸은 추위에 떨고 있다. 물뱀은 몸을 잔뜩 오그린 채 불만스런 표정으로 숲을 지킨다. 나는 구멍에 입을 대고 작은 소리로 말한다.

"이봐, ……내 목소리 들려? 나도 그곳으로 가고 싶어."

낚시꾼들은 편광안경을 쓴 채 숭어를 노리고 있고 바다는 코발트블루, 아니면 삭스블루다.

여주인이 가져온 밥을 몇 수저 뜨지 못하고 대신 냉장고에서 맥주를 꺼낸다. 하루쯤은 술이라는 것으로 기억에서 도피할 수 있는 법이다. 오십여 미터 앞에다 바다를 두고 육지의 끝자락에 주저앉아 술잔을 비우기. 취했다가 온몸이 바삭바삭 마르면서 술이 깨기 시작할 때 다시 술을 마시기. 나는 빈 술잔에 술을 따르고 다시 빈 술잔에 술을 따르기를 되풀이한다. 해변을 적시는 파도처럼. 바다에 쌓이지 못하는 눈처럼…… 옷장 밑 노끈에 묶인 라면상자는 폐가에 버려진 궤짝처럼 그 자리를 지키고 있다. 나는 빈 술병을 들어 상자를 겨냥하다가 도로 내려놓는다. 술은 제초제와 같이 기억을 태워 없애기도 하지만 동시에 어느 기억을 '잭의 콩나무'처럼 거대하게 부풀려 감당할 수 없게 만든다. 나는 그 경계에 쪼그리고 앉아 흔들거린다. 바다의 낡은 부표에 앉아 있는 괭이갈매기처럼.

　"개같은 년!"

　내 입에서 나온 말의 파장을 되새김질하며 나는 밥상을 들고 화장실로 들어간다. 남은 음식을 하나하나 변기에 쏟아넣는다. 흰 변기에 반쯤 고인 물 속으로 음식들이 풀어지고 서로 섞여 장마철의 개울물로 변해간다. 대지를 흰빛으로 도배하지 못하고 바다에서 바로 물로 변하는 눈처럼, 식도를 타고 위로 들어가 항문으로 가는 오래된 길을 선택받지 못한 음식은 타원형의 변기 속에서 덜 익은 냄새를 피워올린다. 나는 그 변기를 두 손으로 움켜쥐고 방금 전의 술마저 토해올린다. 여주인의 말대로 방파제에 나가 숭어 낚시라도 해야 했다.

　손잡이를 돌리자 변기의 오물은 지체없이 한 구멍 속으로 사라지고 언제 소나기가 내렸냐는 듯, 기억상실증 환자의 얼굴을 한 물을 변기에 담아놓는다. 나는 수면에 떠서 어른거리는 내 얼굴을 물끄러미 들여다본다. 불행히도 변기 속은 기억의 집결지가 아닌 것이다. 배설의 한 장소일 뿐이다. 배설해버릴 수 있는 기억은 어디에도 없다.

　침대에서는 썩어가는 바다 냄새가 난다. 나는 그 위에 눕는다. 액자 속 항구의 야경은 적요하다. 난바다는 눈꺼풀의 움직임에 따라 지워졌다가 나타난다.

　가물거리며 사라지는, 형체가 불분명한 그 무엇들…… 나를 둘러싼 모든 것들이 철거되고 있는 스산한 흙먼지 속에서 잠의 구역으로 이동한다. 잠 속의 바다는 조금의 요동조차 없는 두터운 빙판에 덮여 있다. 바다를 건너오는 바람이 그 빙판에서 미끄러진다.

　"이 방이야."

새로 이사한 집은 ㄱ자형 한옥인데 넓은 마당을 가지고 있다. 수돗가에 앉아 있던 주인 내외는 내 뒤를 따라오는 그녀에게 의심의 눈초리를 보낸다. 방은 부엌을 통해서 들어가야 한다. 그녀는 아무 말 없이 방으로 들어간다. 부엌문의 잠금장치가 허술해서 나는 진땀을 흘린다. 흐린 유리창 너머로 주인 내외가 뭔가 불평을 뱉으며 안을 엿보려 한다. 방으로 들어가 다시 문을 잠근다. 원피스 차림의 그녀는 바닥에 엎드려 내가 쓴 소설을 읽고 있다. 창문을 잠그고 커튼으로 가린 뒤에야 나는 그녀 곁으로 갈 수 있었다. 긴 냉전 뒤의 햇살 같은 그녀의 방문이다. 방은 보잘것없지만 그녀는 내색을 하지 않는다. 유리창의 가장자리로 들어온 햇살이 책꽂이 위에 길게 누워 있는 오후다.

"이 부분대로 해보고 싶어!"

그녀는 내 소설의 어느 쪽을 가리키며 나를 본다. 읽지 않고서도 나는 그 장면을 기억할 수 있다. 나는 고개를 끄덕인다. 그녀의 얼굴은 발갛게 달아올라 있다. 그녀는 원피스 속에 검은 팬티를 입었다. 하지만…… 나는 알고 있다. 지금의 상황이 현실이 아니라는 것을. 그녀와 내가 머무는 방은 내 기억에 존재한 적이 없는 방이다. 모든 게 낯선데도 나는 그녀에게 그 사실을 알리지 않는다. 나는 내 소설의 내용대로 그녀의 알몸을 뒤에서 부둥켜안은 채 허둥거린다.

"요즘 젊은 것들은 낮밤이 따로 없어!"

나는 소리나는 곳을 본다. 커튼이 마저 가리지 못한 유리창으로 방을 들여다보던 주인 내외가 내뱉은 말이다. 그녀는 화를 내며 이불 속으로 숨는다. 늘 이런 식이다, 꿈이라는 것은. 나는 커튼을 끌어당겨 간신히 유리창을 가리고 그래도 미심쩍어 빈 상자로 막았지만 주인 내외의 목소리까지는 어떻게 할 수 없다. 그들은 계속해서 유리창 밖에서 구시렁거리며 안을 엿보려고 창문을 흔든다. 그녀는 이불 속에서 얼굴과 팔만 내민 채 다시 소설을 읽는다. 그러나 내가 그랬던 것처럼 모든 문을 닫아서 잠근 뒤다. 그 문을 열려고 애를 쓰는 나의 모든 노력은 허사다.

그리고…… 모든 것은 한순간에 사라진다. 낯선 내 방, 불안한 문고리, 짧은 커튼, 구시렁거리는 주인 내외, 마지막으로 그녀까지. 내 몸만 민박집의 침대에 반쯤 누운 채 낡은 액자와 바다를 번갈아 바라보며 꿈을, 기억을 되돌리고 되돌리길 계속한다. 바다는 코발트블루이거나 군청, 아니면 진북청색이다. 극단적으로 기억에서 도피하려는 행위는 도리어 기억에 집착하는 것과 다르지 않다는 생각을 바다로 보낸다. 방파제의 낚시꾼들은 하나둘 짐을 꾸리고 있다. 허공의 겨울나비들도 자취를 감췄다. 내 기억 속에서 마지막으로 달아나려는 꿈의 파편들을 포획하려고 나는 서둘러 주인 아들의 책을 가져와 낚시꾼이 바다로 낚싯바늘을 던지는 모습이 그려진 쪽의 여백에다 나비의 표본을 만들 듯, 허망한 꿈의 공간을 구성했던 낱말 하나하나에 핀을 꽂는다.

낯선 내 방. 불안한 문고리. 짧은 커튼. 구시렁거리는 주인 내외. 내 소설. 그녀……

이름은 겨우 남았지만 형상이 사라진 그것들의 흔적을 찾으려고 나는 한 손에 낚시교본을 든 채 침대부터 시작해 게으르게 방을 살핀다. 바다는 어두워지고 있다. 침대보에는 아무것도 묻어 있지 않다. 단지 내 땀냄새뿐. 파도 없는 포구로 횟집의 불빛들이 내려와 불결한 형태로 번들거린다. 출입문의 잠금장치는 빈틈이 없고 게다가 이중이다. 부수거나 해체하지 않는 한 누구도 들어올 수 없게 돼 있다(물론 여주인에게는 여벌의 열쇠가 있지만). 커튼은 안과 밖을 서로 다른 천으로 붙여 만든 것이라서 빛이 여과돼 들어올 수 없을 뿐더러 벽까지 가릴 정도로 널찍하다. 방파제의 낚시꾼들은 모두 사라졌다. 대신 몇 쌍의 연인들만 어두워지는 먼바다를 바라본다. 민박집의 여주인과 꿈속의 주인 내외는 어딘가가 닮았다면 닮았다고 할 수 있다. 그리고 존재하지 않는 내 소설과 그녀. 나는 형광등을 켜고 벽에 기댄 채, 나 이외에는 아무도 없는 방을 오래 노려보다가 살금살금 걸음을 옮긴다. 냉장고에는 물통 하나와 남은 맥주가 귤색 불빛을 걸치고 있다. 문을 닫고 옆에 놓인 텔레비전을 켠다. 천천히 채널을 한 바퀴 돌렸지만 허사다. 모두 낯선 이들뿐이다. 옷장과 거울 속도 마찬가지다.

낚시교본을 제자리에 던져놓고 침대로 돌아오다 걸음을 멈춘다. 교도관의 눈빛을 닮은 여주인이 떠오른다. 방에 들어서면 여주인의 궁금증이 날 선 가위가 되어 접근하는, 노끈에 묶인 라면상자. 나는 침대에 걸터앉아 담배 한 대를 끝까지 피운 뒤 라면상자를 탁자에 올려놓는다. 라면상자는 나비 모양을 한 노끈에 묶여 있다. 다시 담배에 불을 붙이고 상자를 노려본다. 이제 바다는 유채색을 버리고 무채색을 선택했다. 포구의 불빛은 바다에 스며들지 못하고 달걀 반숙모양 엎질러져 있을 뿐이다.

전화는, 가끔, 조작한 것처럼 드라마틱하게 걸려온다.

나는 침대에 반쯤 몸을 누인 채 전화를 받는다. 노끈으로 만들어진 나비는 상자 위에서 내 손길을 기다린다. 그녀는 내 전화번호를 기억에서 소각하지 않은 모양이다. 내 기분은…… 결혼식장 근처에서 건 전화를 장례식장에서 받는 것과 다르지 않다. 더욱이 그녀의 목소리는 무채색의 바다 저 밑바닥에서 겨우 올라오는 것 같다. 나는 침착해지려고 거울에 비친 내 얼굴을 본다.

"어디 있어? ……그 방이야?"

"그래, 그 방이야."

거울 속 사내의 입 모양을 그대로 따라 하는 것처럼 나는 대답했다.

"……그 방은 어때? 변했어?"

"아니, 그대로야."

"……그렇구나…… 바다는?"

"바다도."

바다는 포구의 불빛에 가려 잘 보이지 않는다. 텔레비전에서는 영동 산간지방의 폭설을 전한다. 불빛 너머로 눈이 내리는지 알 수 없다. 먼 수평선에서 오징어잡이배의 불빛이 해독하기 어려운 어떤 신호처럼 띄엄띄엄 떠오르고 있다. 그녀의 목소리도 함께 떠오른다.

"숭어 낚시 하는 거 봤겠네……"

"그래. 낮에. 지금은 아무것도 안 보여."

"방에 불을 켜놓았구나. 불을 끄면 보일 거야."

"그럴까."

나는 손을 뻗어 형광등의 스위치를 내린다. 그녀의 말대로 바다는 유리창 너머에서 흑백의 명암만으로 펼쳐진다.

"계속 그 방에 있을 거야?"

"응."

"네가 잘되었으면 좋겠어."

"고마워."

"……이제 끊을게."

"……저기, 네 꿈을 꾸었어."

나는 기계음이 올라오는 수화기에 대고 말했다.

침대에 누워 액자 속 항구의 야경을 관람한다. 부에노스아이레스라는 곳이다. 침대에 기대 오 분 정도 바다를 바라보다가 일어난다. 소파에 앉아 역시 오 분쯤 텔레비전을 시청하다 눈을 돌린다. 텔레비전 앞에 앉아 바닥에 떨어진 낚시교본을 펼쳐 부록으로 실린 '어탑(魚榻)하는 법'을 약 오 분쯤 읽다가 그만둔다. 형광등 스위치 곁에 기대 노끈으로 묶어놓은 상자에 시선을 올려놓았다가 불을 켠다.

불빛이 촉촉하게 배어 있는 방은 어두운 바다에 떠 있는 작은 나룻배 같다. 나는 다시 침대에 누워 그녀가 회수해간 꿈을 기억해내려다 그만둔다. 바다는 계속해서 짙어지는 무채색이다. 오롯하게 살아난 수평선의 불빛만 먼 거리를 달려와 두근거림을 진정시킨다. 저녁을 가지고 오겠다는 여주인의 전화를 거절과 함께 끊는다. 여주인은 재차 전화를 걸어 이미 상을 차렸다고 통고하지만 나는 정말로 밥 생각이 없다고 설명한다. 나는 침대에서 냉장고로 기어간다. 그녀가 이 방을 찾아올 확률은 폭락하기 시작한 주가와 같다. 바다는 파도를 모조리 삼켜버린 듯 잔잔하다. 그렇지만 맥주 한 잔으론 내 마음의 파도는 진정되지 않는다. 바다는 고요한데 내가 탄 나룻배만 요동을 치는 것 같다. 나는 상자를 묶은 노끈을 풀고 그 안을 들여다본다. 아이들의 소꿉장난 도구 같은 물건들이 서로 어깨를 기댄 채 들어 있다. 비어져나오는 웃음을 참지 못하고 나는 멀미하듯 키득키득 웃음을 게워놓는다. 색상이 다른 몇 장의 팬티와 검은 목도리. 나는 자리에서 일어나 입고 있던 팬티를 벗어 그 위에 놓는다. 스누피가 그려진 머그컵 두 개. 삼 분의 일도 쓰지 못한 스킨과 로션. 흰색 셔츠. 생일선물로 받은 『눈에 대한 스밀라의 감각』이란 소설책 상하권. '미치코 런던'이란 영문자가 씌어 있는 검은 반팔티. 함께, 홀로 찍은 꽤 많은 사진들. 육필로 쓴 편지들. 가요 테이프 몇 개. 그녀가 내 방에 흘리고 간 머리핀들, 생리대, 목이 짧은 줄무늬 양말…… 그리고 작은 포구의 민박집 이층에 홀로 있는 나. 나는 유리창 너머의 검은 바다를 보며 연신 키득거린다. 유리창에 비친 나도 검은 바다를 배경으로 키득거린다. 까옥! 내가 그녀에게 주었거나 흘린 것은 무엇일까. 바다의 의미를 잃어버린 듯한 유리창 너머의 바다를 보며 맥주를 마시다가 나는 머그컵 속에 들어 있는 필름 한 통을 발견한다. 아직 현상하지 못한 필름이 안쓰러워서 나는 키득키득 웃는다. 하지만 필름 속에 어떤 장면이 들어 있는지 좀처럼 생각나지 않는다.

내 말을 믿지 못한 여주인은 쟁반을 들고 방으로 들어선다. 쟁반 위에는 김이 솟는 만두국과 간장, 김치, 여벌의 열쇠 꾸러미가 있다. 탁자 위의 물건들을 훑어본 그녀는 대충 짐작이 간다는 듯 고개를 끄덕인다.

"술은 쉬었다가 마시고 이거나 좀 드셔."

나는 만두 몇 개를 우물거리다가 간신히 삼키곤 수저를 놓는다. 필름 속의 내용은 검은 바다처럼 여전히 캄캄하다. 그녀와 함께 찍은 것은 분명하지만 그 이상의 접근은 허락하지 않고 있다. 맞은편에 앉은 여주인은 내가 내민 잔을 받는다. 그녀의 뒤편에서 검은 입을 벌린 바다는 침착하게 무엇인가를 기다리는 듯하다. 나는 그녀가 잔을 비우는 동안 상자에서 끄집어낸 물건들을 상자로 돌려보낸다. 필름 한 통만 빼고.

"이 방에 들어와서 몸이 꽤 축났구만."

"아드님은 서울에서 무얼 하고 있습니까?"

"낚시질이나 하고 있겠지, 뭘 하겠어! 그나저나 일요일까지 묵겠

26

다고 했던가? 방구석에만 처박혀 있음 갑갑하지도 않으우?"

나는 한 손에 필름을 쥔 채 고개를 끄덕인다. 여주인은 소파에서 일어나 열쇠 꾸러미를 쩔렁쩔렁 흔들며 상자 안을 들여다본다.

"내 아들놈이 남긴 물건이랑 비슷비슷하구만! 불알 달린 놈들이 애들 장난하는 것도 아니고…… 내려가서 비디오 틀어줄 테니 그거나 보시우. 술 그만 마시고."

남은 만두국과 반찬을 변기에 넣고 물을 내린다. 변기는 살찐 돼지가 돼버린 듯 꿀꿀거리다가 이내 다시 입을 벌린다. 나는 거품이 많은 노란 오줌 줄기를 그 입에다 넣어준다.

침대를 깨끗하게 정돈하고 그 위에 반듯하게 누워 지난 삼 년 동안의 여행지를 찾는다. 현상하지 못한 필름은 그중 어느 곳이 고향일 것이다. 나는 필름의 검은 감광막 속에 갇힌 채 돌돌 말려 있을 기억의 작은 덩어리를 손에서 놓지 않는다. 한 여자와 삼 년 동안 연애란 것을 하면 그렇고 그런 여행지와 특별하거나 특별하지 않은 사연들이 낚싯바늘에 걸려 줄줄이 올라오는 풍어기의 숭어처럼 흔한 풍경으로 자리하는 법이다. 나는 오래된 불발탄을 움켜쥐고 있는 것처럼 심각한 표정을 만들었다가 이어 유효기간이 지난 통조림을 놓고 개봉을 걱정하는 심정으로 옮겨간다. 그 장소를 방문했다는 사실과 그 기분을 축하하기 위한 일련의 자세가 스물몇 장의 잔상으로 들어 있을 필름 한 통. 놓아줄 바다도 없고 요리를 해 식탁에 올릴 어떤 재료도 없는 장소에서 비린내 나는 숭어 한 마리를 들고 있는 난감한 기분이다. 텔레비전에서는 여주인이 틀어준 포르노 영화가 흘러나온다. 대사를 외울 암기력이 떨어지는 배우들이 즐겨 출연하는 장르다. 그나마 몇 마디 되지 않는 대사마저 들리지 않게 볼륨을 영으로 고정시키고 필름은 텔레비전 위에 올려놓는다. 침대로 돌아오는 내 손엔 맥주와 주인 아들의 책이 들려 있다. 주인 아들은 이 네 권의 책 이외에는 어떤 책도 손에 잡지 않은 것 같다. 맥주를 마시며 그의 성서를 뒤적거린다. 텔레비전 속에서는 벌거벗은 두 남녀가 있고 검은 바다의 수평선에는 오징어잡이배의 불빛이 점점이 떠 있다. 바다와 텔레비전 사이에서 필름은 내가 기억할 수 없는 과거를 삼킨 채 놓여 있다. 태양이 잠든 부에노스아이레스는 수평선의 불빛보다 멀리 있다.

"아가씨 한 명 보내줄까?"

전화선을 타고 나오는 여주인의 목소리는 정해진 일과표를 무리하게 이행하려는 교도관 같다. 여주인의 입에서 나온 아가씨란 낱말에서 나는 문득 한 알의 독한 두통약을 떠올린다.

"내 아들놈 꼬라지 될까봐 걱정돼서 그러는 거야."

한국 어탑가협회 회장인 조월루주인(釣月樓主人) 향초(香初) 조능식은 『민물낚시』의 부록 '어탑하는 법'에서 이렇게 말한다. "천수백 년 전 당나라 명필들의 글씨로 만들어진 허다한 비석들은 이미 사라졌지만 그 탑본(榻本)만이 남아 있기에 만금(萬金)의 가치를 지닌 채 세계의 동양 연구가들에게 진중(珍重)되고 있다." 그는 탑본의 아류인 어탑을 제2의 낚시로 격상시켜 거기에 예술적 의미를 부여하려는 것처럼 보인다. 나는 고개를 끄덕이며 텔레비전과 필름, 보이지 않는 바다를 번갈아 살핀다. 여주인은 내가 일요일까지 이 방에서 버틸 수 있는 민간요법으로 포르노 영화와 '아가씨'를 권한 것이다. 여주인은 자신의 아들에게도 같은 방법을 권했을까. 나는 킥킥거리며 맥주를 마신다. 아마도 여주인의 아들은 그 치료를 거부하고 낚시와 나비, 『동물도감』에 몰두한 모양이다. 그러다가 그 속으로 숨어버린 것 같다. 나는 가물거리는 눈으로 벌거벗은 두 남녀와 오징어눈을 한 바다, 속을 짐작할 수 없는 필름에 화선지를 대고 솜 뭉치로 두드린다. 바야흐로 만금의 가치를 지니게 될 어탑을 하듯.

잠든다. 저녁에 나는 잠든다. 잠들기 위해 술을 마신다. 내가 잠드는 딱딱한 침대는 세상 어느 곳으로든 갈 수 있는 출입구다. 나는 잠든다. 여행하기 위해. 이생, 전생, 내생까지. 꿈이라는 기차. 꿈이라는 터널. 꿈이라는 빙판을 달려 미처 내가 원하지도 않은 곳까지 한달음에 달려갈 수 있다. 그녀의 침대 위, 나를 조롱하는 낯선 사내의 얼굴 앞까지. 나는 꿈이라는 카메라의 필름 속에 갇혀 서서히 굳어간다. 그녀의 그림자가 필름 속에서 도망쳐나가는 소리를 듣는다. 내 혀는 검게 타들어간다.

누군가 문을 두드리는 소리에 나는 잠을 깬다. 나는 텔레비전 위에 놓인 필름을 확인한다. 텔레비전에선 여전히 벌거벗은 두 남녀가 장밋빛 조명으로 피부를 물들이고 있다. 문 두드리는 소리는 그치지 않는다. 여주인의 권유가 생각난다. 나는 다시 독한 두통약을 떠올리며 문으로 갔다.

"누구세요?"

대답이 없다. 문 두드리는 소리도 그쳤다.

"누구세요?"

"……나야."

그녀의 목소리다. 나는 서울에서 속초까지의 거리를 헤아리다가 한숨을 내뱉으며 문을 연다. 차분한 얼굴로 문 앞에 서 있던 그녀가 방으로 들어왔다. 그녀는 담담하게 방 안을 훑어본다. 텔레비전을 끄려는 내 행동을 말리며 그녀는 피곤한 듯 소파에 앉는다.

"자고 있었어."

"내가 깨운 거니?"

"괜찮아. 낮잠을 충분히 잤어. 피곤하지?"

"견딜 만해. 담배나 한 대 줘."

나도 담배에 불을 붙였다. 그녀는 텔레비전을 보고 나는 그녀의 침대 위에 있던 낯선 사내를 떠올렸다. 시간은 자정을 넘어간다.

"남자 혼자 와야 이런 걸 틀어주는 모양이지?"

"뭐…… 그런가봐."

"이건? ……어떻게 하려고?"

그녀는 열려 있는 라면상자의 내용물을 가리켰다.

"뭐…… 어떻게 하겠다고 정해놓진 않았어. 그냥 손에 잡히는 대로 모아서 가져온 것뿐이야."

상자를 원래 있던 옷장 아래로 밀쳐놓으며 나는 대답했다. 그녀는 고개를 끄덕인다. 목에는 언젠가 내가 선물한 목걸이가 걸려 있다.

"여기서 바라보는 바다는 참 좋았는데. 나도 이 방이 그리우면 너처럼 혼자 찾아와야 하네."

"어제 저 바다에서 한 여자가 자살했대. 임신한 몸으로."

"남자가 차버린 모양이지?"

"그렇겠지."

"어머, 저 액자도 그대로네! 우리 결혼하면 저곳으로 신혼여행 가기로 했잖아."

"……"

"결혼한 뒤에도 이 방에서 너와 계속 만났으면 좋겠다. 아무도 모르는 우리 둘만의 공간이잖아! 너…… 혹시 지금 하고 싶지 않니? 이 방으로 오면서 니 생각을 했더니 괜히 기분이 그렇더라. 하고 싶으면 말해. 그 사람은 내가 속초에 왔는지 몰라. 일밖에 모르는 사람이야. 돈이야 잘 벌지만. 나…… 벌써 촉촉하게 젖었다. ……왜?

……하기 싫어? 서울에서 속초까지 한 번도 쉬지 않고 차를 몰아왔
단 말이야! 내일모레면 결혼식인데! 여긴 왜 와 있는 거야? 왜 여기
와서 날 아프게 만들어? 네가 베르테르라도 되는 거야? 이 방엔 네
추억만 있는 게 아냐! 내 것도 똑같이 있어!"

화가 난 그녀는 입고 있는 옷을 훌훌 벗어젖힌다. 텔레비전에서는
변함없이 포르노 영화가 흘러간다. 나는 그녀의 행동을 막으려고
했지만 소용없는 일이다. 출렁거리는 그녀의 유방은 점점 커지고
있어 나를 놀라게 만든다. 그녀의 몸보다 커지는 유방을 바라보다
가 비로소 나는 깨닫는다. 그녀는 내가 머무는 작은 포구의 민박집
으로 찾아오지 않았다. 이것은 꿈이다. 꿈인 것이다. 장밋빛 조명
속에서 포르노 영화는 흘러가고 그녀의 유방은 방을 채울 정도로
커져서 나를 압사시킬 듯 짓누른다. 나는 그녀의 유방 아래서 꿈이
깨기만을 기다린다.

포르노 영화는 꿈과 꿈 밖을 가로질러서 흐른다.

그녀는 방 안 어디에도 없다. 침대는 축축하게 젖은 채 내 몸을 지
탱하고 있다. 벌거벗은 백인 여자의 유방은 텔레비전 속에서 출렁
거린다. 여자의 긴 금발이 해류에 쓸리는 수초처럼 엉켰다가 풀어
진다. 여자는 폭풍의 바닷속에 있는 것 같다. 창문에 기대 나는 담
배를 피운다. 이 방에 들어온 뒤로 시간은 다른 어느 곳으로 방향을
틀어버린 듯하다. 그 속에서 나는 게으르게 텔레비전과 바다를 시
청하며 술을 마신 것이다. 겨울바람이 간혹 지나가는 작은 포구에
는 인적이 끊겼고 빙하 같은 어둠이 누르는, 숭어를 감춘 바다는 검
은 나무들을 허공으로 키워내고 있다. 수평선의 불빛은 너무 멀리
서 반짝인다. 나는…… 서울이라는 곳에서 이 방을 찾아온 그녀를
받아들여야 했을까…… 이 시간, 그녀는 차를 돌려 미시령이나 한

계령, 아니면 진부령을 넘어가고 있을 것이다. 나의 문전박대에 욕설을 꽂으며. 그녀와 나의 비대한 유방에서 떨어지는 슬픔을 달래려고 냉장고를 연다. 술은 오래된 진통제처럼 냉장고에 저장돼 있다. 유채색이 사라지는 밤, 나는 부에노스아이레스의 야경 아래에서 장밋빛 조명이 흘러나오는 텔레비전을 보며 술을 마신다. 가끔 주인 아들이 남긴 책을 뒤적거리며.

현상하지 못한 필름은 텔레비전 위에서 감시 카메라처럼 내 움직임을 주시한다.

주인 아들의 책에는 꽤 많은 동물들이 천연색 그림으로 들어 있다. 물고기는 대체로 통각이 둔하다고 한다. 바늘에 걸려도 통증을 느끼지 못하는 것으로 알려져 있다. 나는 바닷속으로 들어가는 한 여자의 실루엣을 떠올린다. 고양이는 세상에 자기보다 빠른 게 있다는 사실을 인정하지 않는다. 그 오만이 죽음을 부른다. 길을 건너려고 할 때 차량이 달려와도 망설이지 않고 목적지로 이동한다. 아스팔트에 말라붙은 고양이의 시체가 파리를 부른다. 호주의 사막을 뛰어다니는 캥거루는 급정거를 하지 못한다. 사막을 횡단하는 버스를 발견하고도 그대로 달려가 충돌한다. 간혹 버스 바깥에 설치한 캥거루 전용 스프링에 튕겨나가 생명을 연장하기도 한다. 들꿩의 기억력과 행동반경도 특이하다. 사냥꾼이 쏜 탄환이 운 좋게 빗나가서 허공으로 날갯짓을 하지만 담배 몇 대 피우고 나면 다시 제자리로 돌아온다. 북아메리카의 사막 지대에 사는 영양의 일종인 프롱혼은 시속 구십칠 킬로미터로 달린다고 한다. 프롱혼의 천적인 재규어나 자칼이 그 지역에서 멸종된 지 오래지만 속도를 늦추지 않는다. 어느 학자의 학설에 의하면 프롱혼이 그렇게 맹목적으로 달리는 것은 포식자의 유령을 보기 때문이라고 한다. 그러니까 지금도 저 사막을 질주하는, 태어나서 한 번도 재규어를 본 적이 없는 프롱혼은 할아버지가 본 재규어에 대한 기억으로 쫓기고 있는 것이다. 자신의 달리기를 완고하게 고집하며. 의심이 많은 노루는 강한 빛을 보면 움직이지 못하고 사냥꾼의 탄환에 맞아 식탁으로 장소를 이동한다. 매나 독수리가 공격하면 밭에 있던 닭은 가까운 볏짚가리로 피신한다. 그러나 머리만 그곳에 파묻을 뿐 다른 부위는 모두 밖으로 드러나 있다. 눈에 보이지만 않으면 죽어도 무섭지 않은 것이다…… 모두 사랑의 뒤편에 있는 풍경들이다. 나는 냉장고의 술을 모두 비웠다. 하지만 기억 속의 무엇 하나도 소멸된 것이 없는 듯하다. 텔레비전은 여전히 길고 지루한 장밋빛 영화를 흘려보낸다.

바다는 푸른 계통의 옷들을 다시 돌려받지 못할 것 같다. 검은 나무들만 무성하다.

나는 부당하게 고통받고 있다고 중얼거리다가 침대로 쓰러진다. 내 몸을 밟으며 무수한 동물들이 이동하고 있다. 자욱하게 먼지가 일어난다. 그러나 곧 그것들이 되돌아오는 소리가 땅과 허공을 흔든다.

"나는 그래……"

방파제에서 숭어를 잡으려는 낚시꾼들은 남의 먹이를 노리는 하이에나를 연상시켰다. 테트라포드에 올라선 채 바다를 주시하는 그들의 뒷모습을 바라보던 알몸의 그녀가 입을 열었다. 나는 그녀의 등에 있는 점을 세었다.

"결혼하면 직장 같은 건 갖고 싶지 않아. 난 그만큼 준비했다고 봐. 학벌도 남 못지않게 갖췄고 머리도 좋아. 남자에게 그 정도는 요구할 조건이 된다고 봐. 돈 때문에 아등바등하는 결혼생활은 질색이야. 그렇게 살고 싶지 않아."

말을 마친 그녀는 순진한 눈빛으로 내 얼굴을 바라보았다. 나는 봉긋하게 솟은 그녀의 젖을 보며 천천히 고개를 끄덕였다.

"나는 그래. 내가 피자를 먹고 싶으면 피자를 먹어야 하고 바다에 가고 싶으면 바다에 갈 수 있어야 돼. 입고 싶은 옷이 있으면 사입는 게 옳다고 봐. 돈 때문에 하고 싶은 일을 못 한다고 생각하면 끔찍해. 자본주의 세상에서 돈을 무시한 사랑은 길게 가지 못할 거야."

하이에나를 연상시키는 숭어 낚시꾼들이 바다를 향해 번쩍이는 홀치기 낚싯바늘을 던지기 시작했다. 포구를 빠져나온 어선이 몰고 온 숭어떼였다. 그녀는 내 품으로 들어오며 물었다.

"그렇게 해줄 수 있어?"

바다로 날아가는 무수한 낚싯바늘은 하이에나의 번득이는 송곳니 같았다. 나는 고개를 끄덕였다. 그녀는 작은 소리로 중얼거렸다.

"불안해. 그렇게 해줄 수 없을 것 같아……"

현상하지 못한 필름 한 통을 텔레비전 위에 올려놓고 나는 잠을 청한다. 잠 속의 꿈은 그녀에 대한 기억의 장례를 치르고 기억을 변조시키거나 어쩔 수 없이 인정한다. 간혹 꿈과 꿈 사이에서 깨어나 빛깔을 헤아리기 어려운 바다와 달아나는 꿈의 꽁무니를 바라본다. 허리로 번지는 통증을 진정시키려고 주인 아들의 책을 침대에 깔았지만 효력은 잠시뿐이다. 바다를 건너온 햇살이 유리창을 물들이다가 엷어지면 꿈인 듯 꿈 밖인 듯 낚시꾼들은 테트라포드에 올라앉아 변함없이 바다를 들여다본다. 그쳤다가 내리기를 반복하는 눈발. 식사를 날라주는 여주인. 나를 진맥하는 낯선 얼굴. 내가 잠든 방 안으로 쫓겨온 숭어떼. 문틀을 부여잡고 밖으로 나가지 않으려 버티는 내 모습. 텔레비전의 장밋빛 영화. 예고 없이 찾아왔다가 역시 예고 없이 사라지는 그녀.

꿈인 듯 꿈 밖인 듯……

햇빛조차 들어오지 않는 깊은 바닷속의 고요를 듣고 있을 때 전화가 걸려왔다.

"나야……"

내 곁을 지나가던 눈먼 숭어떼가 그녀의 목소리를 듣고 달아난다.

"아직 그 방이야?"

나는 정체를 알 수 없는 공포에 질려 주위를 돌아본다. 현상하지 못한 필름 속, 검은 감광막을 덮고 있는 듯하다. 이백오십 분의 일 초 만에 사로잡혀 갇혀 있는, 한줌의 빛도 들어오지 않는 방. 나는 삼 년 동안의 잠에서 깨어나려는 듯 몸을 뒤척이며 겨우 입을 열어 말한다.

"부탁이 있는데…… 그 음악 좀 틀어줄래?"

"……알았어. 잠들지 말고 조금만 기다려. 그리고…… 네가 잘되었으면 좋겠어."

나는 그녀의 방에서 건너오는 사소한 소리를 전화로 듣는다. 그녀가 침대에서 일어나 컴퓨터가 놓인 오른쪽 책상과 텔레비전, 화장대를 지나가는 소리다. 뒤이어 오디오의 앰프가 먼 북소리처럼 울린다. 나는 기돈 크레머가 연주하는 아르헨티나 탱고의 적요한 여행길을 따라간다.

그런데…… 내 여행의 방문을 열고 들어오는 이토록 낯익은 그녀는 또 누구인가.

노끈에 묶인 라면상자를 들고 나는 그녀와 함께 민박집을 나선다. 방파제에는 낚시꾼들이 숭어를 노리고 있다. 바다의 색깔은 네이비 블루에 가깝다. 흩날리는 눈발이 그 색깔로 동요 없이 스며든다. 좀 더 눈이 내리면 바다 색은 코발트블루로 변할 것이다. 하지만 나는 무엇 때문에 바다의 색이 시시로 변하는지 정확히 모른다. 단지 변화를 거듭하는 무수한 결을 담고 있는 바다, 라는 이름밖에는. 그 점에서 바다는 그녀와 닮았다. 현상할 수 없는 필름과 같은 그녀를……

CHECK OUT : 그녀가 결혼식을 마치다

검은 눈

"그걸 말이라고 해? 농촌 총각에다가 소설 총각까지, 타이틀이 두 개나 붙은 너한테 시집을 가라고?"

"하지만 우린 사랑하잖아? 사랑은……"

"사랑? 그래, 사랑한다고 치자. 결혼이란 게 사랑만 갖고 되는 거니? 너 한 달 원고료 수입이 얼마야?"

"……"

"앞으로 연락하지 않았음 좋겠어."

또 이 흔한 스토리가 재연되었군……

눈은 그치지 않고 있었다. 나는 열어놓은 창문을 통해 마을로 이어지는 길이 오래 전에 흔적을 감췄다는 사실을 알았다. 눈 위에는 짐승의 발자국 하나 찍혀 있지 않았다. 언제 길을 쳤는지 기억하려 했지만 술기운 탓인지 잘 떠오르지 않았다. 길을 쳐도 사실 찾아올 사람도 없었다. 폭설로 뒤덮인 골짜기에 집 한 채가 있고 그 집에는 늘 취해 있는 한 사내가 있을 뿐이다. 무릎까지 올라온 눈이 쌓여 있는 마당도 적막하기 이를 데 없었다. 길은 화장실과 외양간, 두 동의 닭장, 개집으로만 궁색하게 연결돼 있는 게 전부였다. 눈은 내리는 게 아니라 아예 퍼붓고 있어서 넉가래를 들고 나서봤자 도리어 눈 속에 갇힐 지경이었다. 바람마저 잠들어서 뒷산에선 허리째 꺾여나가는 소나무의 단말마가 심심찮게 들려오는 날들이었다. 폭설의 겨울은 소나무들에게 수난의 계절이나 다름없었다. 다른 방법이 없었다. 눈이 그치고 날씨가 풀리기를 기다리는 수밖에. 그것을 고립이라는 말로 묶어 괜히 어떤 유폐의 으스스한 상황까지 연결하고 싶지도 않았다. 먹을 양식은 충분했고 마실 술도 한겨울을 보내기엔 충분했다. 내가 기거하는 집은 지난 사십여 년간 이 골짜기에서 터를 잡고 있었다. 문제는, 언제나 마음속에 있었다. 세상을 덮고 잠재우는 폭설 속에서도 마음만은 끊임없이 분란의 아궁이에 부채질을 하여 날름거리는 불꽃을 피우고 있었다. 나는 창문을 닫아걸고 술자리로 돌아왔다. 텔레비전에서는 농구 경기의 하프타임을 이용해 뉴스를 내보냈다. 폭설로 인한 교통사고와 농작물 피해가 주된 내용이었다. 오렌지색 옷을 입은 119 대원들은 눈길에 미끄러진 관광버스에서 부상자들을 구출하고 있었다. 나는 항아리에 담긴 돌배술을 국자로 꺼내 한 잔 마시곤 다시 전화기의 번호를 눌렀다. 그러나 저쪽에서 수화기를 들기도 전에 끊어버렸다. 얇은 냄비에서 부글부글 끓고 있는 듯한 그녀의 얼굴이 떠올랐기 때문이다.

동백꽃을 보러 먼 남쪽으로 떠난 엄마와 아버지는 왜 돌아오지 않을까. 나는 술자리 바로 옆에 깔아놓은 이불 위로 쓰러지며 중얼거렸다.

저녁 무렵 바깥 설거지를 모두 끝내고 피곤한 몸을 이불 속으로 들이미는데 문득 아카시아 가시 같은 것이 내 생각을 찌르며 들어왔다. 당황함이 내 몸을 벌떡 일으켜세웠다. 바깥 설거지를 모두 끝냈다니! 나는 바깥 설거지를 모두 끝내는 꿈을 꾼 것뿐이었다. 방바닥은 싸늘하게 식어 있었고 텔레비전은 여섯시 저녁 뉴스를 내보내고 있었다. 어둠이 집 안의 곳곳을 무겁게 내리눌렀다. 술에 취해 그만 깊은 잠에 빠진 것이었다. 나는 부랴부랴 옷을 찾아 걸치고 방을 나섰다.

눈은 골짜기의 집 한 채를 차분하게 덮고 있었다.

불을 밝히자 소가 구유에 머리를 비비는 소리와 두 마리의 개가 밥을 달라고 짖는 소리가 눈발을 건너왔다. 소와 개만이 아니었다. 닭장 속에는 이십여 마리의 닭들이 있었고, 한 마리의 오리 그리고 다섯 마리의 토끼가 저녁을 기다렸다. 엄마와 아버지가 남쪽으로 동백꽃 구경을 가면서 내게 남겨놓은 가축들이었다. 한숨이 술냄새에 섞여 내 걸음을 무겁게 만들었다. 해가 떨어지기 전에 모두 삼십여 마리의 가축들 저녁을 먹여야 했는데 나는 고작 꿈속에서 그 일을 마치고 희희낙락했던 것이다.

"이참에 모두 팔아버리고 가세요. 난 자신없어요."

"고작 사흘인데 집에서 빤들빤들 놀면서 그 일도 못 해! 다 만들어놓은 먹이 갖다주기만 하면 되잖아!"

놀다니…… 엄마와 아버지는 늘 내가 놀고 있다고 단정했다. 물론 나는 항변하지 않았다.

그러나 엄마와 아버지가 만들어놓은 사흘치의 먹이는 동이 나버렸다. 사흘이 훨씬 지났지만 두 사람이 돌아오지 않았기 때문이었다. 헛간과 부엌에서 가축들이 먹을 먹이를 만들며 나는 폭설 속에 피어 있는 동백꽃은 어떤 모습일까 줄곧 상상해보았지만 잘 실감이

나지 않았다.

날은 점점 어두워지고 있어 바빠진 두 다리는 자주 눈밭을 흐트려 놓곤 했다. 반쯤 언 배추와 양배추 두 덩이를 토끼집에 넣어주었다. 하나는 네 마리의 새끼들이 있는 칸에, 나머지 하나는 어미가 있는 옆 칸에. 배가 고픈 토끼들은 철망을 비집고 들어간 눈을 얼굴에 묻히며 쥐처럼 입을 놀려 배추를 갉아먹었다. 그 모습을 지켜보던 잡종 사냥개가 눈발을 입김으로 날리며 의심이 담긴 소리로 짖어댔다. 왜 순서가 뒤바뀐 거냐는 듯한 항의성 울음으로. 나는 다시 헛간으로 돌아가다가 사냥개의 머리를 쓰다듬었다. 녀석은 비로소 어떤 불안을 해소했는지 엉덩이를 내게로 들이밀며 꼬리를 흔들었다. 당신은 내 적이 아니다, 라는 몸짓이었다. 나는 기습적으로 녀석의 옆구리를 오른발로 가격했다. 녀석은 낑낑거리며 제 집으로 들어가 머리만 내민 채 나의 돌변이 어떤 연유에서 비롯되었는지 두 눈을 굴리며 살폈다. 옆의 똥개는 아예 바닥에 드러누워 네 다리를 들고서 자신은 아무 연관이 없다는 투항의 의사를 분명하게 밝혔다. 전구가 나간 헛간은 어두웠다. 닭사료와 갈아놓은 옥수수를 대충 섞어 닭모이를 만들었다. 닭들은 겨울이 되어 닭장에 갇히면서부터 알을 낳지 않았다. 알을 낳지 않는 닭들을 위해 매일 두 번씩 먹이를 챙겨주어야 한다는 사실이 지겨웠다. 아니 닭뿐만 아니라 다른 가축들도 마찬가지였다. 나는 소화되지 않은 술기운을 트림으로 꺽꺽 뱉어내며 닭들과 오리, 두 마리의 개에게 먹이를 주고 외양간으로 갔다. 그 동안 암소는 계속해서 그 큰 입을 벌려 울음을 토해놓거나 구유를 뿔로 들이받았다. 깍지에 사료를 뿌려주자 그제야 허연 콧김을 내뿜으며 얌전해졌다. 내 등허리는 땀에 젖었고 이마에도 송골송골 땀이 잡혀 있었다. 지붕 위에는 거대한 케이크 같은 눈이 차곡차곡 쌓였고 그 위에는 다시 검은 하늘을 헤엄쳐온 눈송이가 내리는 시간이었다. 마지막 남은 바깥 설거지는 보일러실로 들어가 내가 누울 구들장을 데울 불을 지피는 일이었다. 나는 눈밭 사이로 난 좁은 길 끝에 자리한 가축들의 집을 차례차례 되살폈다. 시간은 다소 늦었지만 별 탈 없이 지겨운 바깥 행사를 무사히 마쳤다는 안도감이 땀에 젖은 이마를 시원하게 식혀주고 있었다. 마지막으로 외양간 문을 닫고 바깥에서 잠금장치를 걸고 있을 때 나는 그 소리를 들었다.

"물은?"

주위를 돌아보았지만 외등 불빛 속으로 송이눈만 차분하게 내리고 있었지 사람의 모습은 없었다. 하지만 중저음의 그 목소리는 너무도 분명해서 나는 잠시 외양간 앞을 떠나지 못했다. 마치 오랫동안 검은 눈밭을 빠져나온 그 누군가가 처마 밑에서 얼어가는 옷자락을 털며 내뱉은 말 같았다. 나는 움직이지 않은 채 불빛이 미치지 않는 곳을 주의해서 살폈지만 허사였다. 한 번쯤 더 들려올 법한 그 목소리도 되살아나지 않았다. 보일러실로 방향을 틀고 몇 걸음 옮기지 않았을 때 나는 다시 뒤돌아서야만 했다. 등허리에서 말라가던 땀이 날카로운 얼음 조각으로 변해버렸다.

나는 한 손엔 낫을 들고 나머지 손으로 조심스럽게 외양간 문을 열었다.

외등은 썰어놓은 짚을 먹는 암소의 머리 부분만 비출 뿐 외양간 안쪽은 어둠으로 가득해서 아무것도 보이지 않았다. 나는 외양간의 어둠 속으로 조심스럽게 말을 디밀었다.

"거기…… 누구 있어요?"

"물은 안 줘?"

"!……?"

입을 우물거리던 암소는 나를 보며 태연하게 말했다. 아, 그제야 나는 내가 저지른 실수를 눈치챘다. 구유에 볏짚과 사료만 넣어주었지 암소가 꼭 마셔야 하는 물을 빼먹은 것이다. 나는 서둘러 부엌으로 달려가 양동이에 물을 받았다. 혼자 집을 지키며 가축을 돌보면서부터 매일 한 가지씩 잊지 않고 실수를 저지르고 있었다. 양동이에서 출렁거리며 넘치는 물이 바짓자락을 적셨다. 두 동이의 물을 구유에 붓고 돌아설 때 암소는 긴 혀를 물에 담가보더니 다시 나를 불러세웠다. 화가 난 듯 뿔로 구유를 들썩들썩 흔들며.

"이렇게 차가운 물을 지금 나더러 먹으라는 거야?"

나는 암소 앞에서 숙제를 해가지 못한 어린 학생처럼 쩔쩔매고 있었다. 그렇다고 당장 물을 데울 수도 없었다. 외등 불빛 속으로 들어온 눈이 무겁게 내 어깨를 누르고 있었다. 나는 조금만 기다리면 된다는 말을 자신없게 뱉었다. 아버지 같았으면 대수롭지 않게 지나갈 문제에 왠지 나는 안절부절못하고 있었다. 암소는 한 발짝 더 나를 궁지로 몰았다.

"말 나온 김에 하는 얘긴데, 눈이 있으면 한번 봐. 대체 외양간은 언제 칠 거야? 내가 이 똥더미 위에서 제대로 잠을 자겠어? 사람 사는 데도 이렇지는 않겠다. 너는 니가 싼 똥을 엉덩이에 붙이고 있으면 잠이 잘 와?"

술기운은 어느새 달아나고 없었다. 나는 화목보일러에 불을 지피고 눈밭을 헤엄치다시피 오가며 짚가리에서 마른 짚을 가져와 임시로 외양간 바닥에 깔았다. 그 와중에 나는 동백꽃을 보러 갔다가 돌아오지 않고 있는 엄마와 아버지를 원망했다. 사흘이란 시간을 철석같이 믿은 나 또한 예외가 아니었다.

"고생했어. 술만 마시지 말고 내일부턴 좀 제대로 하라구. 떠나간 여자 땜에 우리까지 굶어서야 되겠어!"

빈 양동이를 들고 외양간을 돌아서는 내게 날아온 암소의 충고였다. 뒤꼍을 돌아 보일러실로 가면서 나는 속 깊은 곳에서 그제야 매운 연기가 쿨럭쿨럭 올라오고 있다는 사실을 알았다. 왜 한마디 항변도 하지 못했던가. 그만한 까닭도 없이 나는 가축들의 저녁식사를 잊고 잠든 게 아니었다. 비록 속절없는 사랑이라고 손가락질을 받을 수는 있겠지만 내 마음의 멍은 푸르다 못해 검은빛을 띨 지경이었다. 나는 양동이를 눈더미에 던져버리곤 외양간으로 방향을 바꿨다. 일방적으로 당하고 있을 수는 없었다. 외양간 문을 열어젖혔다. 암소는 여전히 먹이를 먹고 있었다. 나는 잠시 숨을 진정시켰다.

"……넌 내가 저녁시간을 조금 어겼다고 불평을 했는데, 그 정돈 넘어갈 수 있는 거 아냐? 여름처럼 하루 종일 일을 한 것도 아니잖아! 그리고 언제부터 니가 찬물 더운물 가려가며 먹었어? 그나마 잠들지 않고 챙겨준 것만 해도 고마워해야 하지 않아? 외양간을 치우지 않아 더럽다고? 언제는 니가 대리석 위에서 살았어? 그래, 거기까지만 해도 괜찮아. 니가 사랑을 알아? 사랑을 아냐고?"

암소는 내 고함에 일절 반응을 보이지 않은 채 먹이만 먹었다. 간혹 고개를 들어 그 크고 무심한 눈으로 나를 물끄러미 바라볼 뿐이었다. 나는 암소의 백치 같은 눈망울을 노려보다가 튀어나오려는 욕설을 삼켜야만 했다. 비로소 깨달았던 것이다. 암소는 인간처럼 말을 할 수 없다는 사실을…… 나는 힘없이 돌아섰다. 모든 발단은 엄마와 아버지가 동백꽃 구경에서 돌아오지 않는 데서 비롯되었다. 내 뒤에서 암소가 길게 울었다. 함박눈은 그치지 않고 골짜기의 외딴집 한 채를 덮고 있었다.

연애라는 것인 줄 모르고 사귀다가…… 그것이 연애였다는 것을 알 때가 있다. 그녀와의 경우가 그랬다. 그녀는 어떠했는지 정확히 알 수 없지만. 경우야 어찌 되었건 내 마음은 이미 돌아올 수 없는 다리 위에 서 있었다. 그녀는 못 건너겠다고 버팅겼다. 늦가을 바람이 다리 옆 이태리포플러의 마른 잎을 쓸고 가는 그믐밤이었다.

"싫어, 나 못 가겠어! 겁난단 말이야!"

가로등조차 없는 시골의 다리 위에서 나와 그녀는 꼬박 한 시간 동안 실랑이를 벌였다. 보이지 않는 바람 소리와 물소리가 협주를 하는 밤이었다. 나는 그녀의 심정을 충분히 이해했지만 그 밤 달리 어찌할 방법이 없었다. 어떻게 그녀와 내가 서울을 떠나 내 고향집으로 가는 다리 위에 있게 되었는지를 떠올리려 해도 막막하기만 할 따름이었다.

"그럼 도대체 어떻게 했으면 좋겠어?"

그녀는 어둠 속에서 내 얼굴을 말없이 쳐다보았다. 포플러 잎사귀들이 허공에서 일제히 메밀꽃을 피우는 소리가 내려왔다.

"나도 모르겠어…… 내가 어쩌다 여기까지 왔는지…… 나…… 오줌 마려워."

나는 그녀를 포플러나무 밑으로 데려갔다. 마침내 다리를 건넌 것이다. 그녀는 나무 밑에 앉아 용변을 보았고 나는 낯선 어둠이 무섭다는 그녀의 요청을 받아들여 그 옆에 앉아 한쪽 손을 잡아주었다. 그러자 그때까지 어둠 속을 흐르던 바람과 물소리는 모두 지워지고 그녀의 오줌줄기가 자갈에 부딪히는 소리만 그 밤을 건너갔다. 나는 비로소 우리가 다리를 무사히 건넜다는 안도감에 사로잡혔다. 그녀의 오줌 소리는 그렇게 건강했던 것이다.

보일러실 옆에 쌓인 눈더미에는 노란 오줌 구멍이 여기저기에 뚫려 있었다. 겨울잠을 자던 땅속의 뱀들이 밖으로 나온 흔적 같았다. 나는 그 옆에 새로운 오줌 구멍을 내고 있었다. 힘이 없는 오줌줄기 는 신통찮은 구멍 하나를 만들어놓았다. 먼 기억 속에서 들려오는 오줌 소리를 지워버리고 나는 보일러실로 들어갔다. 어제와 같은 실수를 저지르지 않으려면 낮에 미리 가축들의 먹이를 만들어놓는 게 좋을 것 같다는 판단에서였다. 화목보일러의 아궁이에서는 장작 이 뱀의 혓바닥 같은 불길에 휩싸여 있었고 열린 문 밖으론 눈이 내 렸다. 어제보다 한 뼘쯤 더 쌓인 것 같았다. 닭사료와 옥수수 가루 를 반죽하면서 나는 지붕이 언제까지 눈의 무게를 이길 수 있을 것 인가를 생각했다. 물론 눈은 어느 시점에서 멈출 것이다. 하지만 마 음이 만들어낸 영상은 끔찍했다. 술에 취해 잠을 자다 눈더미를 이 기지 못하고 내려앉은 지붕 밑으로 내가 깔리는 영상. 명치께를 찌 르고 들어오는 지붕의 서까래. 사다리를 타고 올라가 지붕의 눈을 치울 생각도 했지만 그전에 눈이 그치거나 동백꽃을 보러 간 엄마 와 아버지가 돌아올지도 모른다는 희망이 나를 붙잡곤 했다. 사흘 치 정도의 닭먹이를 만들어 얼지 않게 보일러 위에 올려놓고 게으 르게 담배를 피웠다. 아궁이 안에서 소용돌이치는 불길은 동파이프 의 물을 데우고 그 온도를 감지한 순환펌프가 따뜻한 물을 구들장 밑으로 보내는 소리가 눈 내리는 오후를 한층 나른하게 만들고 있 었다.

그때 누군가 앞마당과 연결되는 보일러실의 문을 둔탁하게 두드 렸고 거의 동시에 개 짖는 소리와 급박한 닭의 울음과 날갯짓 소리 가 나른한 오후의 평화를 찢어버렸다. 나는 채 피우지 못한 담배를 아궁이에 던졌다. 예감은 언제나 불길했다.

문을 뿔로 들이받은 것은 암소였다. 코뚜레와 연결된 밧줄을 긴

뱀처럼 눈 위에 늘어놓은 암소는 태연하게 처마 밑에 매달아놓은 시래기를 뜯어먹고 있었다. 마당은 가축들의 발자국으로 난장판이었다. 나는 상황이 급박하게 돌아가는 밖으로 뛰어나가려다가 걸음을 멈췄다. 호주머니에서 담배를 꺼내 불을 붙이고 노련한 형사처럼 천천히 마당을 시선으로 훑어나갔다.

아침나절 나는 가축들의 먹이를 주고 난 뒤 다른 때보다 더 세심하게 가축과 축사의 상태를 점검했다. 마당에서 벌어지고 있는 상황은 도무지 이해할 수 없었다. 어떻게 각자의 축사에 있던 가축들이 스스로 밧줄을 풀고 문을 열고 밖으로 나와 활개를 칠 수 있단 말인가. 나는 담배를 깊이 빨아들인 뒤 눈발 속으로 여유 있게 연기를 내뿜었다. 결론은 간단했다. 지금 상황은 꿈인 것이다. 문턱에 주저앉아 밖을 보는 내 기분은 흥미진진한 〈동물의 왕국〉을 시청하는 기분이었다.

"컹! 컹! 크르르……!"

"꼬꼬댁, 꼬오! 꼬꼬댁!"

"으음메!"

"꽥, 꽥! 꽤액!"

토끼는 말이 없었다.

긴 겨울 내내 우리에 갇혀 있었던 가축들은 제 세상을 만난 듯 눈밭에서 활개쳤다. 개들은 닭을 쫓고 닭들은 개를 피해 날개답지 않은 날개를 파닥대며 담이나 닭장 위로 날아올랐다. 눈더미를 한 짐 실은 리어카 위에서 짓궂은 장난을 거는 똥개를 향해 입에 담지 못할 욕설을 퍼붓는 오리는 꼭 시장통의 장사꾼 같았다. 개에게 지레 겁을 먹은 중닭들은 암소의 등에 올라가 내려오지 않았다. 토끼만이 그런 바깥 상황에 흥미를 잃은 듯 다시 제 집으로 들어갔고 어린 토끼들도 마찬가지였다. 사실 폭설 속에서 집토끼가 할 수 있는 일이란 없었다. 시간이 흐를수록 눈밭에서 벌어지는 활극은 개와 닭들 간의 이파전으로 좁혀졌다. 그것은 게임으로 시작해서 싸움으로 끝마치는 시골 마을의 체육대회나 다름없었다. 물론 일방적으로 닭들이 밀리는 싸움이었다. 똥개와 잡종 사냥개가 두려워하는 대상은 두 마리의 수탉과 그 체육대회를 관전하는 대회위원장 같은 나뿐이었다. 녀석들은 내 눈치를 보며 싸움의 수위 조절을 했고 깃털을 세운 채 꼿꼿이 그 자리를 사수하는 수탉 두 마리에게는 접근을 삼갔다. 암탉들을 지키려는 두 마리 수탉의 용기에 박수를 보내고 싶을 정도였다. 두 마리 개가 마치 시장판의 술 취한 건달을 닮았다면 수탉은 무림의 진정한 검객의 모습 그대로였다. 수탉은 개의 약점이 두 눈이라는 것을 분명하게 알고 있었다. 물론 개들도 자신의 약점을 알고 있었다. 아마 암탉까지 가세해 모두 스무 마리의 닭이 두 마리 개의 눈을 향해 덤벼든다면 싸움의 양상은 백팔십도 변할 것이다. 그러나 암탉들은 개 자체를 두려워했다. 소는 변함없이 시래기를 먹는 데 열중할 뿐 싸움에는 관심이 없었다. 하지만 쌓인 눈이 사람의 무릎까지 차오르는 마당의 여건을 놓고 볼 때 공정한 싸움이 아니라는 쪽으로 내 판단은 기울었다.

"멍멍아, 그만 해라!"

나는 피우던 담배를 잡종 사냥개에게 퉁겨보내며 말했다. 꿈이든 아니면 현실이든 간에 언제까지 모든 상황을 방치할 순 없었다. 사실 시간이 흐를수록 흥미가 없어진 까닭도 한몫 거들었다. 내 눈치를 더 살피는 똥개는 곧장 내게로 달려와 두 발을 들어올리며 꼬리를 흔들었다. 정세 판단이 빠른 놈이었지만 그렇다고 해서 입에서 흘러내리는 군침까지 처리한 건 아니었다. 잡종 사냥개는 미련을

버리지 못했다. 내 눈치를 보긴 했지만 눈앞에서 무방비로 퍼덕거리는 닭을 포기하기 싫은 모양이었다. 나는 보일러실에 쌓아놓았던 장작개비를 꺼내 던졌고, 눈발을 헤엄쳐간 그것은 정확히 개의 옆구리를 가격했다.

"끄응……"

잡종 사냥개는 목에 걸린 개줄을 질질 끌고 와서 내게 투항했다. 하지만 나는 순간 나를 노려보던 개의 눈빛에 담겨 있는 어떤 적의를 놓치지 않았다. 서늘한 무엇이 등줄기를 훑고 사라졌다. 나는 앉은자리에서 침착하게 오른발을 들어 잡종 사냥개의 왼쪽 턱을 후려 찼다. 눈더미 속에 처박힌 녀석은 그제야 본래의 눈빛으로 돌아갔다. 개집으로 두 마리의 개를 끌고 가며 고개를 끄덕였다. 피는 속일 수 없는 것이라고. 나는 내가 녀석에게 저녁밥을 주지 않을 거란 사실을 예감했다. 꿈이든 현실이든 간에.

개줄을 단단하게 묶고 암소를 외양간에 가두고 오리와 토끼의 상태를 모두 마무리지었지만 문제는 닭들에게 있었다. 두 마리의 개, 특히 잡종 사냥개에게 단단히 혼이 난 암탉들을 두 동의 닭장으로 몰기란 쉬운 일이 아니었다. 겁에 질려 구석구석에 숨어 있는 암탉들의 고집은 가히 수준급이었다. 평상시에는 닭장 앞에서 구구구- 소리치며 먹이로 유인하면 그만이었는데 소동이 지난 뒤 닭의 기억 속에는 오로지 잡종 사냥개밖에 없는 모양이었다. 나는 거의 한 시간을 미친 사람처럼 울 안의 눈밭에서 허우적거렸다. 닭들의 대장격인 두 마리의 수탉도 암탉들의 머리에 박힌 그 기억만은 어쩌지 못하는 모양이었다.

모두 열아홉 마리의 닭을 간신히 닭장에 잡아넣은 뒤 나는 다시 보일러실의 문턱에 앉아 담배를 피우며 변소의 지붕을 올려다보았다. 눈발은 끊임없이 날리고 한 여자의 얼굴이 대책없이 떠올라 지붕 위에 있는 암탉의 모습과 겹쳐졌다. 평생 농사를 짓고 가축을 길러온 엄마와 아버지라면 지붕 위에 올라간 닭 한 마리쯤은 간단하게 처리할 수 있을 텐데 눈 내리는 겨울날, 하지만 내가 할 수 있는 일은 그저 "구구-" 하고 소리치는 것뿐이었다.

"춥지 않아? 그만 내려와라!"

발이 시린지 한쪽 다리를 들어 털에 감춘 자세로 서 있는 닭은 내 권유를 들은 척도 하지 않았다. 나는 이미 만들어놓은 몇 개의 눈뭉치를 사용할 시기를 조율했다. 기어코 지붕을 내려오지 않는다면 다소 비열한 방법이지만 조개탄만한 눈뭉치를 던져 떨어뜨릴 수밖에 없었다.

"너 거기 있다 날 저물면 얼어죽을지도 몰라! 봐, 개들도 모두 가 뒀잖아!"

고민에 빠진 듯 닭은 잠깐 나를 보더니 개집을 살폈다. 나는 손에 쥐고 있던 눈뭉치를 놓았다. 닭의 갈등을 읽었기 때문이다. 그때 개집에 있던 잡종 사냥개가 변소 지붕에 있는 닭을 발견하고 사납게 짖어댔다. 나는 달려갈 시간도 아까워 눈뭉치를 연속으로 개에게 던졌다. 잡종 사냥개의 비명을 들으며 나는 마땅한 몽둥이를 찾다가 그만 그 자리에서 모든 동작을 멈추어야만 했다. 지붕 위에서 떨고 있는 닭의 목소리는 비장했다.

"지금까지 지켜봤는데…… 오빠는 내가 원하는 사람이 아냐."

나는 한참이나 변소 지붕을 바라보다가 입을 열었다.

"갑자기 왜 그러는 거야? 대체 니가 원하는 게 뭔데?"

"난 그냥 평범한 주부로 살고 싶어. 하지만 오빠랑 결혼하면 내가 오빨 먹여살려야 할 것 같아."

……넌 내가 쓴 글을 좋아했잖아.

나는 입에서 맴도는 말을 지붕 위의 그녀에게, 아니 닭에게 말할 수 없었다. 닭은 추위에 약한 동물이다. 그러나 얼어죽는다 해도 한 번 마음먹은 것은 쉽사리 바꾸지 않는 동물이다. 내가 억지로라도 끌어내리지 않으면 지붕 위에서 생을 마감하리란 사실도 나는 알고 있었다. 모든 정황으로 볼 때 내가 직접 눈을 헤치고 지붕으로 올라가는 수밖에 다른 방법이 없었다. 지겨운 꿈이었다. 꿈인 줄 알고 꾸는 꿈의 쓸쓸한 풍경이었다. 그렇다고 해서 나 홀로 그 꿈속에서 슬쩍 빠져나올 수도 없었다. 꿈의 규칙은 언제나 화자에게 냉정했다. 단지 꿈인 줄 안다는 사실에서 조금의 위안을 얻을 뿐이다. 그 위안은 꿈의 주재자가 던져놓은 작은 빵부스러기 같은 것이다.

"이제 됐으니까 그만 내려와라. 니가 하고 싶은 대로 해."

최후 통첩은 예상대로 무위로 끝났다. 암탉은 지붕 위에서 외로이 떨고 있었다. 나는 헛간 옆의 눈더미를 파헤쳐 사다리를 꺼내느라 한바탕 법석을 떨었다. 지붕은 경사가 급할뿐더러 그 위에 쌓인 눈 때문에 선불리 접근할 수 있는 곳이 아니었다. 한 손엔 삽을 들고 나머지 한 손과 두 무릎으로 지붕을 기어올라가는 내 모습, 그리고 지붕 위의 암탉을 엄마와 아버지가 보았다면 아마 다시는 집을 내게 맡기고 동백꽃을 보러 떠나지 않을 것이다.

암탉은 별다른 저항 없이 내 품에 안겼다. 나는 조심스럽게 일어나 주변을 돌아보았다. 굴뚝을 빠져나온 연기는 눈발을 헤치고 천천히 동쪽으로 이동하고 있었고 뒷산의 소나무 가지에 내려앉은 눈은 누군가 재채기라도 하면 일시에 쏟아질 듯 위태로웠지만 그런 대로 모두들 잘 견디고 있다는 것을 느낄 수 있었다. 마당은 가축들의 발자국으로 어지러웠지만 내리는 눈발의 기세로 볼 때 금방 지워질 것이다. 내 품에 안겨 새가슴을 콩닥거리던 암탉이 입을 연 것은 꿈의 구조가 언제나 그렇듯 내게 찾아온 안심을 일시에 뒤엎어버렸다.

"오빠 품에 지금 내가 안겨 있다고 해서 내가 오빠랑 결혼하겠다는 건 절대 아니야. 착각하지 않았음 좋겠어."

암탉은 부리로 내 손을 쪼았고 중심을 잃은 나는 지붕에 덮인 눈과 함께 마당으로 미끄러졌다. 꿈에서 나가는 문은 그곳에 있었다. 온통 눈으로 가득한 문이었다.

나는 형광등과 텔레비전을 켜놓은 채 잠들었음을 알았다. 치우지 않은 술자리도 그대로였다. 두 손을 들여다보았다. 닭털은 묻어 있지 않았다. 마감뉴스가 나오고 있었다. 한반도를 강타한 폭설은 계속해서 크고 작은 사건과 사고를 가져온다고 아나운서는 우려를 표명했다. 집에서 가까운 대관령에서는 일대 혼란이 벌어진 모양이었다. 폭설에 갇힌 차량들은 연료가 바닥나고 사람들은 추위와 굶주림 때문에 걸어서 대관령을 내려가거나 올라가고 있다는 보도였다. 그러나 화면 어디에도 동백꽃을 보러 간 엄마와 아버지의 얼굴은 나타나지 않았다. 나는 땀으로 흥건하게 젖은 몸을 일으켰다. 꿈속의 모든 장면이 생생하게 떠올랐다. 눈이 내리는 날은 유독 꿈자리가 길고 뒤숭숭했다. 그런 날의 꿈은 수백 개의 구멍을 통해 잉잉거리는 벌떼가 드나드는 벌집과 다름없었다.

전화번호를 누르는 마음은 의외로 담담했다. 수화기에서 들려오는 그녀의 목소리도 마찬가지였다.

"거기 눈이 많이 왔겠네."

"응."

"쓰고 있는 소설은 잘돼?"

"응. 거의 다 썼어."

"그걸로 돈 많이 벌면 나한테 다시 청혼할 거야?"

"……아니. 그럴 수 없을 것 같아."

"봐, 남자도 다 그런 거야. 나 졸려. 전화 끊을게."

"그래."

물론 그녀가 말한 소설을 나는 시작도 하지 못했다. 그녀와 계속 사이가 좋았다면 아마 반쯤은 썼을 게 분명했지만. 그 소설은 흔들리기 시작하는 두 사람의 관계를 회복시키기 위한 일종의 삐라였던 것이다. 그녀는 가끔 나에 대한 기분이 다소 누그러졌을 때마다 그 소설에 대해 물었고 대강의 줄거리를 들려주면 마치 복권의 마지막 한자리 숫자를 기다리는 듯 순진한 눈빛을 반짝였다. 그러나…… 계속되는 폭설 속에 삐라는 묻혀버렸다, 오래된 꿈처럼.

폭설은 그치지 않았다. 며칠째 눈이 내리는지도 알 수 없었다. 눈에 덮여가는 골짜기의 외딴집을 찾아오는 이도 없었다. 잠에서 깨어나면 아침 겸 점심을 먹고 이어 가축들의 먹이를 챙겨주는 게 낮 동안의 일과였다. 그 나머지 시간은 텔레비전을 보며 술을 마시는 걸로 채워나갔다. 그러다 예고없이 우울이 들이닥치면 숨겨두었던 포르노 테이프를 꺼내 보았다. 엄마와 아버지가 있을 때는 방문을 걸어잠그고 텔레비전의 볼륨을 최대한 줄여야 했기 때문에 화면에서 어떤 현실감을 느낄 수 없었다. 하지만 두 분이 동백꽃을 구경 간 다음부턴 배우들의 교성을 마음껏 들을 수 있었다. 간혹 유리창을 흔들고 가는 바람 소리에 깜짝 놀라긴 했지만.

전화로 그녀와 한바탕 설전을 벌인 뒤 나는 풀리지 않는 분을 달래려고 포르노를 틀었다. 배우들의 신음은 집 안을 쾅쾅 흔들 정도였다. 길고 지루한 꿈속에 사로잡혀 있는 것 같았다. 아무리 깨어나려고 해도 깨어날 수 없는 잠. 비로소 깨어났는가 싶었는데 둘러보니 다시 꿈속에 들어가 있었다. 변신에 변신을 거듭하는—당연히 그녀의 의지는 아니겠지만—그녀는 내 꿈속을 쏘다니며 나를 조롱하거나 위로하기에 바빴다. 나 또한 그녀를 붙잡으려고 무수한 말다발을 쏟아놓거나 주먹질을 하기가 예사였다. 포르노 배우들의 기쁨에 찬 신음은 적당한 볼륨의 선을 넘어버리자 오히려 괴기스럽게 들렸다. 나는 벽에 기댄 채 창 밖으로 내리는 눈을 바라보며 지나간 꿈과 엄청난 신음이 뒤섞이는 것을 묵묵히 바라볼 뿐이었다. 밖에서는 잡종 사냥개와 똥개가 번갈아 짖어대며 집 안의 소음과 반주를 맞추는 오후였다. 하지만 포르노의 화면은 식상했고 신음도 새롭지 않았으며 눈발을 헤치고 들어오는 개 짖는 소리도 마찬가지였다. 낡고 낡은 꿈속에서 낡고 낡은 삼류영화를 보고 있다는 기분을 지울 수 없었다. 나는 외투를 껴입고 비척비척 밖으로 나갔다. 한 손에 포르노 테이프를 쥔 채.

잔뜩 그을린 아궁이 속에서 테이프는 검은 연기를 피워올리며 타들어갔다. 나는 장작 위에 쪼그려앉아 담배를 피우며 불길과 연기가 소용돌이치는 아궁이를 들여다보았다. 아궁이 속은 지난 며칠간의 내 머릿속 같았다.

"그만하면 됐어! 언제까지 이러고 있을 거야!"

눈발 속에 서 있는 암소는 콧김을 내뱉으며 내게 말했다. 나는 암소의 큰 눈을 멍하니 바라보았다. 단단하게 묶어놓은 밧줄을 매번 풀고 나오는 암소를 당해낼 수 없었다. 암소는 어른 얼굴만한 혓바닥을 내밀어 내 손을 핥아주었다.

"떨어지는 꽃잎에 너무 민감할 필요 없어."

나는 마당을 가로질러 스스로 외양간으로 돌아가는 암소의 엉덩이를 눈길로 좇다가 돌아왔다. 아궁이 속의 포르노 테이프는 녹은

엿처럼 아직 타지 않은 장작을 검게 휘감은 채 번들거렸다. 한겨울에, 떨어지는 꽃잎에 민감하지 말라고 일러주기 위해 암소는 밧줄을 풀고 집 안의 가축들을 대표해서 내게 왔던 것일까. 꽃은 다시 피는 것이니 떠나간 여자에게 연연해 술타령이나 하지 말고 하루 두 끼의 먹이나 제대로 챙겨달라는 그런 뜻이었을까.

어지러운 기억 같은 아궁이를 닫았다. 집주인인 엄마와 아버지가 없는 집은, 비록 굴뚝에서 간신히 검은 연기가 빠져나오고는 있지만, 쇠락해가는 폐가 같았다. 십팔 년 만에 돌아온 집에는 내 손때가 묻은 것이 없었다. 나는 단지 이곳저곳을 기웃거릴 뿐이었다. 사실 새롭게 손때를 묻혀 무엇에 애착을 가질 만한 기력도 없었다. 단지 쉬고 싶을 뿐이었다. 쉬고 싶다는 생각이 그나마 든 것은 이 집에서 내 탯줄이 끊어졌다는 까닭에서였다. 그렇게 나는 겨울이 시작될 무렵의 어느 밤 이 집을 찾아왔던 것이다. 가까운 기억이 보일러의 순환펌프를 돌리고 멀고 먼 기억은 폭설에 묻힌 채 겨우 숨만 쉬는 집의 헛간에 고인 그늘 속에 웅크리고 앉아 나는 비로소 가축들에게 먹일 사료가 바닥나고 있음을 알았다.

"니가 집을 보니까 처음으로 함께 관광을 가는 거다."

"넌 굶더라도 말 못 하고 죄 없는 가축들은 절대 굶기지 마라!"

엄마와 아버지의 마지막 당부였다.

바닥이 보이는 단지 위에 올라앉아 한숨을 내뱉었다. 가깝고 먼 기억이 몰려와 재차 한숨을 떠밀었다. 풀썩, 먼지가 일었다가 가라앉기를 거듭했다. 막막한 내일의 무엇인가가 명치께에서 자리를 넓혀가는 것 같았다. 헛간에 고여 있는 한기는 차가운 뱀으로 변해 옷속에서 스물스물 기어다녔다. 나는 담배 한 대를 모두 피우고 마침내 고개를 끄덕였다. 그녀가 이런 생활을 감당할 수 없는 건 분명하다. 그녀는 나를 보면서 내 뒤에 펼쳐져 있는, 나도 미처 감지하지 못한 그림자를 직감으로 보아버린 것이다. 먹이를 달라고 노골적으로 요구하는 저 가축들, 그리고 어둡고 추운 헛간을……

나는 가축들이 눈치채지 못하게 뒷문을 통해 집으로 들어와 간단한 짐을 꾸렸다. 작은 배낭은 이내 채워졌다. 예정된 사흘이 지나도 돌아오지 않는 엄마와 아버지를 무작정 기다리며 가축들과 먹이 문제로 노닥거릴 수는 없었다. 그녀의 마음속에 한 가닥이라도 남아 있을지 모를, 나에 대한 따스함이 식기 전에 직접 만나야 할 것 같았다. 가축이 무엇인가. 자기 자신을 위해 존재하기를 포기한 동물들인 것이다. 그것들 뒤치다꺼리를 하느라고 그녀를 놓칠 수는 없는 일이었다. 나는 배낭을 멘 채 다시 뒷문으로 나왔다. 뒷마당을 가득 덮은 폭설을 보며 잠깐 한숨을 쉬었지만 곧 그 눈밭을 헤치고 들어갔다. 아무리 지독한 눈이라지만 버스가 다니는 큰길까지 한 시간이면 넉넉히 도착할 수 있었다. 그녀에게 간다는 사실만 가지고도 폭설의 눈길은 아름다웠다. 집을 반 바퀴 에돌아나오는 동안 눈치 빠른 개도 짖지 않았고 암소도 울지 않았다. 녀석들은 나의 탈출을 짐작조차 못할 것이다.

"너도 도망치는 거야?"

담 모퉁이에 있는 돌배나무를 돌아 본래의 길로 들어섰을 때 발자국으로 어지러운 눈길을 바삐 걸어가던 오리가 한 말이었다. 나는 돌배나무의 새끼처럼 그 자리에 우뚝 서버렸다. 암소를 선두로 한 다른 가축들은 저 앞에서 가고 있었다.

"니 먹을 것도 다 떨어진 거야?"

오리는 다시 물었다. 정말이지 나는 벌어진 입을 다물 수 없었다. 다리가 후들거리기 시작했고 가슴은 불안하게 요동쳤다. 일렬로 줄

을 지어 골짜기를 빠져나가는 가축들의 모습은 텔레비전에서 본 일
사후퇴 때의 피난민 행렬 그것이었다. 그녀의 모습은 온데간데없이
사라졌다. 나는 고개를 돌려 폭설 속에서 키를 낮추고 있는 언덕 위
의 빈집을 바라보았다.

"어디로 가는데?"

"먹을 게 있는 집으로 가는 거지 뭐."

내 질문에 오리는 뒤뚱거리는 걸음을 멈추지 않고 대답했다. 아무
리 생각해도 엄마와 아버지는 동백꽃을 보기 위해 너무 무거운 짐
을 내 어깨에 올려놓았다. 나는 허리까지 올라오는 눈 위에 걸터앉
아 눈앞에서 펼쳐지는 난감한 상황을 어떻게 수습할까 고민했다.
함께 집을 떠날 생각은 가져보지도 않은 터였다. 고민은 길지 않았
다. 나는 우선 배낭을 눈 속에 파묻었다. 나중을 위해서라도 동반
가출은 이로울 게 없었다. 내 편을 들어줄 사람은 아무도 없을 게
분명했기 때문이다.

"멈춰 –!"

거의 헤엄치다시피 눈밭을 달려가 선두에 있는 암소를 막아선 곳
은 다리 입구였다. 언젠가 늦은 가을밤 그녀가 이태리포플러 아래
에서 소변을 보던 곳이었다. 한동안 내 입에서 더운 김이 빠져나왔
다. 가축들은 툴툴거리면서 나를 바라보았다. 만만찮은 표정이었
다. 나는 다시 그날 밤 그녀와 했던 말싸움을 떠올렸다. 이태리포플
러는 새가 없는 새집 하나를 우듬지에 올려놓은 채 묵묵히 눈을 맞
고 있었다. 나는 입을 열었다.

"집으로 돌아가자."

"우릴 보고 굶어 죽으란 얘기야?" 좌장 행세를 하는 암소가 따
졌다.

"겨울 동안 우리가 놀고먹는다고 너무 무시하는 것 같아. 알이라도 낳았다면 아마 이렇지는 않을 거야." 똥개 등에 올라가 있던 암탉의 불만이었다.

"진수성찬을 요구하는 것도 아니잖아?" 잡종 사냥개가 거들었다.

"……" 나의 묵묵부답.

"잘됐네. 어차피 너도 집 나가려고 하는 모양인데 같이 나가자고!" 돌배나무 아래에서 내 배낭을 본 오리의 일격이었다.

나는 가축들의 마음을 돌리는 데 근 한 시간가량을 소비했다. 집으로 돌아가는 길은 서서히 어두워지고 있었다. 막차로 떠나려고 했던 내 계획은 당연히 수포로 돌아갔다. 그사이 아마 그녀는 내게서 한 발짝 더 멀어져갔을 것이다. 가축들을 각자의 우리로 넣은 뒤 나는 폭설에 묻혀 있는 짚가리를 파헤치느라 머리까지 눈을 뒤집어썼다. 우리마다 따뜻하게 짚을 깔아주고 남은 사료를 긁어 먹이를 넣어주었을 때 온몸은 땀으로 흥건하게 젖어 있었다. 내 마음속에 일종의 뿌듯함이 들어오는 것을 막지 않았다. 그녀와 가까워지기 시작했을 때 생겨났던 그것과는 다른 뿌듯함이었다. 그러나 가슴 한편을 채우고 있는 지독한 안개가 사라진 것은 아니었다. 단지 낮 동안 부글부글 끓고 있었던 기억을 다소 진정시켰을 따름이었다.

"아무리 생각해도 난 떠나야겠어."

아궁이 앞에서 젖은 옷을 말리며 깜박깜박 졸고 있는 나를 깨운 것은 오리였다. 어이가 없었다. 사방이 깜깜하고 폭설에 뒤덮였는데 오리 한 마리가 떠나겠다니. 하지만 녀석의 목소리는 진지했다.

"걱정하지 마. 어떻게든 먹이는 마련할 테니까. 그만 우리에 가서자."

"그 문제 때문에 떠나겠다는 게 아냐. 지금 떠나지 않으면 다신

기회가 없을 것 같아."

"도대체 왜 그러는데?"

"나도 잘 모르겠어. 왠지 소중한 무언가를 잃어버린 것 같아. 가서 잡아야 해. 그래야만 나중에 후회하지 않을 거야. 갈게."

"야 인마! 제발 구름 잡는 소리 좀 그만 해! 이 밤에 집을 나가면 넌 얼어죽는단 말야!"

눈 내리는 밤, 나는 도망가는 오리와 집을 뱅뱅 돌며 이라운드를 펼쳤다. 오리는 담을 넘고 그 담을 따라 넘다가 나는 거꾸로 눈 속에 처박혔다. 오리는 계속해서 도망치려 했지만 이상하게도 집 근처만 맴돌았고 그 사실에 의아해하면서도 나는 오리를 쫓았다. 다른 가축들 역시 이상하리만치 냉정을 유지했다. 결국 오리는 길을 잘못 들어 제 우리로 들어가고 말았고 나도 따라서 들어갔다. 구석의 짚더미에서 가쁜 숨을 내뱉는 오리를 바라보며 나는 바닥에 주저앉았다. 한동안 나와 오리는 밭은 숨만 내뱉으며 서로의 눈빛을 읽었다. 긴 하루였다는 생각이 내 머릿속에서 사라지지 않았다.

"너…… 진짜 떠나고 싶은 거 맞아?"

오리는 대답 없이 내 눈만 바라보았다.

텔레비전은 저녁 연속극을 내보내고 있었다. 변함없이 나는 연속극을 들으며 잠들었던 모양이다. 시간은 아홉시에 다가가고 있었다. 술자리도 그대로였고 깔아놓은 이부자리도 마찬가지였다. 오리를 떠올렸다. 이어 다른 가축들도 떠올렸다. 자리에서 일어났다. 옷은 땀에 젖어 축축했다. 담배를 찾아 물었다. 사랑과 애증의 연속극은 끝을 알리는 자막을 올려보냈다. 나는 다시 오리를 떠올렸다. 위가 쓰려왔다. 찬물 두 컵을 마시고 나는 내가 가축들의 먹이를 챙겨주었는지 곰곰이 생각했다. 결론은 만족스러웠다. 텔레비전은 아홉시 뉴스를 방영했다. 전국을 강타한 폭설 소식이 앞자리를 차지하고 있었다. 내가 사는 고장의 적설량이 제일 앞자리에 놓여 있었다. 교통사고도 만만찮았다. 피를 뒤집어쓴 부상객들의 얼굴이 화면을 스쳐갔다. 나는 우리 구석에서 나를 보던 오리를 떠올렸다. 동백꽃을 보러 가서 오지 않는 엄마와 아버지도 생각했다. 기상예보관은 이번 눈이 삼십 년 만에 돌아온 폭설이라고 전했다. 그 얘기를 듣자 나는 이제 서른인 그녀의 얼굴을 기억하려 했고 그녀의 벗은 몸을 떠올리려고 애를 썼다. 하지만 흐릿한 실루엣만 아른거리다가 사라졌다. 해서 나는 그녀에게 전화를 걸었다.

"전화하지 말랬잖아!"

"미안해. 상담하고 싶은 게 있어서 걸었어. 다시 너하고 만나겠다거나 뭐 그런 고집 부리려고 건 게 아니야."

"……뭘 상담하고 싶은데?"

"다른 뜻은 정말 없어. 네가 여자이고 나를 잘 알기 때문에 묻는 거야. ……왜 여자들은 나랑 연애하는 건 좋아하면서 그 다음은 꺼려하는 걸까?"

"풋! 정말 몰라서 묻는 거야?"

"그래.(나는 그녀의 벗은 몸을 동영상으로 어느 정도 복원했다.)"

그녀는 차근차근 내 질문에 대답을 해주었다. 어떤 여자들의 심리 상태와 지적·성적 호기심, 그리고 가끔씩 엄습하는 불안에 대한 이야기를. 불안에서 벗어나게끔 만들어주지 못하는 내 조건에 대해서도. 나는 한숨과 긍정을 번갈아가며 표현했다. 헤어져 있는 동안 그녀는 많은 부분에서 성숙해진 것 같았다. 눈밭을 도망쳐나가는 나를 가축들이 몸으로 막은 것은 백번 잘한 일이란 생각이 들었다.

"물론 앞으로 만날 남편에게서 나는 너와 느꼈던 즐거움의 삼분의 일도 느끼지 못할 거야. 그 사람은 너와는 전혀 다른 땅을 소유한 사람이니까 말이야. 하지만 그게 현실이야. 대부분 여자들은 한순간 엄습하는 갈증에 인생을 걸지 않아. 물론 다 그렇지는 않겠지만. 아, 졸립다. 상담이 됐지? 자야 돼. 그만 끊는다."

여자는 니가 꾸는 꿈속에 살지 않아.

냉장고에 등을 기댄 채 나는 그녀의 말을 곱씹으며 스포츠 뉴스를 시청했다. 그러다 갑자기 배가 고파 주방을 뒤져 남은 반찬을 모두 꺼내 프라이팬에다 식은 밥과 함께 넣고 비볐다. 걸신들린 사람처럼 비빔밥을 처넣다가 문득 나는 눈 속에 파묻어둔 배낭이 아직 그 자리에 있다는 사실을 기억했다. 황급히 자리에서 일어나 외투를 걸치고 밖으로 나가려다가 나는 걸음을 멈춰야 했다. 배낭은 내가 꿈속에서 묻어둔 배낭이었다. 하지만 그런 판단도 잠시뿐 내 걸음은 문 밖으로 나가고 있었다. 외등 불빛 속으로 눈은 그치지 않고 내렸다.

배낭은 쉽게 찾을 수 없었다. 그 동안 한 뼘쯤 더 눈이 내렸고 주변이 온통 눈뿐인지라 정확한 위치를 가늠하기 어려웠다. 마른 완두콩 줄기가 감겨 있는 섶을 꺾어 복령을 캐듯 눈밭을 찌르다가 나는 다시 생각을 정리했다.

왜 나는 꿈속에서 묻어둔 배낭을 찾으려 하는 걸까. 그것은 꿈 밖에선 찾을 수 없는 배낭이었다. 배낭 속에는 요긴한 물건들이 들어 있다. 만일 지금도 꿈속이라면 나는 배낭을 찾아야 할 것이다. 물론 꿈이기 때문에 찾을 수도 있고 찾지 못할 수도 있다. 꿈은 내 의도대로 움직이는 것은 아니니까. 머릿속이 복잡해졌다. 차근차근히 순서를 정해보자. 우선 지금 내가 꿈속에 있는가 꿈 밖에 있는가를 알아내는 게 급선무다.

나는 주변을 둘러보았다. 언덕 위 집에는 불이 켜져 있고 눈은 변함없이 내렸다. 가축들은 모두 잠들었는지 아무런 소리도 들리지 않았다. 꿈이라고 할 만한 아무런 이상징후도 없었다. 하지만 꿈이 아니라고 할 만한 근거도 없었다. 나는 조금씩 외로워졌으나 곧 생각을 고쳐먹었다. 꿈이든 아니든, 문제는 내가 눈 속에 있을지도 모를 배낭을 찾으려 한다는 사실이었다. 찾아서 집으로 가져가고 싶었던 것이다. 나는 다시 최대한의 범위를 정해놓고 섶으로 눈밭의 이곳저곳을 찔러나갔다. 그 동안 눈은 내 헛손질을 위로하듯 머리와 어깨를 소복하게 덮어주었다. 서서히 발이 시려오기 시작했다. 장화 속으로 들어간 눈이 체온에 녹고 있기 때문이었다. 발가락을 꼼지락거리다가 나는 곧 모든 동작을 멈췄다. 조심스럽게 엄지발가락을 들었다가 힘을 줘서 아래로 지그시 눌렀다.

쿠쿠! 얼어붙은 배낭은 바로 내 발밑에 있었다.

집으로 돌아가면서 나는 배낭이 소중한 무엇이라도 되는 양 꼭 껴안았다. 어쩌면 그녀라는 존재가 없이도 소설이란 걸 다시 쓸 수 있을 것 같았다. 굳이 소설이 아니더라도…… 그래, 그녀를 향해 겨누고 있던 칼을 거둘 수 있을 것 같았다. 동백꽃을 보러 떠난 엄마와 아버지가 돌아오기 전에 시야를 가리는 눈발을 물들이는 검은색을 지워버릴 수 있을 것 같았다. 그러나……

열려 있는 문 앞에서 나는 가슴에 안고 있던 얼음 덩어리 같은 배낭을 떨어뜨렸다. 배낭은 내 발등을 찍고 마당의 눈 속으로 처박혔다. 나는 눈을 꼭 감았다가 떴지만 풍경은 변함이 없었다. 다시 눈꺼풀이 터지도록 눈을 감았다가 떴다.

가축들은 내가 집으로 들어갔는데도 당황하는 기색을 보이지 않았다. 번득이는 눈빛엔 오로지 굶주림을 벗어나겠다는 각오만 들어

차 있었다. 엎질러진 쌀통. 뚜껑이 열린 밥통. 냉장고에서 쏟아져나
온 음식. 방바닥에서 굴러다니는 냄비와 그릇들. 거실과 부엌에 널
려 있는 감자…… 나는 세번째로 눈을 지그시 감았다가 뜨곤 말없
이 내가 차려놓은 술상 앞으로 가서 앉았다. 다행히 술상은 그대로
였다. 텔레비전에선 외국의 흑백영화를 방영했다. 나는 물끄러미
영화를 보며 소주를 마셨다.

"꼬꼬댁 꼭!"

수건 위에서 알을 낳은 암탉은 알을 낳았다는 유세를 한참 떨다가
부리로 자기 알을 깨서 먹었다. 다른 닭들이 그 알을 향해 달려들었
고 뒤이어 두 마리 개가 닭을 쫓았다. 닭들은 쌀을 먹으면서 동시에
간단하게 똥을 싸곤 했다. 수도꼭지 위에 있던 닭은 날개를 퍼덕이
며 내 머리 위로 날아갔다. 냉장고에서 나온 당근을 먹고 있는 토끼
는 제 새끼들의 주검 위에 앉아 있었다. 구정물을 먹는 암소. 웬일
인지 오리만 의자 위에 앉아 얌전하게 텔레비전을 보는 늦은 밤이
었다. 나는 금세 남은 소주 한 병을 모두 비웠다. 닭을 쫓는 두 마리
개를 불렀다. 녀석들은 꼬리를 흔들며 내 곁에 와 앉았다. 잡종 사
냥개는 빈 술병에 코를 대어보곤 이내 고개를 돌렸다. 죽은 토끼 네
마리를 포함한 모든 가축들이 나와 함께 한 우리에 모인 셈이었다.
나는 잡종 사냥개의 머리를 쓰다듬어주며 협상문을 들이댔다.

"너희 둘이 얌전하게만 있어준다면 내쫓지 않을 거야."

두 마리 개는 긴 혀로 내 손등을 핥는 것으로 수용의 뜻을 밝혔다.
나는 이불을 끌어당겼다. 먼저 내린 눈을 덮는 눈송이처럼 피곤이
몸을 조여왔다. 집 안을 휘도는 어수선함이 잠을 깨우지는 못할 것
이다. 오랜만에 깊은 잠으로 들어갈 것 같다는 생각이 몇 가닥 남아
있는 내 허기의 등자락을 마지막으로 덮었다. 멀어져가는 기억 속

에서 개 짖는 소리가 희미하게 들려왔다.

"커엉……"

동백꽃이 지천으로 피었다. 엄마와 아버지는 꽃구경을 하다가 내가 부르자 동백나무숲으로 사라졌다. 꿈이구나. 아주 깊은. 엄마와 아버지를 찾아 한 걸음씩 내딛을 때마다 내 몸에선 선홍의 동백꽃이 피었다가 뚝뚝 떨어졌다. 그런데 아프지가 않았다. 그녀는 저만치 뒤에서 손을 흔들었다. 어색하게. 동백꽃 숲에서 나는 길을 잃었다. 배가 고파서 동백꽃을 따서 먹었다. 그때마다 어디선가 개가 짖고 닭이 울고 소가 뱃고동 소리를 내보냈다. 하지만 아무리 꽃을 따먹어도 허기는 가라앉지 않았다. 몸은 마치 무엇에 이리저리 끌려다니는 것처럼 비틀거렸다. 나는 집에 두고 온 가축들을 걱정했다. 나 혼자서만 꽃구경을 할 수 없다는 생각이 들었다. 돌아가야 했다. 가서 먹이를 만들어주어야 했다. 어서 빨리 꿈 밖으로 나가는 길을 찾아야 했다. 선홍의 동백꽃이 함박눈처럼 나를 휘감았다. 마지막 남은 힘을 모아 나는 눈을 떴다.

눈을 떴다.

집 안은 도살장이나 다름없었다. 살점이 뜯겨나가고 내장이 튀어나온 가축들은 거실과 부엌, 방 여기저기에 널브러져 있었다. 나는 눈을 감았다가 뜨기를 수십 차례나 거듭했지만 살풍경은 변하지 않았다. 텔레비전에서는 간밤 눈길에 미끄러져 전복된 관광버스의 사고 현장을 보여주었다. 아직 마르지 않은 피가 텔레비전과 거실에서 비린내를 풍겼다. 나는 출입문으로 뒷걸음질을 치다가 무엇에 걸려 뒤로 나자빠졌다. 그곳에 내가 있었다. 잡종 사냥개에게 몸이 반쯤 파헤쳐진 내가. 나는 죽어 있는 내 얼굴을 뚫어지게 살피다가 곧장 벽에 걸린 거울로 달려갔다.

무수하게 금이 간 거울 속엔 검은 함박눈이 고요히 내릴 뿐 내가 없었다.

무슨 말인가를 하고 싶었지만 한마디도 새어나오지 않았다. 핏방울이 점점이 찍혀 있는 달력 앞으로 갔다. 엄마와 아버지가 동백꽃을 보러 떠난 지 고작 하루가 지나 있었다. 나는 검은 눈이 내리는 날 죽은 내 몸의 곳곳에 피어난 선홍의 동백꽃을 담담하게 바라보았다.

야하고 묘하고 혹한 이야기

징집 담당관이 군용트럭을 타고 그의 집으로 들이닥친 건 그가 결혼식을 하루 앞둔 점심 무렵이었다. 겨울이었지만 봄날 같은 날씨였다. 징집 담당관은, 오랜 전통대로 바늘로 찔러 피 한 방울 나올 것 같지 않은 인상이었다. 그는 제대로 된 저항 한번 못 하고 트럭의 짐칸에 타야만 했다. 짐칸엔 그보다 먼저 징집된 걸로 보이는 사내들이 침통한 표정을 한 채 마주 보고 앉아 있었다. 예비군복을 입은 박병장과 그가 서로의 얼굴을 알아본 것은 거의 동시였다. 그는 한숨을 뱉어내지 않을 수 없었지만 박병장의 얼굴에는 실지렁이 같은 미소가 번져가고 있었다. 마치 악몽을 꾸는 기분이었다. 저 인간과 다시 만나다니…… 그는 달리는 군용트럭의 뒷부분을 살폈다. 여차하면 뛰어내려 도망칠 생각이었다. 하지만 소총에 번쩍이는 대검을 꽂은 두 명의 헌병이 눈을 부릅뜬 채 감시를 게을리 하지 않고 있었다. 그는 다시 긴 한숨을 끄집어냈다. 뒤로 달아나는 길 위로 무심하게 내리는 눈송이를 상심한 마음으로 바라보다가 그는 번쩍 떠오르는 생각에 징집 담당관을 찾았다. 그리고 치밀어오르는 분노 때문에 숨 한번 돌리지 않고 따졌다.

"난 오래 전에 전역을 했어요! 이건 뭔가 착오가 생긴 겁니다!"

그의 항변에 징집 담당관은 짜증난다는 듯 인상을 쓰더니 건성으로 서류를 뒤적이며 입을 열었다. 담담한 목소리로.

"자넨 군법을 어겼어. 대학 때 군사교육 과목에서 두 번씩이나 F를 맞았는데 그렇지 않은 걸로 서류를 조작해서 무려 삼 개월이나 빨리 전역을 한 거야. 이만하면 됐지?"

그는 입술을 악물었다. 건너편 구석에서 그의 표정을 훔쳐보는 박 병장은 여전히 같은 미소를 흘렸다. 그는 그녀를 떠올렸다. 그녀는 웨딩드레스를 입고 내일의 결혼식장으로 들어가지 못할 것이다. 비로소 그는 자신을 둘러싼 모든 게 제자리를 벗어나 어지럽게 뒤섞이고 있음을 알았다. 떨리는 손으로 담배를 피우며 그는 풀이 죽은 목소리로 징집 담당관에게 물었다.

"어디로 가는 거죠?"

"관행대로라면 남한산성으로 직행해야 하겠지만 국민화합 차원에서 이번엔 특별지시가 내렸어. 근무했던 부대로 조건 없이 복귀해 남은 시간을 마저 때우는 거야. 자네들은 운이 좋은 케이스야."

"저…… 내일이 제 결혼식 날인데요."

"결혼식? 그래서?"

징집 담당관은 코웃음을 쳤다. 그는 자신의 하소연이 소용없다는 것을 다른 사내들의 어두운 표정을 보고서야 알아차렸다. 그들의 복장은 제각각이었다. 잠옷에 외투만 걸친 사내와 양복 차림에 출근 가방을 든 샐러리맨도 있었다. 짙은 체념의 그림자가 군용트럭의 짐칸을 무겁게 누르고 있는 오후였다. 전역 후 거의 십 년 만에 만난 박병장과는 몇 번 더 시선이 마주쳤지만 어떤 대화도 오가지 않았다. 그것보다 먼저 그는 갑작스럽게 들이닥친 혼란스러움을 어떻게든 정리하는 게 급했다. 군용트럭은 속력을 내기 시작했다. 그는 멀어져가는 풍경에 넋을 놓고 있었다. 풍경은 마치 꿈속처럼 매우 빠르게 변해갔다. 눈송이만 변함없이 모든 것을 차분하게 덮을 뿐이었다. 그는 피우다 만 담배를 그 길에다 던졌다. 빨간 담뱃불이 탁구공처럼 눈 위에서 튀다가 가뭇없이 사라졌다.

그녀는 나를 기다리지 않을 것이다…… 이등병 때 들었던 그 악담대로, 삼 개월이란 시간은 죽은 나무에 꽃이 피기를 기다리는 것과 다름없다. 그녀는 죽은 나무에 꽃이 핀다는 얘기조차 믿지 않는 여자다.

국도를 벗어난 군용트럭은 포장이 되지 않은 야전도로로 접어들었다. 전방 지역으로 들어선 거였다. 그는 거의 십여 년 만에 다시 보는 산야의 모습이 낯설지 않음에 진저리를 쳤다. 그해 겨울, 신병 훈련소를 수료한 그는 이등병 계급장을 달고 처음으로 눈발이 날리는 이 길을 지나갔다. 두려움과 설렘을 반반씩 간직한 채. 기억에 각인된 그 풍경을 바라보던 그는 박병장을 찾았다. 유일하게 군복까지 챙겨입은 박병장은 군용트럭의 덜컹거림에도 아랑곳없이 졸고 있었다. 민통선 검문소를 지나 휴전선이 있는 산능선을 올라갔던 이등병이 대남방송의 〈반달〉이란 노래를 들으며 처음으로 만난 사람이 바로 박병장이었다. 그는 다시 담배를 입에 물었다.

"신문 봤어. 마침내 소설가가 되었더군."

언제 깨어났는지 박병장은 손을 뻗어 불을 붙여주었다. 담배연기가 그의 눈으로 파고들었다.

"오랜만에 맘에 딱 드는 신병이 들어왔네! 자, 내가 올 동안 심심할 테니 이거나 읽고 있어. 주의할 점은, 소리내서 크게 읽어야 한다는 것 알았지?"

아무도 없는 내무반으로 이등병을 데려간 박병장은 진중문고로 나온 『삼국지』를 꺼내 '조조의 죽음' 편을 펼쳐주었다. 이등병은 엉거주춤한 자세로 책을 들고 침침한 내무반을 둘러보며 짧은 한숨을 쉬었다. 경유난로에서 새어나온 연기가 촘촘하게 배어 있는 내무반은 부랑자들이 기거하는 동굴 같았다. 윙윙거리는 바람 소리가 그치면 억센 억양의 대남방송이 들어와 이등병이 서 있는 곳이 휴전선 바로 옆이라는 사실을 일러주었다. 난로와 조금 거리를 유지한 채 이등병은 『삼국지』를 읽기 시작했다. 자신의 인생은 전쟁으로 점철되었다고 마지막 말을 남기는 '조조의 죽음' 편을. 어두운 내무반의 관물대에 걸려 있는 작은 액자 속의 사람들은 모두 어디로 갔을까, 생각하며.

한 장을 채 넘기기도 전에 박병장이 다시 나타났다. 그는 다소 화난 얼굴이었다.

"내가 뭐라 그랬지? 큰 소리로 읽으라 했지? 휴전선을 덮은 눈이 조조의 죽음에 슬퍼 녹아내리도록 감정을 잡아 읽어야 돼. 큰 소리로! 내 부탁을 어겼으니 일단 바닥에 머리를 박아라."

이등병은 박병장의 말대로 시멘트 바닥에 머리를 박았다. 침상 밑에는 낡은 군화와 운동화, 슬리퍼가 아무렇게나 널려 있었다. 이제 갓 자대배치를 받은 신병에게 『삼국지』를 읽으라니……

"내가 시범을 보일 테니 잘 들어."

짧은 머리카락 사이로 파고드는 우툴두툴한 시멘트 바닥의 촉감을 견디며 이등병은 박병장의 장중한 『삼국지』 낭송을 들었다. 박병장은 조조의 침상 바로 옆에서 생중계를 하는 것 같았다.

"잘 들었지? 일어나, 처음이니까 이 정도로 하는 거야! 자, 감정을 잡고 다시 읽어봐."

그날, 밖으로 나갔던 소초원들이 내무반에 돌아올 때까지 이등병은 편도선이 부어오를 정도로 『삼국지』를 읽었다. 긴장과 두려움에 뒤섞인 채, 다른 생각은 떠올릴 겨를도 없이…… 사라진 박병장은 다시 나타나지 않았지만 이등병을 둘러싸고 있는 모든 사물들이 박병장의 눈과 귀인 것 같아 번갈아 쥐가 내리는 다리를 구부릴 수조차 없었다. 바람 소리 사이로 들려오는 대남방송의 〈반달〉이란 노래는 그래서 이등병의 어떤 운명처럼 여겨졌다. 소초원들의 협박성 만류와 책을 빼앗김으로 『삼국지』 낭송은 끝을 맺었지만 이등병의 시선은 한동안 출입문에서 떨어지지 않았다. 박병장이 아직 나타나지 않았기 때문이다. 누군가 이등병의 손에서 낚아채간 『삼국지』는 내무반의 책꽂이에 돌아가 있었다. 책꽂이에는 고만고만한 책들이 남루한 빛으로 꽂혀 있었지만 이등병은 그곳으로 자리를 옮길 수 없었다. 스스로의 의지에 따라 움직인다는 게 불가능해 보인 탓이었다. 소초원들은 무슨 약속이라도 한 듯 아무런 말도 건네지 않았기에 이등병은 침상에 걸터앉아 그들의 행동거지를 좇으며 불안한 마음으로 박병장을 기다렸다. 목과 다리가 아파올망정 차라리 속편하게 다시 『삼국지』를 읽고 싶은 심정이었다.

군용트럭의 속도는 한결 느려졌다. 민통선을 통과한 다음부턴 눈이 덮인 비포장도로였고 게다가 휴전선의 산자락에 드문드문 자리잡은 각각의 중대본부에 강제 징집자들을 내려주는 절차를 시작했기 때문이었다. 길과 산능선의 풍경, 그 목목에 자리잡은 막사는 십여 년 전과 별반 달라진 게 없었다. 보급로로 제설작업을 나온 병사들은 이미 소식을 들어 알고 있는지 작업도구를 혼들며 환영의 인사를 보냈지만 트럭에 탄 사내들의 표정은 여전히 밝지 않았다. 민통선을 넘으면서부터 이젠 돌이킬 수 없는 상황으로 들어섰다는 것을 분명히 체감한 얼굴이었다. 오래 전 자신들이 근무했던 곳을 다시 찾는 감회를 감추지 못하는 이는 박병장뿐이었다. 박병장이라면 충분히 그럴 수 있을 것이라고 그는 입 속에서 맴도는 말을 삼켰다. 그는 트럭 뒤편으로 펼쳐지는 바다에 안착하는 눈송이를 물끄러미 바라보았다. 눈송이는 하늘에서 내려오는 게 아니라 바다에서 하늘로 들림을 당하는 것 같았다. 마치 그가 예고조차 받지 못하고 강제 징집된 것처럼.

"이건 좀 심하지 않습니까?"

그는 징집 담당관에게 물었다. 아무리 군법을 어겼기로서니 엄연한 사회인들을 어떤 절차도 생략한 채 강제 징집했다는 것은 도무지 납득할 수 없는 일이었다. 속옷조차 갈아입지 못하고 먼 기억 속의 황량한 산능선으로 실려가는 자신의 모습에 그는 기가 질릴 뿐이었다. 징집 담당관은 이해할 수 있다는 표정을 지으며 담배를 돌렸다. 민통선 안으로 들어서면서부터 징집관은 고향에 돌아온 듯 생기 띤 얼굴이었다.

"나는 위에서 내려온 대로 집행하는 것뿐이야. 지금까지 그 지시 내용에서 한 발짝도 벗어나지 않았어. 자네들 심정은 알겠지만 내가 어떻게 해줄 방법은 없다네. 국방부 입장은 이거야. 무조건 자대로 복귀해서 남은 복무기간을 마저 채울 것!"

"도대체 왜 갑자기 이런 일이 벌어진 겁니까? 그 까닭이나 좀 압시다."

누군가 볼멘 소리를 했다. 징집관은 역시 건성으로 서류를 뒤적거렸다.

"내 생각엔…… 세상이 너무 좋아져서 그런 거 같아. 누구나 할말 다 하는 세상이잖아."

"에이, 좋아진 세상인데 아직 군대가 남아 있습니까!"

"뭐 해석하기 나름이지, 좋은 세상인지 아닌지는. 그건 그렇고 자네들 재주 하난 기가 막혀. 어떻게 감쪽같이 서류를 위조했지? 한두 명도 아니고 말야."

'군사교육 이수증'을 두고 하는 말이었다. 그 증이 있으면 많게는 삼 개월, 적게는 한 달 반이나 복무기간을 단축할 수 있었다. 그러니까 대학 시절 이러저러한 이유로 그 증을 확보하지 못한 사병들이 뒤늦게 후회의 한숨을 쉬다가 역시 이러저러한 방법으로 가짜 증을 만들어 일찍 전역하였고, 이들이 시간이 흐른 뒤 다시 군용트럭에 실려 강제 징집당하고 있는 상황이었다. 물론 그에게도 그 기억이 사라질 리 없었다. 다른 것은 잊어버려도 그 일만은 뇌리에 또렷하게 박혀 가끔 전쟁터로 끌려가는 악몽 속을 헤매게 만들었다. 그는 이번 일도 그 악몽 중의 하나이길 바랐지만 군용트럭은 더 깊이 전방으로 들어갈 뿐이었다. 짐칸의 바닥에는 꽤 많은 꽁초들이 신발에 짓이겨진 채로 흩어져 있었다.

"동원 예비군 훈련을 좀 길게 받는다고 생각하면 편하지! 어차피 잘못은 각자가 저지른 거니까."

박병장이 그의 얼굴을 보며 구시렁거렸다. 징집관이 고개를 끄덕였다.

"그게 속 편할 거야. 이 시점에서 탈영할 것도 아니고. 하여튼 액땜한다고 생각하는 게 자네들한테 이로울 거야. 생활이야 며칠 지나면 곧 적응할 테고, 또 나이도 있으니 현역들은 다 동생뻘이야.

자네들 때문에 개들이 더 고생이지."

"그나저나 우리 소설가 선생은 내일이 결혼식이라면서? 징집관님, 이런 경운 무슨 조치가 있어야 하는 거 아닙니까?"

"뭐 안됐지만…… 내 능력 밖 일일세. 집으로 연락은 해줄 수 있지만 부대를 벗어날 순 없어. 이번 일이 워낙 민감한 사안이라."

그는 박병장에게서 의도적으로 시선을 옮겼다. 세월이 지났지만 박병장의 말투는 달라진 게 없었다. 강제 징집을 당하면서도 군복까지 챙겨입고 온 것만 봐도 훤히 알 수 있었다. 바깥 일이야 어찌할 수 없다 하더라도 박병장과 함께 삼 개월을 다시 살아야 한다는 사실이 그의 짜증을 불러왔다. 박병장은 그의 심사를 안다는 듯 노골적으로 접근을 시도했다.

"징집관님, 이 친구가 소설간데 제가 군 시절에 많이 도와줬죠. 사실 군대라는 곳이 예술가가 있기에는 좀 그렇지 않습니까. 더욱이 예술가 지망생들의 예민한 감성을 황폐하게 만들기엔 더할 나위 없이 좋은 곳이죠. 그런데 이 친구가 바로,"

"그만 합시다."

그는 박병장의 말을 잘랐다. 산자락을 타고 내려온 눈보라가 트럭의 짐칸으로 일제히 몰려들었다.

투광등 불빛 속을 가득 채우는 눈송이가 그리는 그림은 적막했다. 능선을 타고 오르는 철조망의 중간중간에 자리잡은 투광등은 수평선에 떠 있는 오징어잡이배의 집어등 같았다. 이등병은 그 불빛을 향해 떼지어 몰려드는 눈송이를 보며 잠시 호흡을 가다듬었다.

"그래서? 어떻게 되었는데?"

소형 석유난로 앞에 쪼그려앉아 졸고 있는 것처럼 보이던 박병장이 이등병의 이야기를 자르고 들어왔다. 뭔가 성이 차지 않을 때 내뱉는 말투였다. 이등병은 긴장했다.

"그 술이란 게 결국 두 얼굴을 가지고 있었던 겁니다. 지루한 실랑이가 계속되면서 남자는 점점 취해가기 시작했고 여자는 깨어나고 있었던 겁니다. 예상하지 못했던 쪽으로 상황이 바뀌고 있다는 걸 둘 다 눈치챘지만 어쩔 수가 없었습니다, 파도 소리가 넘어오는 그 '해변다방'에서."

"결국 남자는 목적을 달성하지 못한 채 잠에 곯아떨어졌을 테고 여자는 밤새 잠들지 못하고 남자 옆에서 파도 소리를 들었겠지. 맞지? 그리고 아침이 왔을 테고. 남자는 갈증 때문에 깨어나 벽에 기댄 채 자고 있는 여자를 보겠지?"

이등병은 고개를 끄덕이며 박병장의 표정을 살폈다. 잠시 생각을 가다듬던 박병장은 담배를 문 채 입을 열었다. 이등병은 몰래 군침을 삼켰다.

"네 이야긴 재미는 있지만 많은 곳에 허점을 노출하고 있어. 인정하지? 그래, 그럼 네 입으로 그 허점을 말해봐. 음, 한 세 가지 정도로 추려서."

허점을 추려내라니…… 이등병은 막막한 얼굴로 눈 덮인 비무장지대를 바라보았다. 담배 생각이 간절했다.

"……두 사람이 갈등하는 부분이 좀 약한 것 같고, 그리고…… 소재가 어쩐지 코미디 같은 면도 있고…… 전체적으로 애절한 맛이 약한 듯합니다."

"그래. 우선 바닥에 머리부터 박아라. 지금부터 내가 보충설명을 할 테니."

박병장은 담배를 끄고 일어났다. 초소 안에 배어 있는 담배연기가 열린 문을 통해 눈발 속으로 사라지고 있었다. 이등병은 방한모에 덮인 머리를 먼지 냄새가 올라오는 초소 바닥에 박은 채 군화 발자국 속으로 내리는 눈송이를 시선에 담았다. 자기소개서에 쓴 몇 줄의 이력이 이등병을 이야기의 구렁 속으로 내몰았다는 사실이 다시금 지긋지긋한 무게로 변해 머릿속으로 피가 몰려가게 만들었다. 대학 시절 소설을 썼고 문학회라는 곳에서 활동했다는 그 몇 줄의 이력이 박병장과 만나면서부터 피워올린 우울한 겨울꽃이었다.

"여자와 남자가 있어. 서로 고민을 털어놓을 정도로 친한 사이야. 그런데 여자에게는 나이 들어 군에 간 애인이 있어. 그 애인이 바로 남자의 친한 친구야. 당연히 여자는 애인에 대한 고민을 남자에게 털어놓겠지. 그런데 그런 만남의 시간이 계속되면서부터 남자는 친구의 애인, 즉 그 여자를 점점 좋아하게 되었어. 게다가 여자의 애인은 군에 간 다음부터 여자와 헤어지려는 듯한 편지를 계속 보내왔으니 상황은 더욱 묘해진 거지. 남자와 여자의 고민이 시작된 거지. 자, 이야기는 남자와 여자가 바닷가에 있는 여자 애인의 부대로 면회를 가는 장면부터 시작해. 맞지?"

"예, 맞습니다."

이등병은 어두운 초소의 바닥에 머리를 박은 채 대답했다. 석유난로의 열이 이등병의 얼굴에서 땀이 솟게 만들었다. 대남방송과 대북방송마저 잠든 새벽이었다.

"남자는 사실 여자의 면횟길에 동행하고 싶지 않았어. 자신의 감정을 친구에게 들킬지도 모른다는 것과 두 사람의 애정문제를 바로 곁에서 본다는 것도 내키지가 않았던 거야. 하지만 여자의 간곡한 부탁을 외면할 수도 없었지. 물론 동행을 하고 싶은 마음도 없지는 않았어. 가고 오는 동안 여자와 단둘이 여행을 할 수 있으니까. 하여튼 여러 생각 끝에 두 사람은 면회를 가는 거야. 맞지?"

"예, 그렇습니다."

"여자는 사실 남자가 자신을 좋아하고 있다는 걸 알고 있었어. 원래 여자들은 그 방면엔 예민하니까. 그런데도 여자가 남자와 동행을 원한 것은 애인과의 면회에서 어떤 상황이 벌어질지 모른다는 불안한 예감 때문이었어. 불안함이 먹구름처럼, 진작부터 여자의 주변을 덮고 있었거든. 그 불안이 현실로 닥쳤을 때 혼자서 감당할 자신이 없던 때문이겠지. 그래서 남자에게 동행을 간청했던 거야. 맞지?"

"예……"

이등병은 한숨 같은 대답을 뱉어냈다. 글을 썼다는 이력을 밝히면 혹시나 좋은 보직을 받지나 않을까 여겼던 얄팍했던 희망은 사라진 지 오래였고 대신 눈 내리는 휴전선의 작은 초소에서 박병장을 상대로 지루한 근무시간을 죽이려는 이야기나 하는 자신이 원망스러웠다. 그것도 이야기가 맘에 들지 않으면 그 즉시 머리를 박아야 하는 처지라니……

"묘한 긴장이 바닷가 마을로 친구와 애인을 면회 가는 두 사람을 휘감고 있었지. 남자는 남자대로 애가 탔고 여자도 그랬지. 일을 먼저 벌인 것은 남자야. 많은 생각 끝에, 여자가 친구를 만나기 전에 자신의 심정을 고백하는 게 좋겠다고 결정한 거지. 이래서는 안 되지만 널 좋아하고 있다고. 여자는 아무 대답을 하지 않은 채 차창 밖 눈 내리는 풍경만 바라보고 있어. 여자는 이런 생각을 하지. 모든 것은 한꺼번에 들이닥친다고. 사랑도…… 이별도…… 버스는 중간에 고장나거나 해서 멈추지도 않았어……"

인터콤이 울려서 박병장은 이야기를 멈췄다. 밀어내기 근무자가 옆 초소에서 출발했다는 상황실의 연락이었다. 그는 이등병을 일어나게 했다. 이등병의 몸은 땀으로 흥건했다.

"아차, 네게 담배 주는 걸 잊었네! 다음 초소에 가서 피우고 나가서 애들 오나 봐."

소총을 양손에 든 이등병은 벽에 붙어서 밀어내기 근무자를 기다렸다. 철책을 덮은 눈 속에서 근무자를 찾아내는 것은 쉬웠다. 졸음이 눈송이처럼 눈까풀로 내려앉는 시간이었다. 이등병은 잠시 눈을 감았다가 떴다. 저편 투광등 불빛 속으로 밀어내기 근무자가 게으르게 걸음을 옮기며 계단을 내려오고 있었다. 몸을 숨기기 위해 이등병은 쪼그려앉았다. 긴 겨울밤이 끝나려면 아직도 많은 시간이 지나야 했다. 그 지루한 시간을 건너려면 박병장에게 들려줘야 할 새로운 이야기가 필요했다. 그 동안 많은 이야기가 이등병의 입을 통해 박병장에게로 건너갔다. 겨울밤이 깊어갈수록 이등병의 주머니에 들어 있는 이야기는 빠르게 바닥나고 있었다. 그 사실이 이등병을 곤혹스럽게 만들었다. 이등병은 박병장의 굴레에서 벗어날 수 없었다. 그가 전역을 하지 않는 한. 총구의 방향을 허공으로 잡은 이등병은 계단을 내려오는 근무자를 향해 겨울밤의 화두 같은 암구어(暗口語)를 던졌다.

"폭설!"

군용트럭은 끝이 없을 것 같은 산능선의 팔부능선쯤에 난 보급로를 덜컹거리며 달렸다. 제설작업을 했지만 그치지 않는 눈 때문에 길은 몹시 미끄러웠다. 벼랑 곁을 지나칠 때면 아찔한 현기증이 몰려왔다. 그는 빈자리가 많은 짐칸을 둘러보다가 다시 박병장과 시선이 마주쳤다. 생각하면 할수록 질긴 인연이었다. 사실 궁금증 또한 적지 않았다.

"어떤 일을 하십니까?"

"안 해본 일이 없을 정도지. 지금은 작은 만화방을 하고 있어. 식구들 입에 겨우 풀칠하고 살 정도야."

그는 갑자기 화가 치밀었다. 그의 박병장은 그렇게 살면 안 된다는 생각이 왜 강하게 자리잡는지 알 수 없었다. 더불어 목울대를 넘어오는 어떤 조롱도 되삼킬 수가 없었다.

"난 박병장님이 소설이나 평론을 쓸지 모른다고 생각했습니다."

"신문에 실린 니 소설을 읽고 고민을 좀 했었지. 너와 함께했던 군 생활 얘길 한번 소설로 쓰면 어떨까 하고."

"에이, 요즘 세상에 누가 군대 얘길 소설로 씁니까! 팔십년대나 그런 소설이 있었죠."

"그래도 난 너와 함께 나눴던 얘기들을 생각하면 지금도 마음이 짠해진다니까. 이 트럭에 타면서도 널 다시 만날 수 있지 않을까 하는 기댈 했어. 징집 담당관님 서류에서 니 이름을 찾아냈을 때 얼마나 기뻤는지 알아?"

"죄송하지만 난 그런 기분이 아닙니다."

"그렇겠지. 내일이 결혼식인데. 근데 어떻게 만난 여자야?"

저 변치 않는 도저한 궁금증! 그는 시선을 돌려버렸다. 박병장은 자신이 그의 이야기에 칼날을 들이대면서 가했던 모든 체벌을 잊은 것 같았다. 휴전선의 긴 겨울과 늦게 도착하는 봄날을 기다리던 무수한 밤 속에 도사리고 있었던 그의 한숨을.

"사회생활을 하면서 세상사에 이리저리 부딪혀 깨어질 때마다 난 그 시절을 떠올리며 미소를 잃지 않았어. 가끔 그 시절로 돌아가는 꿈을 꾸곤 했는데 난 언제나 기분이 좋았지. 꿈에서 깨어나지 않게 해달라고 아니면 제발 이게 꿈이 아니길 빌었을 정도야!"

그는 입을 벌리고는 그만 고개를 끄덕이고 말았다. 목구멍을 칼칼하게 만드는 담배에 다시 불을 붙였다. 그러나 곧 몇 모금 빨지 않은 담배를 바닥에 비벼끄며 고개를 홰홰 저었다. 세월이 흘렀지만 박병장은 변함없는 박병장이었다.

"난 그 시절이 별로 즐겁지 않았습니다."

"그랬어?"

박병장은 그의 굳어진 얼굴을 한참 바라보더니 이해한다는 얼굴로 고개를 끄덕였다. 이어 적당한 표현을 고르고 있는 박병장의 표정은 진지했다.

"……변명으로 들릴지 모르겠지만, 난 그게 널 도와주는 거라고 판단했어. 어차피 그 시절은 구타나 체벌이 공공연히 묵인되던 때였으니까. 내가 아니더라도 이등병인 네게 할당된 양은 변하지 않았을 거야. 난 예민한 성격인 네가 그런 상황에 휩쓸려 상처를 받으면 안 된다고 여겼던 거야. 정말이지 난 네가 소설 쓰는 걸 도와주고 싶었거든."

짙은 매연을 뿜어내는 군용트럭은 미끄러운 언덕길을 올라가고 있었다. 그는 저 아래로 흰 뱀처럼 산자락을 돌아가는 눈길을 내려다보았다. 박병장의 말은 사실이라고 우긴다면 사실이었다. 이등병에게 할당된 매는 어떤 선임자를 만나는가에 관계없이 정해져 있었으니까. 정말 그 배려 덕택에 이등병은 기어코 소설가가 되었던가. 먼 곳을 바라보는 그의 시선을 눈송이가 차분하게 가리는 오후였다.

"자, 내 지적을 명심하고 거기서부터 다시 시작해봐."

"저…… 박병장님, 소변 좀 보고 시작하겠습니다."

초소 뒤편에 쌓아놓은 눈더미에다 이등병은 작은 오줌 구멍을 만들었다. 눈을 녹이면서 들어가는 오줌줄기가 바닥까지 내려가는지 궁금했지만 파헤쳐서 확인해볼 순 없었다. 겨울 내내 눈 속에서 얼어붙은 채 봄을 기다리는 오줌은 어떤 형태를 하고 있을까. 이등병은 이야기가 궁해질 때를 위해 나눠서 찔끔거리는 오줌줄기를 볼 때마다 새어나오는 한숨을 어찌하지 못했다. 박병장이 초소 안에서 다 알고 있다는 듯 한마디 내뱉었다.

"눈더미가 벌집이 돼야 봄이 온다."

이등병은 지나온 밤의 휴전선 초소에서 자신이 만들어낸 어설픈 이야기 같은 눈더미의 오줌 구멍에서 몸을 돌려 초소로 돌아왔다. 북측 초소에서 작은 불빛이 피어났다가 이내 사라졌다. 저쪽에서는 담배를 피우는 시간인 모양이었다. 이등병은 이야기의 첫머리를 잡았다.

"우연 같지만 친구를 면회 간 그날은 상황이 좋지 않았습니다. 불미스런 일로 주말이었지만 부대원들의 외박이 허용되지 않았던 겁니다. 단지 외출만 가능했죠."

"남자가 속으로 좋아했겠네. 그 이야기의 어떤 고갯길이 나타난 거야. 계속해!"

"세 사람은 바닷가 마을의 작은 다방으로 들어갔습니다. 상호는 '해변다방' 입니다. 남자의 친구가 자주 애용하는 다방인데 좀 특별하게 영업을 하는 곳이었죠. 홀에서는 다방답게 차를 팔았지만 내실로 들어가면 술도 마실 수 있고 잠자는 것도 가능했지요. 물론 주인이 허락한 손님만 내실을 사용할 수 있었습니다. 병사인 친구의 귀대시간은 저녁 열시까지였습니다. '해변다방' 으로 들어간 시간은 오후 네시경이었구요."

"자꾸만 『선데이 서울』 소설 같은 냄새가 나! 이런 이야기는 등장 인물의 감정이나 묘사, 비유의 줄타기를 어떻게 하느냐가 관건이야. 신경을 쓰면서 끌고 나가라."

"예, 알겠습니다. 낯선 바닷가 마을에서의 그 만남은 처음엔 화기애애했습니다. 셋이서 함께 오랜만에 만나는 거니까요. 맥주잔을 건네면서 상황은 점차 현실감을 찾아가기 시작했죠. 남자는 벽에 걸린 시계를 바라보는 일이 잦아졌고…… 틈틈이 두 사람의 눈치를 살폈습니다. 두 사람은 아직 서로의 대문을 열고 상대방의 울타리 안으로 들어가지 않은 상황이었죠. 환풍이 잘 되지 않는 방 안의 담배연기는 세 사람을 조금씩 덮어갔고 남자는 시계가 저녁 일곱시를 가리키자 자리에서 일어났습니다. 몇 차례의 의식적인 만류를 뒤로 하고 친구와 여자에게 독대의 시간을 주었던 겁니다."

이등병은 이야기를 멈추고 눈과 어둠으로 가득한 비무장지대를 바라보았다. 북측 초소에서 다시 빨간 불빛이 피어났다가 사라졌다. 이등병은 입 안에 고여 있는 침을 삼켰다. 비무장지대의 겨울밤이 풀어놓은 새벽의 이야기는 한없이 지루하고 그 톤이 낮았다.

"오늘은 얘기가 그런 대로 나가는 것 같다. 자 앉아서 담배 한 대 피워. 특식이다."

세 시간여를 참았다가 피우는 담배는 머리를 빙 돌게 만들었다. 이등병은 초소의 어둠 속에 쪼그려앉은 자신의 몸과 마음이 담배연기에 끌려 지상에서 떠오르는 것을 방치했다. 마치 꽃을 떠난 꽃가루로 변화한 기분이었다. 대신 근무를 서던 박병장이 소총의 탄창을 꺼내 손가락으로 돌리다가 물었다.

"노파심에서 묻는 건데…… 이 이야기의 마지막을 짤막하게 말해봐. 아, 담배는 계속 피워!"

"세 사람이 서로 맺어지지 않고 헤어지는 겁니다."

"음…… 헤어진다…… 쓸쓸한 결말이네. 청춘의 비의가 담겨 있는 것 같아. 그런데, 이 이야기 속에 섹스 장면은 삽입하지 않을 생각이야?"

"예, 그렇습니다."

"그건 너무 건조하지 않아? 사람이 정신적으로만 살 순 없잖아? 더구나 이 소설은 삼각관계를 다룬 멜로성이 짙은 작품인데."

"그 부분이 없다는 게 아니라 단지 묘사로 독자가 짐작하도록 할 생각입니다. 직접 넣으면 격이 떨어질 것 같아서……"

"격?"

박병장의 목소리가 갑자기 높아졌다. 이등병은 아차, 하는 심정으로 피우던 담배를 비벼껐다.

"격이라…… 김이병, 난 말이야, 그 격이란 게 정확히 뭔질 모르겠어. 기존 소설을 읽을 때 내가 제일 열받는 게 뭔질 알아? 주인공들이 할 듯 할 듯 애를 태우다가 마지막에 가서 안 하는 거야! 그리곤 마치 자기들이 무슨 정신적인 승리를 얻은 것처럼 이야기를 빠져나간단 말이야! 왜 그걸 하고 안 하고가 무엇을 판단하는 경계선이 돼야 하는지 도무지 이해할 수 없어. 그건 바로 이야기 속 인물들을 낡은 도덕 교과서에다 가두는 짓이야. 자기들은 그 바깥에서 할 거 다 하면서. 안 그래?"

"……그렇습니다."

"아니야, 니 표정은 그렇지 않다고 말하고 있어. 뭐 꼭 니 세계관을 바꾸라는 얘기는 아냐. 하지만 내 의견을 한번 심각하게 검토해봐. 김이병, 저 아래 철조망 보이지?"

"예, 보입니다."

"그래. 총 여기 놔두고 저기로 내려가서 침묵하는 겨울 매미를 연기해봐. 침묵하면서 그걸 하고 안 하고가 이야기 성격을 바꾸나 안 바꾸나를 검토해."

"……겨울 매미가 뭡니까?"

이등병은 박병장의 말과 손짓에서 철조망의 겨울 매미에 대한 자세를 모두 숙지하고 초소 아래로 내려갔다. 두 손은 철조망의 상단을 잡고 두 발은 중간에 걸쳐놓은 채 이등병은 드문드문 눈발이 날리는 휴전선의 비무장지대를 말없이 오래 바라보았다. 북측 초소에서 다시 빨간 불빛이 반짝였고 대남방송에선 여자아이가 부르는 〈반달〉이 막 흘러나오기 시작했다. '그걸 하고 안 하고'를 심각하게 고민하기에 좋은 배경음악이었다. 점차 손이 시리고 다리가 저려왔지만. 맴맴맴 울어댈 수는 없었지만 매미로 변신한 지 오래되지 않아 이등병은 박병장의 요구사항을 완벽하게 숙지할 수 있었다.

까치봉을 다 내려온 군용트럭은 건봉산 자락으로 접어들었다. 강제 징집된 사내들도 반이 넘게 내린 뒤라 짐칸은 한결 추웠다. 박병장과 그가 근무했던 소초는 건봉산 너머 고진동 계곡에 위치하고 있었다. 차량은 건봉산 정상까지밖에 갈 수 없었다. 험준한 산자락에 자리한 소초라 부식도 케이블카로 공급받는 곳이었다. 휴전선의 오지인 셈이었다. 그는 시무룩해진 박병장에게 마지막 남은 담배를 권했다.

"겨울 매미는 아직도 살아 있을까요?"

박병장은 예전에 이등병인 그가 그랬던 것처럼 무슨 말인가 잠깐 생각하는 눈치더니, 아! 하는 탄성과 함께 고개를 끄덕였다. 여전히 박병장의 표정은 아름다운 시절을 회고하는 그런 표정이었다. 박병장은 다시 싱글싱글 웃었다.

"너와 난, 이상적인 작가와 독자 관계를 유지했지. 저 너머에서 말이야."

그는 박병장의 턱이 가리키는 눈 덮인 건봉산을 대충 훑었다. 이상적인 독자와 작가 관계라니. 이상적인……

"참, 그때 수술받은 아버님은 건강하셔? 심장판막증이었지?"

심장판막증도 기억하고 있었다, 박병장은. 그뿐만이 아니었다. 스물세 살까지의 그와 그의 가계에 얽힌 크고 작은 내력을 모두 기억하고 있는 사람이었다. 길고 지루한 휴전선의 밤을 함께 건너는 동안 말 그대로 이상적인 독자가 집요하게 파헤친 전과였다. 이등병은 박병장에게 거짓말을 할 수 없었다. 반복되는 같은 질문과 혀를 내두를 기억력 앞에서.

"신문에서 네 소설을 읽고 사실 실망했어…… 그 부분이 빠져 있었잖아. 그게 들어갔더라면 훨씬 살았을 텐데."

'그걸 하고 안 하고'의 문제가 걸린 부분을 말하는 거였다. 그는 사실 의도적으로 그 부분을 빼버렸다. 물론 지난날 휴전선 철조망의 겨울 매미를 떠올리며. 사실 그 소설을 쓸 때 그는 그녀(그때는 단순히 애인관계였던)에게 그 부분에 대한 자문을 구했다. 사라지지 않는, 매미에 대한 기억 탓이었다. 그녀는 아무렇지 않게 박병장의 손을 들어주었다. 그 장면이 삽입되면 소설이 더 선명해진다고 토까지 달아주면서 말이다.

"그때도 물었지만 다시 묻고 싶어. 그 이야기 정말 실제 있었던 일이 아냐?"

그는 짜증이 났다. 십여 년 만에 듣는 똑같은 질문이었다.

"실제와 실제 아닌 것이 그렇게 알고 싶습니까? 왜요?"

"독자는 이야기의 뿌리를 알고 싶어하니까. 가십거리를 씹는 맛도 특별하거든. 그리고 실제 있었던 일이라면 빠져버린 그 부분의 사실 여부도 알고 싶고 말이야."

그는 달리는 트럭 밖으로 박병장을 밀어버리고 싶었다. 만약 꿈이라면 옆자리의 헌병이 쥐고 있는 총을 빼앗아 갈겨버렸을 것이다. 그러나 모든 풍경이 너무나 현실적으로 다가왔다가 사라지고 있어 꿈이라고 고집하기 어려웠다.

휴전선의 눈은 사흘 간격으로 내렸다. 이등병은 눈발이 감추고 있는 동해바다를 살폈다. 눈발을 건너뛰어 날이 밝기를 기다린다는 것은 무리였다. 사타구니가 자꾸만 불편해졌다. 석유난로에 손바닥을 쬐며 들려주는 박병장의 연애담 탓이었다. 연애담이라기보다 차라리 섹스담에 가까웠다. 한 여자와 처음 만나 이러저러한 과정을 밟아 결국 어떤 합의에 다다르는 과정을 설명하는 시간은 채 십 분도 되지 않았다. 여관방으로 들어간 이야기는 점차 그 크기를 부풀리기 시작하더니 거의 삼십여 분을 잡아먹고 있었다. 그 색깔 또한 거침이 없었다. 비무장지대를 덮으며 내리는 시린 눈송이에 아무리 시선을 몰두해도 속내에 숨어 있는 그 무엇은 사타구니에서 꿈틀거림을 멈추지 않았다. 좁은 초소에 들어찬 어둠만이 이등병의 실낱같은 위안이었지만 사타구니를 노려보는 박병장의 매서운 눈길에서 자유롭지 못했다. 축축한 무엇이 이등병의 팬티를 조금씩 적시고 있었다.

"하여튼 잠 한숨 자지 않고서 밤을 꼬박 새웠던 거야. 창 밖에서 아침 길의 자동차 소리가 들려오자 그제야 우리 두 사람은 약속이나 한 듯이 잠들었지. 오후까지. 청소를 하는 아줌마가 깨우는 소리도 듣지 못하고서 말이야. 그렇게 마지막을 보내고 헤어졌던 거야."

한마디 해야 할 시점이란 걸 눈치챘지만 이등병은 아무 말도 떠오르지 않았다. 이야기를 마친 박병장의 눈길은 여전히 이등병의 사타구니에 머물러 있었다.

"열두시를 넘기면 요금을 더 내야 하지 않습니까?"

"뭐? ……자식이 이젠 농담도 할 줄 아네! 하여튼 내 얘기는 끝났으니까 담배 한 대 피우면서 네 이야길 잘 다듬어봐. 인간이란 게 원래 남 얘기 듣기 좋아하잖아. 그중에서도 은밀한 부분을 훔쳐보는 재미도 있어야 하는 거야."

"예, 알겠습니다. 근데…… 박병장님, 여긴 담배연기가 많이 찼으니 뒤편 벙커에 가서 피워도 되겠습니까? 오늘 밖에서 순찰 돌지도 모른다고 하지 않았습니까."

"그래라. 대신 니 얘기 맘에 안 들면 각오해!"

"예, 알겠습니다."

박병장에게서 건네받은 라이터와 담배 한 대를 움켜쥔 이등병은 허리까지 차오르는 눈더미를 헤치며 벙커로 향했다. 조급함이 발을 헛딛게 만들 때마다 이등병은 씁쓸한 웃음을 되삼켰다. 벙커는 흰 눈에 묻힌 채 비무장지대를 향해 검은 입을 벌리고 있었다.

담배를 입에 문 이등병은 빼곡하게 들어찬 벙커의 어둠 속에서 용두질을 하기 시작했다. 곧 허물어질 것 같은 사타구니의 둑에 고여 찰랑거리는 그것을 직접 내보내주기 위해서였다. 눈으로 들어간 담배연기가 바늘로 변한 것 같았다. 이등병의 왼쪽 손은 허벅지에 걸려 있는 바지를 잡고 있었고 나머지 손은 사타구니에서 떠날 수 없는 터라 눈으로 들어가는 담배연기를 막을 방법이 없었다. 그렇다고 두 시간 만에 주어진 담배를 포기할 수도 없는 노릇이었다. 이등병은 눈물을 흘렸다. 박병장의 섹스담을 다시 생생하게 떠올리려고 눈을 감았다. 담배연기는 독한 마리화나처럼 머릿속을 떠다녔다. 아니 회충처럼 몸 안에서 꾸물꾸물 움직였다. 비무장지대를 건너오는 카랑카랑한 대남방송을 지우려고 했지만 잘 지워지지 않았다. 박병장의 섹스담은 그 틈을 이용해 자꾸만 어딘가로 도망치려고 했다. 이등병은 달려드는 것을 뿌리치려 허둥거렸고 도망가려는 무엇을 잡으려 허둥거렸다. 그 순간 일시에 벙커를 밝히는 메밀꽃이 피었다가 사라졌다. 눈으로 들어간 연기는 끊임없이 눈물을 불러왔다. 이등병은 마지막으로 볼의 눈물을 닦고 오른손으로 눈을 문질렀다. 시야는 다시 캄캄해졌다가 조금씩 밝아왔다. 그 빛 속에 벙커 밖을 서성거리는 박병장이 있었다. 박병장은 태연하게 말했다.

"시간이 지났는데도 오지 않기에…… 다 피웠어?"

이등병은 폭설에 지친 산짐승처럼 후들거리는 두 다리로 눈더미를 빠져나와 초소로 돌아왔다. 탄통을 깔고 앉아 난롯불을 쬐던 박병장은 손짓으로 그 불빛을 가리켰다. 불빛이 물들어 있는 박병장의 눈빛은 능청스러웠다.

"밤이 길지? 이등병 땐 원래 그래. 휴전선의 지루한 겨울밤을 이야기로 채워나가는 것도 썩 괜찮은 방법이야, 안 그래?"

"시작할까요?"

"곧바로 할 수 있겠어?"

흩날리는 눈송이에게 보내듯 이등병은 고개를 끄덕였다. 곧바로 할 수 있겠어? 곧바로…… 받침대 위에서 눈발 날리는 비무장지대를 바라보는 소총을 향해 이등병은 다시 고개를 끄덕였다. 원한다면…… 원한다면…… 하지 못할 것도 없었다. 그렇게 원한다면. 이등병은 '해변다방'으로 걸음을 옮겼다.

"눈발이 날리는 바닷가에서 남자는 소주 한 병을 천천히 비웠습니다. 하지만 몸은 술기운에 달아오르지 않고 계속 덜덜 떨기만 했습니다. 시간을 확인했지만 이제 겨우 한 시간이 지나 있었지요. 남자는 여자를 따라온 일을 다시 후회했습니다. 작은 포구를 둘러싸고 있는 상가에서 흘러나온 불빛이 질척거리는 거리를 걸으며 되돌아갈까 말까를 고민했습니다. 남자는 자신이 있어야 할 곳이 아닌 데에 와 있다는 사실에 화가 났습니다. 그 자리로 가자고 청한 여자에게도 화가 났습니다. 작은 포구를 몇 번이나 왔다갔다하다가 남자는 작은 술집으로 들어갔습니다. 주류회사의 야한 달력이 걸려 있는 작은 카페였습니다."

"잠깐만! 내게 이야길 할 때는 그렇게 '뭐뭐 했습니다' 같이 딱딱한 말투를 쓰지 않아도 된다고 했잖아! 좋은 이야길 문체가 망치면 안 되잖아, 응?"

"예…… 남자는 만취해서 '해변다방'으로 돌아갔지요. 이미 밤 열시가 지나 있었지요. 남자는 친구를 보는 게 왠지 싫었던 겁니다. 여자의 신발 하나만 달랑 놓여 있는 방문 앞에서 남자는 얼마간 서 있었습니다. 안에서는 낮은 울음소리가 새어나오고 있었지요. 남자는 방문을 두드렸습니다. 조심스럽게…… 여자는 방 한쪽 구석에서 홑이불을 목까지 뒤집어쓴 채 훌쩍거리며 앉아 있었지요. 남자는 비틀거리며 술상으로 다가가 걸신들린 사람처럼 남은 술을 마시기 시작했습니다. 모든 게 끝나 있는 듯한 방의 풍경을 억지로 지워버리려는 듯이 말입니다. 여자는 울음을 삼키며 남자에게 말했습니다. 친구는 끝내 여자가 기다리는 단 한마디 말을 하지 않았다고…… 들썩거리는 이불자락 사이로 여자의 알몸이 보였습니다."

"잠깐만! 음…… 친구가 주인공이 아니니 뭐 그렇게 처리하는 것은 좋은데 대신 그걸 했다는 흔적 정도는 이야기해줘야 하지 않을까? 여자의 알몸만 가지곤 좀 부족한 듯싶어."

이등병은 비무장지대를 노려보는 검은 총구를 보며 고개를 끄덕였다.

"남자는 술잔을 옷에 쏟으며 여자에게 말했죠. 옷을 입으라고. 여자는 고개를 저었습니다. 남자는 비틀거리며 여자에게로 기어가 주변에 널려 있는 옷가지를 찾아주었죠. 몇 차례나 쓰러지며. 여자는 화를 내며 그 옷을 마구 던졌지요. 뒤집어쓰고 있던 이불마저 밀쳤지요. 결국 남자는 그것을 보아버리고 말았습니다. 주먹만한 휴지 뭉치가 쪼그려앉은 여자의 사타구니에 박혀 있는 것을. 그 휴지가 붉게 물들어 있는 것을……”

“잠깐만, 조금 쉬었다가 하자. 담배 한 대 피우고. 자, 너도 피워.”

박병장은 덜덜 떨리는 손으로 담배에 불을 붙였다. 바닥에 앉아 담배 불빛이 새어나가지 않게 손으로 가린 이등병 앞으로 박병장은 자신의 손을 내밀었다.

“봐! 내 손이 떨리는걸. 이게 이야기의 힘이야. 이번 얘기를 들으면서 처음으로 이런 반응이 온 거야. 여자의 사타구니에 박혀 있는 휴지 뭉치. 그 휴지를 물들여가는 피!”

눈송이는 점점 더 굵어지고 있었다. 군용트럭은 제 속력을 내지 못한 채 검은 연기만 뿜어냈다. 급경사를 이루는 왼편의 산자락으로 바퀴에서 튀어나간 눈덩어리가 굴러내려가는 게 보였다.

“징집관님, 내려서 걸어가는 게 낫겠습니다. 이러다 뒤집히는 거 아닙니까?”

“에이, 이놈의 눈은 치운 지가 언젠데 또 이렇게 쌓이니! 야 운전병, 갈 수 있겠어?”

징집관은 운전석에 대고 소리를 질렀지만 대답은 들리지 않았다.

“박병장님?”

“응?”

“묻고 싶은 게 있는데…… 정말 이야기를 좋아하는 겁니까, 아니면 그 당시 지루한 시간을 보낼 요량으로 선택한 게 이야깁니까?”

　박병장은 자신의 담배를 그에게 권했다. 더이상 담배를 피우고 싶지 않았지만 왠지 담배를 피우며 들어야 할 대답인 것 같아 그는 받았다. 박병장은 군용트럭 뒤편으로 펼쳐져 있는, 눈송이 가득한 허공으로 담배연기를 날려보냈다.

　"김작가, 이제는 소설가니까 물어볼게. 이야기가 뭔가? 왜 사람들은 이야기에 귀를 기울일까?"

　군용트럭이 언덕을 올라서자 징집관은 다소 여유를 찾은 듯했다. 박병장의 이야기를 들은 듯 두 사람의 대화에 참견을 했다.

　"어떤가, 작가 선생? 이 상황을 소설로 써보는 게. 군사교육 이수증을 위조해서 빨리 전역을 한 사병들이 있다. 그런데 어떤 계기로 인해 그 사실이 발각되고 군에서는 그들을 재징집한다. 이미 사회인이 된 그들은 졸지에 다시 군인이 되어 근무했던 부대로 호송된다. 그리고…… 음, 그 다음부턴 모르겠는데, 작가 선생이니 얘기를 한번 이어가보라구. 어때, 재밌지 않겠어?"

　"것도 괜찮겠는데요! 부대가 있던 방향으로 오줌도 싸지 않겠다고 다짐했던 그들의 새로운 군생활. 예전처럼 부모나 가족, 아니지 아내나 자식들이 면회를 오고 말이야!"

　박병장이 거들고 나섰다. 트럭에 타고 있는 나머지 사내들도 웃음을 감추지 않았다. 대세를 인정하기로 완전히 결심한 얼굴들이었다. 전방 깊숙이 들어온 트럭의 바퀴 자국이 그것을 분명하게 각인시켜주고 있었다. 그는 새롭게 새겨지는 바퀴 자국 속으로 빨려드는 마음을 내버려두었다. 어느 한 지점에 있는 거대하고 흰 눈항아리 속으로 시간을 거슬러올라가는 것만 같았다. 그러나…… 결혼식을 망쳐버린 그녀는 그를 이해하지 않을 것이다. 그를 기다리지 않을 것이다.

"난 아직도 이야기가 뭔지 잘 모르겠습니다."

그는 허공을 가득 채우는 눈송이를 빨아들이는 눈항아리를 향해 입을 우물거렸다.

"그래서? 다음엔 어떻게 되었는데?"

문을 열어젖히고 공기를 환기시킨 박병장은 난로 옆의 자리에 앉기 무섭게 이등병을 채근했다. 예정된 담배가 아닌, 특식으로 피운 담배맛에 이등병의 기분은 많이 누그러져 있었다. 담배 한 대에 마음의 방향타가 지조도 없이 바뀐 것따윈 생각할 겨를도 없었다.

"남자는 강제로 여자의 알몸을 다시 이불로 감쌌습니다. 여자는 계속해서 같은 말을 내뱉었지요. 이 먼길을 내가 찾아온 것은 어떤 한마디 말을 듣기 위해서라고. 그러나 친구는 그 말을 하지 않았다고. 자기는 이 상황 이후가 두려워 남자와 동행을 원했던 것이라고. 결국 예감대로 되었다고. 남자는 술을 마시다 옆으로 쓰러지고 다시 상을 짚고 일어나 술을 마시길 되풀이했어요. 아무런 말도 여자에게 해줄 수 없다는 사실에 막막해했죠. 여자는 훌쩍거리며 부대로 돌아가려던 친구에게 말했지요. 그냥 갈 수 없다고. 나를 넘어서 가라고. 그냥 가면 이 자리에서 죽어버리겠다고. 옷을 다 벗을 것도 없다고. 바지만 벗으라고…… 왜 그렇게 했는지는 지금도 알 수 없다고 남자에게 털어놓았지요. 미안하다고. 동행을 요구해서 미안하다고 훌쩍이며. 남자는 결국 그 자리에서 술을 이기지 못하고 쓰러졌습니다. 깊은 잠 속으로 끌려간 것이지요."

"자, 잠깐만! 그냥 자?"

"아닙니다. 더 들어보십시오. 새벽이 되었지만 여자는 여전히 같은 자리에 앉아 훌쩍이기만 했습니다. 쓰러져 잠든 남자는 고통스런 꿈을 꾸고 있는 듯 신음과 함께 진땀을 흘리고 있었어요. 여자는 남자에게로 다가가 얼굴의 땀을 닦아주고 베개를 바로 놓아주었죠. 그제야 남자의 숨소리가 고르게 돌아왔습니다. 알몸인 여자는 남자의 얼굴을 오래 들여다보더니 이윽고 어떤 결심을 한 표정을 지었습니다. 남자가 입고 있는 바지의 지퍼를 내리고, 팬티를 허벅지까지 벗긴 뒤 사타구니에 얼굴을 묻었습니다. 치우지 않은 어지러운 술상이 희미한 취침등 불빛을 받아들이는 그런 새벽의 풍경이었지요. 남자는…… 조금씩 잠에서 깨어나고 있었지요. 사타구니에서 감도는 나른한 기운이 잠을 밀어냈던 것이지요. 그러다 어느 순간 눈을 떴습니다! 남자는 자신의 사타구니에 얼굴을 묻은 채 울고 있는 여자를 보았던 겁니다."

"거 되게 슬프네…… 야한 얘기가 이렇게 슬플 수도 있는 거야?"

"그런데…… 남자는 여자의 슬픔을 바라보다 슬금슬금 고개를 내미는 욕정을 느끼기 시작했습니다. 그 위치가 위치였으니까요."

"개새끼! 그래서?"

"두 사람은 얼마간 옥신각신할 수밖에 없었지요. 여자는 남자와의 그 일을 거부했습니다. 여자는 말했지요. 너랑 그걸 하면 너와도 헤어질 수밖에 없다고. 남자는 말했지요. 그러면 왜 내 사타구니에 얼굴을 박고 있었냐고. 여자는 울면서 대답했지요. 모르겠다고. 모르겠다고. 모르겠다고…… 결국 두 사람은 함께 훌쩍거리며 부둥켜안은 채 쓰러졌지요. 그리고 서로의 깊은 곳으로 들어가고 말았습니다."

"여자의 결정이 이해가 갈 듯하면서도 다소 묘하네! 왜 그랬을까? 김이병, 여자의 결정을 그렇게 몰아간 의도가 뭐야?"

눈에 덮인 휴전선의 밤이 물러나고 있었다. 어둠에 갇혀 있던 비무장지대의 설경이 제 모습을 드러내는 시간이었다. 무수한 이야기들이 모습을 감추는 시간이기도 했다. 이등병은 묘한 미소를 지으며 박병장에게 물었다.

"박병장님, 이야기의 끝을 어떻게 마무리하면 좋겠습니까?"

이제 군용트럭의 짐칸에는 그와 박병장, 징집 담당관과 두 명의 헌병만 남아 있었다. 건봉산 정상이 얼마 남지 않았다는 것을 그는 주변의 산세만 보고서도 알 수 있었다. 트럭은 막바지 언덕길로 들어섰다. 그는 징집 담당관의 서류를 대충 뒤적거렸다. 군이란 데가 묘했다. 그사이에 정이 들었으니. 헌병들도 두 사람은 신경 쓰지 않고 눈 구경에 열중하고 있었다.

"어떻게 이 일이 들통난 겁니까, 징집관님?"

"사실을 알면 허탈할 거야. 모르는 게 나아."

징집 담당관은 다부진 얼굴로 그에게 말하곤 입을 다물었지만 이내 새어나오는 웃음을 참지 못했다. 그와 박병장은 징집관을 다그쳤다. 두 명의 헌병도 복장과 어울리지 않는 웃음을 토해냈다.

"서울 인사동 어느 술집에서 말이야, 모 대학 무슨 과 동창회가 열렸어. 당연히 술을 마시는 자리였겠지. 이 얘기 저 얘기가 돌다가 마침내 군대 얘기로 돌아왔어. 자네도 알겠지만 군대 얘기를 싫어하는 사람이 있잖아. 여자들이 그렇고 예전 방위 출신이 그렇지. 두 부류가 또 그 얘기냐고 짜증을 냈지만 일단 튀어나온 얘기는 막을 수가 없었지. 헌데 서로 제가 겪었던 얘기를 자랑삼아 하다가 '혜택' 얘기가 나왔던 거야. 처음엔 군사교육을 무사히 받아 혜택을 받은 파와 그렇지 않은 파로 나누어졌지. 그런데 나중엔 혜택을 받은 파 중에서 진짜 혜택을 받은 파와 자네들처럼 서류를 위조해, 즉 가라로 혜택을 받은 파가 갈라졌어. 어느 술자릴 가나 법을 위반한 놈들의 위세가 센 편이지. 그들은 자신들이 어떻게 해서 서류를 위조하게 되었는지 무공담 늘어놓듯 털어놓았던 거야. 술도 거나했겠다, 그 이야기의 소수파에 있던 누군가가 장난삼아 기무사에 고발을 했는데, 그 일이 이렇게 번진 거야."

"그 자식, 방위 출신이죠?"

덜컹거리는 군용트럭의 짐칸에서 다섯 사람은 서로 다른 웃음을 풀어놓았다.

"자, 다 와가니 챙길 짐도 없겠지만 준비들 해."

징집 담당관이 갑갑한지 기지개를 켰다. 바다까지 펼쳐져 있는 산자락을 바라보던 박병장이 고개를 숙여 그의 무릎을 손으로 몇 번 두드렸다. 조금 전과는 달리 진지하고 어딘지 모르게 애절한 표정이었다.

"작가 선생, 부탁이 있는데…… 우리가 근무했던 초소로 가면…… 예전에 네가 그랬던 것처럼 삼 개월 동안 이번엔 내 이야길 들어줄 수 있겠나?"

그가 멍하니 박병장의 얼굴을 들여다보다가 고개를 끄덕여주려고 했을 때 군용트럭은 덜컹, 하는 둔탁한 소리와 함께 서서히 한쪽으로 기울어졌다. 그러나 그 슬로모션도 잠시뿐이었다. 트럭은 가파른 절벽에서 공처럼 퉁겨져내려가기 시작했다. 다섯 사람은 한곳으로 몰렸다가 흩어지기를 되풀이했다. 그는 처음으로 박병장의 이야기를 들을 수 없을 것 같아 아쉬웠다. 그리고 박병장에게 '해변다방'의 그 여자가 이야기 속에서 빠져나와 바로 자신과 내일 결혼하기로 한 여자라는 사실도 알려주지 못한 게 못내 섭섭했다. 거대한 눈덩이로 변한 군용트럭은 계속해서 불어나는 어떤 이야기처럼 절벽을 굴러갔다. 그는 이것이 꿈이었으면 좋겠다는 생각을 마지막으로 하고 정신을 잃었다.

……

　누군가 소란스럽게 대문을 두드리며 그의 이름을 불렀다. 그는 자리에서 벌떡 일어나 멍하니 앉아 있다가 갑자기 생각난 듯 온몸을 만져보았다. 아무 이상이 없었다. 다시 대문 두드리는 소리가 들렸다. 식은땀이 흐르는 얼굴로 눈이 쌓인 마당을 게으르게 건너가서 대문을 열었다. 무장을 한 두 명의 헌병을 양 옆에 세운 징집 담당관은 태연한 얼굴로 서류철을 뒤적이며 그의 인적사항을 확인했다. 뒤편 군용트럭 짐칸에서 예비군복을 입은 박병장이 그를 향해 손을 흔들었다. 확인을 끝낸 징집 담당관은 딱딱했던 표정을 풀고 어울리지 않는 웃음을 흘리며 다가와 그의 귀에 입을 대고 나직하게 말했다.

　"이 이야기에서 나가는 길은 없어."

기차가 사북을 지나간다

"벳 다운(Bet down)!"

아직은 매운 바람이 저탄장의 탄가루를 굴뚝의 연기처럼 제멋대로 허공으로 끌고 간다. 무수한 돌멩이가 그 탄가루를 뚫고 건너편 언덕배기로 날아가고 있다. 경찰들은 일제히 방패 뒤로 몸을 감춘다. 작업복 차림의 광부들과 어린 학생들의 입에서 튀어나오는 함성은 벌겋게 달아오른 조개탄 같다. 바람의 방향이 바뀌자 이번엔 전경들의 총구가 일제히 건너편 언덕으로 고정되고 이어 최루탄이 날아와 터지고 있다. 허공과 땅에서. 광부들은 연기 속에서 구호를 외친다. 연기는 저 아래 골짜기의 다닥다닥 붙은 회색 지붕들 위로 서서히 이동한다. 기침을 뱉어내며, 오전에 집배원에게서 받은 이상한 그림편지를 떠올리며, 봄꽃이 피려면 아직 멀었다고 그는 중얼거린다. 터널을 빠져나온 기차가 기적을 울리며 천천히 사북역으로 들어서고 있다. 잠시, 잠깐…… 언덕 이편과 저편의 사람들이 움직임을 멈추고 기차를 내려다본다. 기차는 사북역에 정차하지 않고 조심스럽게, 검은 뱀처럼 미끄러져나간다. 그는 검은 기차바퀴가 시곗바늘 반대 방향으로 돌아가는 것을 주시하다가 손에 쥐고 있던 돌멩이를 허공으로 던지며 소리친다.

"임금으을 인상하라!"

룰렛이 돌아간다. 매력적인 외모의 딜러는 반짝이는 상아구슬을 그 위에 던진다.

도박사들의 얼굴에 긴장감이 흐르기 시작한다. 레이아웃에 올려놓은 칩과 룰렛을 번갈아 노려보는 눈빛엔 피곤과 초조함이 뒤섞여 있고 어찌 보면 먹이를 노리는 하이에나 같기도 하다. K는 순간 손을 뻗어 칩의 위치를 옮긴다. 오드넘버(홀수)에서 이븐넘버(짝수)로. 옆자리에서 그 행동을 주시하는 노부인의 표정엔 다소간의 경멸이 묻어 있다. 그는 삼십팔등분된 룰렛 위에서 시계방향으로 굴러가는 구슬을 쫓는다. 그의 노란색 칩은 가장 고배당인 스트레이트를 노리고 있고 노부인의 붉은색 칩은 레드에 가지런히 쌓인 채 구슬이 멈추기를 기다린다.

그는 어지러운 듯 구슬을 따라가던 시선을 출입구로 옮기다가 노부인과 마주친다. 두껍게 화장을 한 노부인의 얼굴은 흡사 시신 같다. 룰렛은 계속해서 돌아가고 구슬은 그 반대 방향으로 굴러간다.

"오늘은 과욕을 부리네요. 안 좋은 일이라도?"

물결치듯 움직이는 노부인의 주름살에서 그는 도망친다. 어두워지는 유리문 밖으로 눈이 내리고 있다. 삼 일째 내리는 눈이다. 오렌지빛 외등 불빛 속으로 내리는 눈은 염료를 섞은 솜과자 같다. 그는 눈발을 뚫고 산 아래에서 희미하게 올라오는 기적 소리를 들었다고 느낀다. 카지노의 무성한 소음 속에서. 손목시계의 시간을 확인하곤 혼잣말을 하듯 노부인에게 중얼거린다.

"강릉행 기차가 지나가는군요……"

"어어어, ……이런!"

K의 탄식이 기적 소리를 지웠다. 구슬은 처음 K가 칩을 놓았던 오드넘버, 블랙에서 움직임을 멈춘 채 반짝이고 있다. 그는 자신의 칩이 딜러의 손에 끌려가는 것을 바라본다. 여 딜러는 의식적인 미소와 함께 레이아웃을 정리한다.

"이 고장에서 살았어요?"

노부인이 그에게 물었다. 그는 고개만 끄덕인다.

제복이 잘 어울리는 딜러는 카지노의 환경에 아직 적응하지 못한 듯하다. 한 게임이 끝날 때마다 몰래 표정과 옷매무새에 신경을 쓰고 있다. 그녀를 바라보는 K의 끈적거리는 눈길이 못마땅하지만 그는 애써 참는다. 잘 닦여 반들반들한 룰렛은 다시 돌아갈 준비를 하고 있다. 기차가 앞으로 나아가려면 바퀴는 시계 반대 방향으로 돌아야 한다. 룰렛도 그렇다. 그는 스트레이트에 대한 고집을 철회할까 생각한다. 노부인의 붉은색 칩은 천천히 레이아웃의 블랙으로 접근한다.

"검은색은 모든 색을 묻어두고 있는 색이지요. 무덤처럼."

칩을 쥔 채 망설이고 있는 그에게 노부인이 담담하게 말했다. 그는 대답 없이 고개만 끄덕인다. 룰렛은 서서히 돌아간다. 결정을 내려야 할 시간이다. 룰렛의 검은색과 붉은색은 서로 몸을 섞기 시작한다. 반짝이는 구슬이 룰렛의 가장자리로 뛰어든다. 숫자들이 지워진다. 그는 전과 같은 숫자에 칩을 올려놓는다. 지갑의 돈이 바닥나고 있다. K의 목울대가 침을 삼키는 듯 움찔거린다.

그는 촉촉하게 땀이 잡힌 손을 바지 주머니에 넣는다. 종이가 만져진다. 점심 무렵 호텔 프런트의 직원이 전해준, 끈질기게 그를 쫓아다니는 이상한 내용의 그림편지다. 하지만 밖으로 끄집어내지는 않는다. 실내는 윙윙거리는 도박기기의 소음과 도박사들, 구경꾼들의 목소리가 한데 합쳐져서 묘한 합창을 하고 있다. 그는 룰렛에서 눈을 떼고 한동안 카지노의 풍경을 둘러보지만 풍경과 어울리지 않는 한 시골 여인이 사람들 틈을 헤쳐나오는 것을 찾아내진 못한다.

돌아가는 바퀴의 가장자리로 난 홈에서 구슬은 봅슬레이를 하듯 돌고 있다. 핏발 선 눈빛들이 그 구슬을 쫓아간다. 그는 담배에 불을 붙이고 딜러에게 묻는다.

"아가씨, 이 룰렛이 오늘 몇번째 돌아가는 중이죠?"

딜러의 얼굴로 당황하는 빛이 지나가더니 곧 표정이 수습된다. 그녀의 목소리는 냉담하다.

"손님, 게임과 관련 없는 질문은 삼가주세요."

담배연기, 술냄새, 입냄새가 레이아웃 위로 무겁게 깔려 있다. 재빨리 자리를 옮기는 칩. 아직도 갈등하는 칩. 그는 마지막 남은 칩 다섯 개를 지난번과 같은 번호에 올려놓는다. 노부인이 다소 체념한 얼굴로 그의 선택에 고개를 끄덕인다. 마침내 그의 뒷모습을 발견한 시골 여인의 걸음이 빨라진다. 딜러의 낭랑한 목소리가 룰렛과 레이아웃을 심판한다.

"노 모어 벳(No more bet)!"

룰렛의 화면은 정지되었다. 부들부들 떠는 여인은 풍뎅이처럼 웅크린 그의 뒷모습을 노려본다. 그녀의 손가방에서 나온 만원짜리 돈다발이 그의 뒤통수를 가격한다. 부르튼 두 손이 그의 머리채를 잡아끈다. 역시 부르튼 입에서 쏟아져나오는 말다발이 룰렛을 잠재운다. 카펫 바닥으로 떨어진 그의 얼굴은 함박눈을 바라보듯 한없이 편안하다.

눈이 내린다. 일 년 중 유일하게 폐광촌의 풍경을 변화시켜주는 눈이다. 검은 저탄장과 그 아래 숨어 있는 불잉걸을 덮어버리는 눈발이다. 지붕이 허술한 사택에서 잠들어 있는 비번 광부들의 기침 소리를 덮어주는 눈발이다. 눈보라가 지워버린 철로 위로 기차가 들어온다. 황지, 철암, 도계를 지나 강릉으로 가는 기차다. 그는 게 으르게 굴러가는 기차바퀴를 들여다본다. 기차바퀴는 끊임없이 연결돼 있다. 시작도 끝도 찾을 수 없다. 허공의 눈보라 속으로 무연 탄 광석들이 일제히 날아간다. 그러나 어디로 날아가는지 알 수 없다. 그는 고개를 끄덕인다. 그리고 중얼거린다. 어디로 날아가는지는 아무도 몰라. 실의에 빠진 그는 승강장을 빠져나와 대합실로 들어간다. 대합실에는 한쪽 다리가 없는 행려자가 나무의자에 잠들어 있다. 빈 소주병이 의자 아래에서 주둥이가 깨진 채 반짝인다. 그는 대합실의 출입문을 연다. 그곳은 호텔방이다. 그는 당황한 얼굴로 문 이편과 저편을 번갈아 바라본다.

지저분했던 호텔 객실은 말끔하게 청소가 되어 있다. 그는 그녀에게서 건네받은 손가방을 탁자 위에 던져놓고 곧바로 침대에 파묻힌다.

"그래 집 나간 작자가 자기 딸 결혼식에도 안 오고 기껏 있는 데가 카지노야? 왜 아들 얻겠다고 나갔잖아! 그 잘난 아들놈 얼굴 좀 보자! 너 같은 작잘 믿고 그 동안 살아온 게 억울해 죽겠어! 니가 인간이야? 자, 돈 여있어, 다 끝났으니까 이거 갖고 아들을 낳든지 도박판에 쏟아붓든지 니 꼴리는 대로 해! 우리 주 예수께서 천벌을 내리지 않으면 내 열 손가락에 장을 지진다, 이 작자야!"

"……"

그는 돌아누워 하늘과 계곡을 덮는 눈발을 바라본다. 카지노로 이어지는 언덕길에선 붉은 등을 깜박거리는 제설차가 눈을 치우느라 게으르게 이동한다. 벌써 며칠째 계속되는 같은 풍경이다. 미심쩍은 골목대장을 따라가듯 자가용 행렬이 제설차 뒤편에서 머뭇거린다. 그는 눈 내리는 풍경에서 돌아와 주머니를 뒤적거린다. 구겨진 담뱃갑과 몇 개의 칩, 그리고 편지가 침대 위에 놓인다.

편지지에는 글씨 하나 없고 검은색 사인펜으로 그린 단순한 그림만 담겨 있다.

곰 한 마리. 도마뱀 한 마리. 길. 크기가 다른 세 개의 호수. 천막 두 동. 천막 옆의 십자가 세 개. 한 천막 안에 그려진 여인의 팔.

주머니에서 나온 내용물은 탁자의 손가방 옆으로 옮겨진다. 그는 침대에 반듯하게 누워 충혈된 눈을 감은 채 책을 읽듯 중얼거린다.

"세상일들은 언제나 내가 어떤 선택을 내렸을 때, 그 직후에야 모든 게 해일처럼 내게 몰려들었지요. 하지만 난, 내 선택을 물릴 수 없었어요. 그 부조화가, 삐걱거리는 바퀴가 여기까지 나를 싣고 왔지요. 룰렛은…… 너무나 부드럽게, 현란한 아름다움으로 돌아가는군요."

"노 모어 벳!"

여 딜러는 표정을 바꾸지 않고 말했다. 상관하지 않고 그는 말을 이어간다.

"우린…… 오랜 친구 사이 같군요."

딜러는 잠깐 동작을 멈추고 그를 보더니 나직한 목소리지만 분명하게 대답한다. 노부인과 K는 두 사람의 대화가 들리지 않는 듯 레이아웃에만 몰두하고 있다.

"선생님도 결국은 이곳을 떠날 수밖에 없지요. 밑천이 무한정할 순 없으니까요."

"밑천……"

그는 눈을 뜨고 탁자 위의 손가방을 확인한다. 유치원생의 신발가방만한 크기의 그 가방은 그녀가 교회에 갈 때 성경과 찬송가를 넣어다니던 것이다. 그는 디스크 환자처럼 조심스럽게 침대에서 일어나 가방을 베개 밑에 숨긴다. 편지지엔 여전히 이해할 수 없는 상징 같은 그림들이 밖으로 도망치지 않고 자리를 고수한다. 오랜 갈증을 덮어주는 탐스런 눈송이가 창 밖 허공을 가득 메우고 있는데도 곰과 도마뱀은 세 개의 호수로 이어지는 외가닥길만 굽어보고 있을 뿐이다.

알몸인 그는 등을 구부린 채 자신의 몸에서 벗겨진 옷을 살핀다. 편지지 속의 두 동물이 길을 굽어보듯. 창으로 몰려드는 눈송이는 유리라는 물질을 이해하지 못한 채 헛된 수고를 거듭한다. 그는 팬티와 러닝, 양말, 와이셔츠를 들고 화장실로 들어간다. 욕조에 반쯤 찬 뜨거운 물에서 날아오르는 김이 눈발처럼 그의 모습을 거울에서 지워간다. 그는 엉덩이를 열린 문으로 향한 채 바닥에 쪼그리고 앉아 세면비누로 빨래를 시작한다. 익숙하다는 듯 어깨를 규칙적으로 들썩거리며. 화장실의 대형 거울에는 이제 아무것도 없다.

"어느 누구도 당신을 이해하지 않을 거예요."

미용실에서 흰 드레스를 입은 신부는 대형 거울에 들어와 있는 그에게 담담한 어투로 말한다. 거리에서 웅성거리는 소음이 그의 귓속을 쓸고 간다.

"지금이라도 괜찮으니 돌아가고 싶으면 돌아가세요. 전 혼자서 예식장으로 들어갈 수 있으니까요."

그의 표정도 동요없이 담담하다. 그는 거울의 왼쪽 윗부분을 물끄러미 바라보면서 입술을 뗀다.

"……이해를 바라는 건 아니다. 나도 나를 잘 설명하지 못하겠다."

"설명하지 못하겠다고요? 어느 날 갑자기 집을 나갔고, 돌아오지 않아 수소문수소문했더니 과붓집에 붙어앉아 있었잖아요. 새로 아들을 보겠다며. 그러니 돌아가라고 내게 말했잖아요. 이 흔한 스토리를 설명하지 못하겠다고요?"

"그만 가마."

"가세요. 초청한 적도 없으니까요."

호텔방에서 가운을 걸친 채 그는 헤어드라이기로 빨래를 말린다. 뜨거운 바람을 맞이한 속옷들이 소파의 등받이에서 부풀어오른다. 산골짜기 길로 제설차가 눈을 밀고 가고 그 뒤를 따라가는 트럭 위에서 오렌지색 옷을 입은 인부들이 모래를 뿌리고 있다. 눈이 덮이는 폐광촌의 산은 먹빛으로 어두워진다. 그는 오른손에 윙윙거리는 드라이기를 들고 창 밖 설산을 보며 중얼거린다.

"정말이야. 네 말처럼 이 흔한 스토리를 설명하지 못하겠어."

골짜기로 몰려가던 눈보라가 갑자기 그가 있는 쪽으로 방향을 바꾼다. 그는 드라이어를 팽개치고 침대로 몸을 던진다. 소파 위에서 드라이어는 뜨거운 바람을 계속해서 내보낸다. 담배연기는 그 바람을 따라 이동하고 천장의 한가운데서 룰렛의 바퀴가 천천히 돌아가기 시작한다. 검고 붉은 색의 경계를 지우며. 굴대 위에 놓여 있던 상아구슬은 딜러의 엄지와 검지 사이에서 예리한 빛을 반사한다. 그는 상아구슬에서 눈을 떼지 않는다. 잠자는 천둥을 품고 있는 작은 구슬을.

노부인은 자리를 털고 일어날 기미다. 그와 옆자리의 K는 아직 결정을 내리지 못하고 있다. 어림짐작으로도 노부인은 오백여 만원을 잃었을 것이라 그는 추측했다. 노부인은 남겨놓은 칩 하나를 딜러에게 팁으로 준다. 그 모습을 지켜보는 K의 눈빛이 순간 반짝거린다. 그는 시간을 확인한다. 노부인의 시간 계산은 언제나 흐트러짐이 없다. 어떤 상황에서도 휴식시간을 어기지 않는다.

"괜찮다면 제가 두 분께 술 한잔 사고 싶은데."

그와 K는 노부인의 제안에 비로소 어떤 명분을 찾은 듯 남은 칩을 호주머니에 넣고 일어선다. 카지노에는 시간 개념을 마비시키는 무엇인가가 있다. 손목에 걸려 있는 시계는 단지 장식물에 불과할 뿐이다.

"이곳에 내리는 눈은 색깔이 검으면 더 어울리겠어요."

스카이라운지의 창 밖 설경을 건너다보며 노부인이 중얼거렸다. 민둥산은 더이상 검은 무연탄 더미를 드러내지 않는다. 그는 마치 거대하고 흰 무덤 위에 앉아 술을 마시는 듯한 기분이 들어 애써 술잔에 몰두한다. 광부들의 무덤 위에서.

"여사님께선 언제까지 카지노에 머물 계획입니까?"

"이번 겨울은 이곳에서 보낼 생각이에요."

K는 벌어진 입을 다물지 못한다.

"와, 재력이 대단한 모양입니다! 한 계절을 보내려면 저 같은 사람은 집을 팔아도 모자랄 겁니다. 존경스럽습니다."

노부인은 대답 않고 미소만 짓는다. 표정 어디에서도 피곤한 기색을 찾을 수 없다. 화장은 여전히 빈틈이 없고 옷매무새도 그렇다. 오래 단련되지 않고선 나올 수 없는 자세라고 그는 생각한다. 탁자의 양주는 거의 바닥나고 있다. 노부인은 그의 빈 잔에 술을 부어주고 한 병 더 주문한다. 그는 태어나 처음으로 노부인에게서 바닥을 전전하지 않은 자의 이력을 보고 있다. 노부인은 그런 그의 침묵에 관심을 보인다.

"전에 이곳에서 살았다 했죠?"

그는 노부인에게서 건너오는 거부할 수 없는 흡인력을 느낀다. 눈 내리는 창 밖으로 간신히 시선을 돌리기까지 볼의 근육이 의지와 무관하게 떨린다. 제설차가 붉은 등을 깜박거리며 언덕길을 내려간다.

"……이 산 밑에서 무연탄을 캤습니다. 이 산 밑에는 지금도 길고 긴 갱도가 미로처럼 얽혀 있을 겁니다. 어둠 속에서."

"광부였단 말입니까?"

K는 다시 입을 벌린다. 그러나 조금 전 감탄할 때와는 다른 표정이다. 노부인은 그윽한 얼굴로 고개를 끄덕이며 입을 연다. 난방이 지나친 스카이라운지는 나른함이 가득하다.

"느껴져요. 이곳에 있으면 저 밑에서 올라오는 뜨거운 기운이."

"여사님, 도대체 무슨 말입니까? 지금 땅속에서 무엇이 타고 있단 얘깁니까?"

갑자기 치솟는 술기운이 그의 머릿속에서 회전목마를 돌리고 있다. 그는 고무로 만든 흰 말 위에 앉아 떨어지지 않으려고 양손으로 말의 귀를 움켜잡는다. 회전목마의 속도는 점점 빨라진다. 노부인에게 자신이 광부였다고 밝힌 게 잘한 일인지 생각하려 했지만 어지럼증 때문에 포기한다. 그는 회전목마에서 내리고 싶지만 간단한 일이 아니란 판단을 내린다. 도움을 청하려고 노부인과 K를 쳐다본다. 두 사람의 얼굴이 휙휙 지나간다.

"저는 이만…… 방으로 돌아가야……겠군요. 많이…… 취했습니다."

"괜찮겠어요?"

노부인의 염려에 그는 세 번 머리를 조아리고 스카이라운지를 나간다. 방으로 가는 길이 그의 기억 속에서 바람 앞의 안개처럼 사라진다. 사라져가는 그 기억을 잡으려고 걸음을 빨리하지만 자꾸만 발이 꼬인다. 자줏빛 카펫이 깔려 있는 복도는 다소 어둡고 길다. 지나가는 사람도 없다. 그는 투숙하고 있는 방이 호텔의 몇 층에 있는지 기억하려고 애를 쓰지만 생각나지 않는다. 엘리베이터 앞에서 문이 열리길 기다린다. 스카이라운지는 호텔의 가장 위층에 자리한다. 그렇다면 그의 방은 아래 어딘가에 있다. 숫자들이 달아나다니. 더군다나 카지노에서. 스카이라운지로 걸음을 돌려 노부인이나 K에게 안내를 받고 싶은 충동을 누른다. 어쩐지 노부인이 K를, 아니면 K가 노부인을 원하고 있다는 생각이 지나갔기 때문이다. 그는 엘리베이터의 열리지 않는 문을 두드린다.

문이 열린다. 하지만 그가 돌아가려고 했던 방은 아니다. 늘 이 모양이다.

한참 울고 난 얼굴을 한 그녀는 그가 방으로 들어올 때까지 문 옆에 서 있다. 그는 그녀의 표정에서 어떤 처연함을 느낀다. 전에는 한 번도 볼 수 없었던 표정인지라 결심이 흔들리지 않을까 걱정한다. 방은 여전히 좁고 천장도 낮다. 벽 옆으로 하수가 흘러가는 소리도 여전하다. 합판 하나가 가로막은 옆집에선 대낮인데도 여자의 신음 소리가 장롱을 뚫고 들려온다. 남편이 비번인 모양이다. 그녀는 커피를 타들고 들어와 그의 앞에 내밀고 손등으로 몇 번 벽을 두드린다. 갑자기 신음 소리가 끊기고 벽 너머에서 여자의 축축한 말이 넘어온다.

"호호, 있었어요? 미안해요!"

그는 말없이 텔레비전을 본다. 예상하지 못한 그녀의 반응에 그는 계속해서 침을 삼킨다. 작지만 깨끗하게 정돈된 방이 그의 마음을 철사로 동여맨 것처럼 옥죈다. 무엇인가가 쏟아지고 깨어져야 마땅했을 풍경이다.

"그 아이가 죽은 게 아직도 내 탓이라 생각해요?"

텔레비전에서 시선을 떼지 않은 채 그는 고개를 젓는다. 아이의 얼굴이 잘 떠오르지 않는다.

"내가 권사로 일하는 게 그렇게 싫었어요?"

다시 고개를 젓는다. 그녀는 교회의 권사로 일하고 있었지만 한 번도 그를 교회로 데려가려고 애쓰지 않았다. 긴 한숨을 내쉰다, 그녀는. 벽 너머에선 간혹 탄식 같은 신음만 새어나온다.

"내가 조금이라도 납득할 수 있도록 얘기해줄 수 없어요?"

"결혼 준비는?"

마침내 그녀도 고개를 텔레비전으로 돌린다. 박자가 다른 숨소리가 텔레비전 소리 아래로 깔린다. 그녀는 손을 뻗어 화장대 위에 있던 편지 한 통을 그에게 건넨다. 발신인은 없고 수신인의 주소와 이름만 있는 편지다. 봉투는 개봉돼 있다.

"내가 뜯어봤어요."

그는 내용물을 확인한다. 같은 내용의 그림편지다. 그는 편지를 호주머니에 구겨넣는다. 방을 나가야 하는데 왠지 일어날 수가 없다. 텔레비전을 건성으로 들여다보다가 그는 무엇이 생각난 듯 속주머니를 뒤져 무엇을 찾는다. 그녀는 그런 그를 흘깃 훔쳐본다. 그는 그녀 앞에 인감도장을 내민다. 그녀의 입술이 맞물리고 눈썹이 파르르 떨린다. 그때 합판으로 된 벽에서 노크 소리가 들리고 옆집 여자의 달뜬 목소리가 건너온다.

"호호, 그쪽에서도 시작했어요?"

대문을 막 나서려다 말고 그는 걸음을 멈춘다. 비로소 방 안에선 무엇인가가 깨어지는 소리가 들리고 그녀의 욕설이 수류탄 파편처럼 튀어나온다. 그는 탄광촌의 전형적인 집을 물끄러미 바라보다가 대문을 연다.

복도는 그가 예상하지 못한 다른 세계로 연결된 동굴처럼 끝없이 이어진다. 멈추지 않는 룰렛 위에 올라간 기분이다. 그는 누군가를 찾아내려고 주위를 두리번거리지만 허사다. 오래도록 기억에 남아 있던 철로나 갱차도 보이지 않는다. 그는 바닥에 주저앉아 생각을 추스른다. 술에 취해서 지하 몇천 미터의 탄광 속으로 들어갈 수는 없다. 그는 카지노에서 나와 스카이라운지로 이동했고 꽤 많은 양의 술을 마셨다. 그리고 방을 찾아 나섰다가 다른 문으로 들어갔던 것뿐이다. 호텔의 어두운 복도가 오래 전 그가 일했던 탄광의 갱도로 연결되어 있을 수는 없다. 지금 그는 잠을 청할 자신의 방을 찾는 것이다. 그는 비틀거리며 일어나 다시 복도를 걷는다. 번호가 달아난 문들은 모두 잠겨 있고 복도는 어느 순간 방향을 바꿔 아래층이나 위층으로 연결되는 계단으로 이어진다. 그는 벽에 기대어 자신이 길을 잃고 헤매었을 시간을 계산하려고 애를 쓴다.

시간의 저 깊고 캄캄한 동굴 속에서 불어오는 뜨거운 바람이 그의 눈을 감기게 만든다. 시야는 환해졌다가 일시에 어두워지고 다시 붉게 물든다. 그의 손에는 그 시간 속을 걸어나오면서 사용했던 갖가지 연장들이 쥐어졌다가 사라진다. 농기구에서 채탄기구…… 지폐 뭉치에서 가벼운 칩까지. 함께 달려나오는 목소리들은 끊어지고 섞여서 알아들을 수조차 없다. 갑자기 그는 다 감겼던 눈을 뜬다. 그리고 카펫에서 일어나 침침한 복도로 천천히 걸음을 옮긴다.

느껴져요. 이곳에 있으면 저 밑에서 올라오는 뜨거운 기운이.

그는 한 손에 쥐고 있는 편지지를 들여다보며 비틀비틀 걷는다. 세 개의 크고 작은 호수로 갈 수 있는 길이 그려진 편지. 두 마리의 짐승이 그 길을 굽어보는 그림의 편지. 세 개의 십자가, 두 동의 텐트가 붙어 있는 편지 속으로 들어가듯이 그렇게. 걷다가 제 발에 걸려 넘어지고 다시 일어나 걷다가 뒤로 돌아가 복도에 떨어진 편지를 움켜쥐고 되돌아선다. 석탄을 찾으려고 땅속으로 어지럽게 파고 들었던 갱은 방향을 틀어 허공에다가 새로운 굴을 뚫고 있다. 그는 그 굴로 쓰러지듯 발을 디밀었다.

"결국 이곳으로 오고 말았군요……"

노부인은 그에게 냉수를 가져다주며 탄식 같은 말을 내뱉었다. 객실 어디에도 K의 흔적은 없다. 그는 손에 편지를 움켜쥔 채 나이트가운 차림의 노부인을 탁자를 사이에 두고 건너다본다.

"그건 뭐죠?"

"땅속에서 길을 잃었을 때, 땅이나 허공에서 길을 잃었을 때 길을 일러주는 지돕니다."

"그래요? 볼 수 있을까요?"

"안 됩니다! 이건 저 혼자만 볼 수 있는 지돕니다."

"그래요? 그렇다면 오늘밤 그 지도는 이 방이 목적지라고 일러준 모양이네요?"

그는 대답 없이 노부인을 오래 바라본다.

"실례되지 않는다면 술 한잔 더 할 수 있습니까?"

"어렵지는 않죠. 대신…… 땅속 얘길 해주시겠어요?"

노부인이 들고 오는 술은 발렌타인이다. 하지만 그는 노부인에게 땅속 얘길 해줄 기력이 남아 있지 않다. 몇 잔의 술이 부족해서 그는 방을 찾지 못한 채 복도의 미로를 헤맸던 것이다. 헤어진 아내를 만나고, 그녀가 깨어지는 소리를 듣고, 노부인의 방문을 두드렸던 것이다. 노부인은 그 몇 잔의 의미를 알지 못할 것이다. 그는 서둘러 세 잔의 술을 비운다. 왼손에 편지를 꼭 움켜쥔 채.

　여느 때와 다름없이 지옥 같다는 그 막장으로 광차에 실려 들어갔습니다. 지하 수천 미터의 지열은 사십 도 가까이 육박하고 탄가루와 돌가루, 화약연기가 자옥하게 굴을 메웠다가 가라앉았는데 둘러보니 나 이외에는 아무도 없었습니다. 사키야마도 노루바시도, 내가 속한 후산부들도 모두 어디론가 사라진 뒤였습니다. 갱목 틈새로 떨어지는 물소리만 어딘가에서 들렸지요. 나는 그들을 찾으려고 허둥거리다가 막장 풍경이 뭔가 이상하다는 걸 깨달았습니다. 당연히 막혀 있어야 할 막장 저편으로 동굴이 뚫려 있었던 것이지요. 희미한 빛이 새어나오는…… 다이너마이트가 터지면서 저편에 있던 굴과 만난 것이구나 생각하며 조심스럽게 그 굴 속으로 들어갔습니다. 굴은 오른쪽 왼쪽으로 꺾이면서 계속 어디인가로 뚫려 있었죠. 물론 동료들은 찾을 수 없었지요. 어떤 호기심이, 아니면 어떤 알 수 없는 충동이 막장 인생인 나를 그 미지의 동굴 속으로 계속해서 떠밀었습니다. 가끔 갈림길이 나타났는데 내가 지닌 모든 상상력을 동원해 더 깊은 쪽으로 들어갔지요. 마치 지구 반대편으로 이어진 동굴 같다는 생각이 들었어요. 조금 이상한 건 막장처럼 공기가 희박하지 않았다는 겁니다. 물론 어둡지도 않았어요. 들어갈수록 저 안쪽에서 강렬한 빛이 흘러나오고 있었으니까요. 난 그곳이 동굴의 종착지라는 걸 즉각 알아차렸습니다. 걸음이 빨라졌습니다. 누군가 내 뒤를 따라오는 듯한 느낌이 들었거든요. 아마 동료 광부들이었겠지요…… 마침내 그곳에 도착했습니다. 널따란 마당 같은 곳이었지요. 하지만 그 마당으로 연결된 굴은 하나가 아니었어요. 잘 기억나지 않지만 열 개 정도가 되었고 각각의 굴에서 한 사람씩 빠져나왔는데 그들은 모두 외국인이었죠. 그들은 자기 나라에서 찾아낸 동굴로 들어왔던 거였습니다! 그 놀람도 잠시였고 마당 한가운데에 뭐가 있었는지 아세요? 우리들은 정신없이 그것을 만지고 쓰다듬다가 묘하게도 같은 생각을 하고 있다는 사실을 알았지요. 공모의 눈빛을 교환한 우리는 힘을 합쳐 열 개 정도의 동굴을 바위로 막아버렸지요. 아무도 들어올 수 없도록. 그것을 우리가 독차지하기 위해. 잠시 후, 아니나 다를까 바위를 두드리는 소리가 이곳저곳에서 들려오기 시작했어요.

"그래서 그것을 독차지했나요?"

술잔을 만지작거리던 노부인은 그것이 무엇이냐고 묻지 않는다.

"그 부분부턴 정확하게 말하기가 곤란합니다. 더군다나 지금 제가 많이 취했고……"

이해한다는 얼굴로 노부인은 고개를 끄덕인다. 그는 그사이에 노부인의 희고 탐스런 젖가슴을 마지막으로 바라본다.

"이를테면 세계로 연결된 동굴 속에 들어갔던 셈이군요."

그는 눈을 감은 채 간신히 입을 연다. 귓속에선 막힌 바위를 밀어버리고 들어오려는 사람들의 아우성이 여전히 소용돌이치고 있다.

"그날부터…… 나는 그곳에…… 갇혔던 거지요."

이틀째 기차는 사북을 지나가지 않고 있다. 태백선, 영동선 모두. 철로만 외로이 4월의 햇살과 달빛을 토해낸다. 그는 독신자 합숙소의 옥상에서 탄좌의 마당을 내려다본다. 무수한 광부들과 그들의 아내들이 전선에 묶인 한 여자를 둘러싸고 있다. 그 여자에게로 날아가는 돌멩이와 침, 욕설, 차가운 물, 주먹. 그녀의 몸에서 옷이 찢어져 사라진다. 광부들은 그녀에게 노조 위원장의 소재를 추궁하지만 허사다. 그의 아내와 몇몇 아낙네들은 알몸의 그녀에게 달려들어 사타구니의 음모를 뽑아낸다. 사진기자들이 카메라의 플래시를 터뜨린다. 그는 울부짖는 그녀의 얼굴에서 눈을 돌린다. 멀리서 대오를 정비한 경찰과 전경 들이 완전무장을 한 채 탄좌로 올라온다. 그와 아내는 집으로 돌아갈 수 없다. 현기증이 밀려온다. 기차는 오지 않는다.

기차가 지나가지 않는 해질녘의 철길을 건너 집에 돌아왔지만, 좁은 방에 누워 있는 아들은 숨쉬지 않는다. 딸은 그 옆에서 울고 있다. 때로는 그렇게 결정나는 것이다.

그는 눈물을 흘리면서 눈을 뜬다.

"잘 잤어요?"

노부인은 그의 등을 쓰다듬어준다. 어머니처럼. 그도 알몸이고 노부인도 알몸이다. 그는 두 알몸을 번갈아 바라보곤 이불 속으로 얼굴을 파묻는다. 그의 머리를 쓰다듬는 노부인의 목소리는 포근하다.

"괜찮아요…… 덕분에 땅속 얘길 들었잖아요. 기회가 있다면 나도 그 굴 속으로 들어가보고 싶다는 생각을 꿈에서도 했어요. 이 폭설이 그치면 당신은 카지노를 빠져나갈 수 있을 거예요. 당신을 부르는 그 편지가 오고 있잖아요. 아, 내가 훔쳐본 게 아녜요. 술에 취했지만 당신이 내게 보여준 거예요. 내가 보기엔……"

수척한 얼굴의 그는 간밤의 복도를 걷는다. 복도와 계단, 엘리베이터는 단순명료하게 배치되어 있다. 객실의 문마다 붙어 있는 숫자도 마찬가지다. 누구도 이곳에서 길을 잃게 만들지 않겠다는 단호한 의지를 확인할 수 있다. 그는 거의 고개를 숙인 채, 카펫만 노려보며 자신의 방을 찾아간다. 그림 속의 불도마뱀처럼.

"벳 다운!"

흰 와이셔츠에 비단 조끼를 걸친 여 딜러의 음성이 낭랑하다.

룰렛과 레이아웃의 가장자리로 둘러앉은 도박사들의 손길이 분주해진다. 1에서 36까지의 번호와 0과 00이 적혀 있는 레이아웃에 돈을 걸 수 있는 방법은 다양하다 못해 현기증을 불러일으킨다. 배당 또한 그렇다. 1대1에서 1대35까지 다양하다. 딜러와 도박사 사이엔 룰렛과 레이아웃, 그리고 상아구슬이 있을 뿐이다. 삽과 호미가 필요한 것도 아니고 트럭이나 포크레인도 마찬가지다. 좋은 씨앗이 발아해서 태풍이나 홍수, 일조량을 건너가는 계절조차 소용없다. 단지 구슬이 굴러갈 뿐이다. 굴러가다 멈추고 한 숫자를 가리킬 뿐이다.

"노 모어 벳!"

노부인의 컨디션이 만만찮다. 전날까지의 베팅 방법과는 전혀 반대로 가고 있다. 벌써 두 번이나 스트레이트를 터뜨렸다. 그가 고수하는 방법으로 돌아선 것이다. 숫자 하나에 모든 걸 거는 것. 모두 잃거나 가장 크게 따는 것. 하지만 여전히 그가 선택한 숫자에서 구슬은 알을 낳지 않는다. 지푸라기 하나 없는 빈 둥지다.

"여사님을 따라간 보람이 있습니다! 오늘은 제가 한잔 사겠습니다."

K의 벌어진 입이 다물어지지 않는다. 그는 호주머니를 뒤져 구겨진 그림편지를 꺼내 레이아웃에 바르게 펴놓는다. 그 위에 자신의 칩을 모두 올려놓는다. 노부인만이 그의 행동을 훔쳐보고 잔잔한 미소를 흘린다. 그는 지난 이십 년 동안 그 편지를 보낸 이가 누군지 모른다. 잊어버릴 만하면 문득 떠오르는 어떤 기억처럼 그에게 도착하는 편지였다. 그러나 그에게 도착하는 기억은 이해할 수 없는 꿈처럼 낯선 것이다. 다른 사람의 꿈이나 주소지로 가야만 할 것이 착

오로 그에게 배달된 것 같다. 충분히 그럴 수 있는 것이다. 38개의 숫자판을 떠돌다 어느 한 숫자로 굴러드는 룰렛의 구슬처럼. 그런 생애도 가능한 법이다. 어이없게도 그게 그 자신인 것이다.

"아빠?"

처음에 그는 이 소리를 듣지 못한다. 카지노의 소음 속에서는 너무 연약한 목소리다. 그리고 아빠라니.

"아빠?"

구슬이 봅슬레이를 시작했을 때 다시 뒤편에서 남자아이의 소리가 넘어온다. 아이라니? 카지노는 아이가 들어올 수 없는 곳이다. 그럼에도 불구하고 그의 고개는 천천히 뒤로 돌아간다. 도박사들과 구경꾼들, 지독한 담배연기 속에 아이가 서서 그를 바라본다. 그는 손등으로 눈을 비빈다. 어딘가에서 기차가 지나가는 소리를 그는 듣는다. 아이는 여전히 그를 바라본다. 그가 얼떨결에 자리에서 일어나자 아이는 출입문 쪽으로 돌아서나간다. 그는 옆자리의 노부인에게 칩을 부탁하고 아이를 쫓는다.

눈보라는 바람 드센 날 저탄장에서 날아와 시내를 덮었던 탄가루 같다. 아이는 그 눈보라의 길 위에 서 있다.

"네가 여기에 어쩐 일이냐?"

"아빠를 데리러 왔어요."

아이는 산 아래로 이어진 길을 가리키며 말한다. 그 길은 눈보라에 지워지고 가로등 불빛만이 드문드문 부표처럼 허공에 떠 있다. 아이를 처음 보았을 때의 긴장이 풀리고 대신 추위가 그를 휘감는다. 그와 아이는 일정한 간격을 유지하고 있다. 그는 레이아웃에 올려놓은 그림편지를 떠올린다.

"네가 공연한 수고를 하는구나. 이제 난 갈 곳이 없다. 누가 보내서 여길 찾아왔냐?"

"스스로 온 거예요. ……아빠가 갈 곳은 아빠가 알고 있을 거예요. 전 다만 데리러 온 것뿐이에요."

"……하지만 넌 오래 전에 죽지 않았냐? 죽은 사람이 산 사람을 데려갈 수는 없다. 그만 가거라."

"전 죽지 않았어요. 죽었다면 이렇게 아빠 앞에 나타날 수 없잖아요."

"꿈이겠지. 아니면…… 내 기억 속에 들어왔거나."

"제 추측이 맞았어요. 아빠는 나를 따라오지 않을 거라는…… 아빠, 여긴 너무 추워요. 전 따뜻한 방으로 돌아갈 거예요."

눈보라가 짙어가는 길로 아이는 돌아선다. 실망한 표정이다. 그는 불이 붙지 않은 담배를 입에 물고 아이의 사라지는 뒷모습을 좇는다. 아이가 눈보라 속으로 완전히 사라지자 그는 비로소 챙겨주지 못한 일을 떠올린다. 용돈이라도 얼마 건네주지 못한 점, 택시를 부를 생각을 못 한 점, 오랜만에 만난 아이에게 따스한 밥 한 그릇 사주지 못한 점…… 그러나 불이 붙지 않은 담배를 입에 문 그는 돌아오라고 소리치거나 한 걸음도 언덕길로 내딛지 못하고 있다. 아이의 마지막 말만 떠올린다. 그는 담배를 뱉어버린다. 아이가 사라진 쪽에서 붉은 등을 깜박거리며 제설차가 올라오고 있다. 제설차는 눈보라 저쪽 가까운 저승에서 이쪽으로 건너오는 것 같다. 그는 쫓기듯 카지노로 도망친다.

"아깐 어딜 그렇게 급히 나갔던 거죠?"

자정 이십 분 전에 노부인이 그에게 물었다. 노부인 앞에는 붉은색 칩이 가득했다. K를 비롯해 뜨내기 도박사들은 노부인의 베팅을 따라가기 시작한 지 오래였다. 노부인의 베팅이 한 번씩 건너뛰면서 적중하자 카지노측에서는 딜러를 바꾸기까지 했다. 하지만 그는 자신이 선택한 숫자에 노부인의 칩이 따라오면 주저없이 자신의 칩을 다른 곳으로 이동시켰다. 지갑의 돈이 칩으로 교환되고 딜러에게 넘어간 그의 지폐는 반으로 접혀 룰렛의 금고로 계속해서 들어갔다. 그의 고집에 뜻 모를 미소를 짓다가 딜러가 레이아웃을 정리하는 자정 이십 분 전에 꺼낸 질문이었다.

그는 칩이 누르고 있는 그림편지를 내려다보다가 입을 연다. 낮은 목소리로.

"저승에서 찾아온 사람을 만났지요."

"저승에서요?"

"어쩌면……"

노부인은 이해한다는 얼굴로 고개를 끄덕인다.

"따라갈 생각은 하지 않았나요?"

"당신이라면 어떻게 했을까요?"

"글쎄요…… 우린 서로 처지가 다르지 않나요?"

옷에 밴 담배연기와 충혈된 눈에서 번져오는 피로감 속에서도 그는 뒷덜미를 훑고 가는, 예리한 칼날의 뒷바람을 느낀다. 그 단순하고 명쾌한 논리를 깜박 잊어버린 자신에 대한 모멸감을 그는 무모한 베팅으로 달래려고 작정한다. 노부인의 심심풀이 취미에 마음의 어떤 부분을 기대려 했던 게 뜨거운 무엇으로 치솟아 얼굴을 화끈거리게 만든다. 자리에 더 앉아 있는다는 것 자체가 치욕처럼 느껴졌기 때문이다.

그는 남아 있는 칩을 삼등분해서 숫자 9, 18, 27에 모두 건다. 무모함은 자신의 생애 최고의 덕목이라고 자위하며. 칩이 깔고 있던 그림편지는 다시 그의 호주머니로 들어간다. 재빨리 상황을 눈치챈

K가 노부인과 그에게 이번 판이 끝나면 자기가 한잔 대접하겠다고 거듭 약속한다. 룰렛의 가장자리에서 봅슬레이를 하던 구슬은 서서히 속도를 줄이고 숫자판으로 뛰어들 준비를 한다.

"노 모어 벳!"

석탄을 찾아 땅속을 헤매다보면 흔하게 만나는 것이 화석이다. 지구라는 별의 나이 중 고생대에 살았던 식물의 화석이 그것이다. 검은 석탄에 찍혀 있는 고사리의 데스마스크는 광부를 아버지로 둔 자식들의 공통된 수집품이다. 고사리는 썩어 없어졌지만 고사리의 어떤 그림자가 남아 그 시간을 건너온 것이다. 고생대에서 20세기의 끝까지. 탄광촌에는 그런 무수한 그림자들이 밭은기침을 불러오고 기름기가 많은 돼지의 살점을 요구한다. 아들을 바람 속에 날려버리고 온 날 저녁, 돼지기름이 타는 술집에서 그는 동료들과 함께 소주를 마신다. 4월이지만 창 밖의 밤거리에서 봄의 징후를 찾을 수 없다. 깨어지고 부서지고 불타고……가 거리의 풍경이다. 검고 거대한 고사리의 그림자만 무겁게 시내를 짓누르고 있을 뿐이다. 기차가 다시 사북을 지나가기 시작하면 누구는 철창으로 갈 것이고 누구는 탄좌를 떠나야 한다는 사실을 모두들 알고 있다. '사북사태'는 그렇게 마무리될 것이다. 석탄에 찍혀 있는 고사리의 그림자처럼 그 낙인은 그들의 나중과 동행할 그림자인 것이다. 너무 흔한 일이다. 그의 아들은 이렇게 묻고 있다.

아빠, 나는 왜 흔적도 없이 바람 속으로 사라지고 있나요?

그는 더이상 광차를 타고 막장으로 들어갈 수 없다. 석탄에 찍혀 있는 고사리를 만나는 일이 두려웠기 때문이다.

"짚이는 사람 없어요?"

그는 고개를 젓는다. 스카이라운지의 창 밖으로 끊임없이 눈이 내리고 있다는 사실을 일러주는 것은 카지노와 국도를 연결하는 언덕 길을 올라오는 제설차의 붉은 등뿐이다. 허공에서 흘러가는 거대한 강물 소리가 창을 흔들고 있다. 노부인은 이십여 년 전부터 그에게 로 배달되는 그림편지의 발신자가 누군지 궁금해한다. 사실 그 편 지는 그에게 대단한 무엇이 아니다. 편지를 보낸 당사자도. 다만 그 의 모든 허물에도 아랑곳없이 도착한다는 것뿐이다. 그가 어디에 숨어 있어도 어김없이 찾아내어.

"곰이 꼭 여자라고 단정할 순 없잖아요?"

다소 비꼬는 K의 말이다. 노부인은 K의 의심을 단호하게 자른다.

"남자가 남자에게 그런 편질 줄곧 보내겠어요?"

"허긴! 그런데 왜 하필이면 그림편지죠? 그토록 절실하다면 직접 찾아오거나 아니면 이러이러하다고 분명하게 글로 밝히면 될 텐데, 이거야 원 숨바꼭질도 아니고."

"운명에는 사람이 풀기 힘든 수수께끼도 들어 있지 않겠어요."

"장난이라고 하기엔 그 세월이 너무 잔인하고…… 에이, 술이나 마십시다!"

그는 편지를 노부인과 K에게 보여준 것을 비로소 후회한다. 자책 이겠지만 그들이 내뱉는 말의 그림자에는 그가 그런 편지를 받을 만한 사람이 못 된다는 냄새가 배어 있다. 전직 광부에게 다른 별이 나 다른 시간 속에서 보내온 듯한 그림편지가 배달되다니. 그것도 근 이십 년 동안. 자본주의 세상에서 곧 빈털터리가 될 인간에게 무 엇을 믿고 베팅을 한단 말인가. 그는 언덕길을 내려가는 제설차의 불빛을 좇으며 술잔을 비운다. 만취해서 깊은 동굴 속으로 들어가 고 있는 기분이다. 언젠가 들어갔던 그 동굴 속으로.

"그 편지 내게 팔지 않겠어요?"

노부인은 빈 의자에 놓인 두툼한 손가방을 톡톡 두드리며 제의를 했다. 늙어가는 고목에서 다시 피어난 꽃이 아름답다고 그는 처음으로 인정한다. 그 꽃은 어떤 천박함이나 악취도 풍기지 않는다. 다만 꽃의 숙명적인 오만함만은 수수한 색깔에도 불구하고 어쩔 수 없이 남아 있다. 노부인의 손가락 사이에서 가늘고 긴 담배가 무심하게 연기를 피워올린다.

"여사님, 그 편지가 골동품 반열에라도 든단 얘깁니까?"

"그저…… 호기심 차원이죠."

긴 담배의 불을 비벼끄며 노부인은 K의 호기심을 잘라냈다. 그는 스카이라운지에서 방까지 가는 복도와 계단, 엘리베이터의 지도를 그리면서 입을 연다. 지도는 단순하고 명료하다.

"얼마에 사실 생각입니까?"

"먼저 액수를 정하시죠. 단, 기회는 한 번뿐입니다. 어쨌든 그 편지는 당신에게만 효용성이 있는 것이고 난 말했다시피 호기심 차원이니까요."

"여사님, 근사한 도박 방법인데요!"

K가 손뼉을 친다. 언덕길을 내려가는 제설차의 붉은 등이 빛의 원을 그리고 있다. 폭설과 눈보라 속 등대의 불빛처럼. 그의 가슴이 답답해진다. 얼음 덩어리가 담긴 양주를 단숨에 들이켜도 마찬가지다. 동굴 속으로 공급되는 공기호스를 누군가 조절하는 것 같다. 답답함은 곧 초라함으로 건너간다. 노부인의 얼굴에 피어 있는 꽃은 그가 술에 취해 노부인의 몸 어딘가에 쏟아놓고 간 그것을 자양분으로 삼은 것 같다. 그는 분명 술에 취해 동굴의 입구를 막고 있던 바위를 노부인에게 열어준 것이다. 노부인은, 물론 그녀의 판단이겠지만, 이제 그에게 남은 것은 편지 한 장뿐이라고 판단한 모양이

다. 그러자 그의 기분은 초라함에서 서글픔으로 넘어간다. 타인이 그를 인정하는 것은 다른 무엇도 아닌 이상한 편지 한 통인 것이다. 그림편지 한 통으로 남은 인생. 그는 제설차의 더딘 걸음을 좇다가 중얼거린다.

"천만원에 팔겠습니다."

"천만원! 그깟 편지 한 통을? 여사님, 차라리 그 돈을 룰렛의 모든 숫자에 골고루 거는 게 낫겠습니다!"

"마지막 도박답군요! 어떻게 생각해요? 내가 그 액수에 편지를 살 것 같아요?"

자줏빛 카펫이 깔려 있는 복도는 다소 어둡고 길다. 지나가는 사람도 없다. 취했지만 복도에서 길을 잃을 염려가 없다고 그는 단정한다. 그는 복도의 끝에 도착해 수직갱과 비슷한 계단을 내려가면서 몇층인가를 확인한다. 직접 한 계단 한 계단을 밟아내려가면 엘리베이터의 숫자판에 적혀 있는 숫자에 현혹돼 다른 곳으로 새어나갈 염려가 없는 것이다. 균형을 잃고 비틀거릴 때도 한 손을 벽에 의지하면 된다. 그는 계단의 숫자를 확인하고 다시 복도를 걷는다. 왼손은 바지주머니에서 빠져나올 줄 모른다. 그 손은 그림편지를 쥐고 있다. 그는 싱글싱글 웃는다. 바보 같은 짓을 한 것이다. 그는 노부인에게 천만원짜리 그림편지를 팔지 않았다. 호주머니의 돈은 거의 바닥나고 있지만. 마침내 그는 호텔의 한 객실 앞에서 걸음을 멈추고 눈높이쯤에 붙어 있는 번호를 확인하며 다시 싱글싱글 웃는다.

취기가 만만찮다. 그는 문을 열고 들어간다. 그러나 곧 문턱에 이마를 부딪히고 주저앉는다.

어둠 속에서 시간이 물방울 떨어지는 소리로 흐르고 어디선가 여자의 신음 소리가 가늘게 새어나온다. 어둠의 바닥은 얼음장처럼 차갑다. 그는 손을 뻗어 무엇인가를 잡으려 하지만 흔들리지 않는 어둠만을 힘겹게 휘저을 뿐이다. 머리가 지끈거린다. 손에는 끈적한 어둠의 점액이 묻어 있는 것 같다. 벽에 의지해 일어난 그는 끈적이는 손바닥으로 한참 벽을 더듬다가 스위치를 찾아내 누른다.

그가 살았던 방이다. 빈방이다.

한동안 그는 벽에 기대앉아 달력 하나 걸려 있지 않은 방을 살핀다. 담뱃재를 털 만한 종이쪽도 없는 방이다. 벽 너머에서 들려오는 여자의 밭은 신음은 가냘프고 애잔하다. 그는 바닥에 담배를 비벼 끈다. 그의 이마는 말라붙은 피로 얼룩져 있다. 그는 주머니에서 그림편지를 꺼내 바닥에 펼쳐놓고 들여다본다. 노부인은 단돈 천만원에 세 개의 호수와 길, 곰과 불도마뱀 한 마리씩 살 수 있는 기회를 놓쳤다. 담배에 불을 붙인 그의 라이터 불이 그림편지의 귀퉁이부터 태우기 시작한다. 그는 사라지는 호수와 길, 동물, 텐트와 십자가, 여자의 손을 물끄러미 바라보며 중얼거린다.

"나는 나를 이해할 수 있어. 이해할 수 있어. 이해할 수 있다고……"

옆집에서 들려오는 신음 소리가 순간 그치고 정적이 흐른다. 합판을 두드리는 소리가 조심스럽게 넘어온다.

"거기, 누구 있어요?"

그림편지는 다 탔다. 그는 자리에서 일어나 불을 끄고 문턱에 부딪히지 않도록 허리를 잔뜩 숙인 채 방을 나선다.

자줏빛 카펫이 깔린 복도는 동굴처럼 길고 어둡다. 어디선가 빛이 새어나오고 있지만 그 빛으론 사물의 윤곽만 구별할 수 있다. 하지만 그는 지금 걷는 길이 복도든 동굴이든, 아니면 막장으로 내려가는 갱이든 상관하지 않는다. 가끔 주위를 둘러보며 객실의 번호를 유심히 확인할 뿐이다. 길을 잃을 염려는 더더욱 없다. 그의 머릿속에는 불타버린 지도가 화인처럼 찍혀 있기 때문이다. 세 개의 호수를 지나 그가 오기를 기다리는 곰 한 마리가 머무는 그곳으로 가는 길이. 그러니까 그는 불도마뱀이라는 얘기다. 거울은 어디에도 없다. 그는 걸음을 멈추고 목을 빼서 자신의 모습을 훑어보지만 아직 불도마뱀이 될 어떤 징후도 찾을 수 없다. 마침내 그는 한 문 앞에 멈춰서서 고심에 잠긴다. 문을 두드린다. 아무 대답도 없다. 그는 조심스럽게 문을 열고 안을 엿보다가 깜짝 놀라 문을 닫는다. 계속 뒤를 돌아보며 빠른 걸음으로 그곳에서 멀어진다. 복도는 계속된다. 길, 동굴, 갱도, 열차의 복도라 해도 상관없다. 그 복도의 양편에는 무수한 문이 방을 감추고 있다. 물론 지도에는 표시돼 있지 않은 방이다. 그는 그중 몇 개의 문을 열고 놀라거나, 웃음 짓거나, 눈물을 흘리기도 했다. 호수는 아직 나타나지 않는다. 다시 그는 문 앞에 서 있다. 노부인의 방이다. 문을 열자 알몸의 노부인과 K가 침대 위에서 뒤엉킨 채 예고도 없이 찾아온 그를 노려본다. 그는 노부인에게 다가가 서리맞은 늙은 오이처럼 매달려 있는 젖을 향해 담담하게 말한다. 곰을 찾아가고 있습니다. 그동안 즐거웠습니다. 끝이 없을 것 같은 복도를 그는 걷는다. 사막을 건너는 낙타처럼. 칸칸마다 기억의 등불을 밝힌 채 광물의 골짜기를 지나 기억의 종점으로 달려가는 깊은 밤의 객차처럼. 그는 허공에서 달려가는 듯한 그 열차의 유리창 너머에서 희로애락을 간직한 각각의 얼굴들을 바라보다가 잠시 쉬어가기로 결정한다. 졸음은 소나무 가지에 쌓이는 폭설처럼 한없이 가볍게, 그러나 무겁게 그의 눈꺼풀을 누른다. 고사리가 고생대의 굳어가는 석탄의 품에서 스스로를 버리고 화석이 되어가는 밤, 그는 자줏빛 카펫 위에서 허물을 벗듯 자신을 벗어나 쪼그려앉은 그의 모습을 물끄러 미 내려다본다. 한결 가벼워진 몸으로 돌아서자 비로소 그는 부적 같은 그림편지 속으로 한 걸음 들어갔다는 사실을 깨닫는다. 폭설 의 벌판에 길이 있고 멀리 하늘을 담고 있는 크고 작은 세 개의 호 수와 세 개의 십자가, 그리고 두 동의 텐트가 지워질 듯 자리하고 있다.

"노 모어 벳!"

그가 텐트의 출입구에 쳐놓은 발을 들추려 할 때 뒤편 어디선가 튀어나온 낯익은 목소리다. 그의 놀란 얼굴이 뒤돌아본다.

룰렛은 어디에도 없다. 그는 침대에 누워 있다. 어지러운 꿈을 꾼 것 같아 가까운 기억을 들춰보지만 분명하게 형상을 드러내는 것은 없다. 대신 모든 것을 실은 채 끊임없이 지나가는 열차 소리만 철컹 거리며 흘러나온다. 게으르게 몸을 틀어 창 밖 상황을 체크한다. 눈 은 그친 듯싶은데 대신 바람이 만만찮다. 일어날까 말까를 고민하 는데 전화벨이 울린다. 그는 벨소리를 피해다니다가 결국 수화기를 든다. 호텔의 프런트에서 걸려온 전화다. 바람이 냉혹하게 유리창 을 흔든다.

"알겠습니다. 한 시간 뒤에 방을 비우겠습니다."

"손님, 잠깐만요."

체크아웃을 하고 호텔의 회전문을 나서려는데 프런트의 직원이 그를 부르며 뛰어온다. 직원은 편지 한 통을 건네준다. 그는 발신인 이 없는 편지를 개봉하며 회전문을 빠져나온다. 같은 그림이 들어 있는 편지다. 그는 편지를 살펴보다 그만 밤새 더욱 견고해진 빙판 위에서 중심을 잃고 뒤로 벌렁 나자빠진다. 주차장에서 몰려온 눈보라가 그의 모습을 지운다. 그때 그는 다시 낯익은 목소리를 듣는다.

"벳 다운!"

지중해

미코노스 섬에서 능숙하게 숙소를 찾는 법

알몸의 그녀는 겨울밤의 보름달이 떠 있는 경포호를 가리키며 지중해의 어디 같다는 말을 마지막으로 하고 잠든다. 보름달은 얼지 않은 호수와 파랗게 벗겨진 하늘에서 서로 마주 보고 있다. 호수 주변의 해송과 갈대밭은 흰 눈으로 가득하다. 그 위에서 달빛은 푸르게 멍들어간다. 그녀의 알몸에도 화선지에 번지는 물감처럼 달빛은 스며들 것이다. 나는 삼각대 위의 카메라 망원렌즈가 호수를 바라보게 해놓고 탁자로 돌아와 맥주잔을 잡는다. 철새들은 보름달이 떠오르면서 그녀와 내가 뒤엉켜 돌아갈 때 사라진 모양이다. 지중해…… 지중해에 가보지 못했다, 나는. 그리고…… 내 알몸도 달빛에 물들고 있다.

차창 밖으로 어둠의 덩어리가 뭉턱뭉턱 지나가고 있을 때 나는 잠을 깼다. 그곳이 어딘지 알 수 없었다. 취침등 아래에서 승객들은 대부분 잠들어 있었다. 옆자리의 그녀도 마찬가지였다. 어둠 속에서 잠깐씩 떠올랐다가 달아나는 불빛만으론 여행자가 위치를 가늠하기 어려웠다. 그녀는 자신의 한쪽 볼에 붙어 있는 내 시선을 잠든 와중에도 느꼈는지 손으로 볼을 쓸어내렸다. 부산발 강릉행 시외버스를 타기 전 그녀의 동료인 듯한 여자는 대합실에서 그녀의 손을 잡고 간곡하게 당부의 말을 전했다. 나는 그 뒤편에서 스포츠 신문을 건성으로 읽고 있었다.

"너 버스에 타면 절대 옆 사람과 얘기해선 안 된다! 특히 남자와는!"

"알았어. 걱정 마."

"명심해!"

버스가 출발하자 그녀는 옆자리에 앉은 나를 몇 번 흘끔거리다가 동료의 부탁대로 고개를 차창 밖으로 돌린 채 눈을 감고 억지로 잠을 청했다. 나는 스포츠 신문의 만화를 역시 건성으로 넘겼다. 부산에서 강릉까지 소요되는 시간은 중천에 뜬 해가 지평선까지 다가가는 거리와 비슷했다. 나는 '오늘의 운세' 코너에서 나를 상징하는 동물과 출생 연도를 찾았다.

'꽃 본 나비 같다.'

신문을 접어 그물망에 꽂아놓고 나는 등받이에 편안하게 몸을 기댔다. 의자 밑의 히터에서 나오는 따스한 바람이 몸과 마음을 나른하게 변화시키고 있었다. 나는 눈을 감았다. 겨울 오후, 눈과 바다가 없는 국도의 풍경이란 눈 감고 지나쳐도 상관없다. 바다와 눈은 강원도가 가까워지는 후포게에 가야만 만날 수 있다. 사실 그 동안 나는 몸과 마음을 너무 혹사시켰다. 얼마 되지 않는 시간이겠지만 휴식을 요구할 권리가 내게는 충분히 있었다. 나는 눈을 감은 채 그녀의 머리카락에서 피어나는 샴푸 냄새를 느긋하게 받아들였다. 머리카락에서 향기가 난다는 것은 기분좋은 일이었다. 남자들은 그것이 늘 부족했다.

버스의 흔들림에 편승해 그녀와 내 몸이 부위별로 조금씩 스치고 부딪쳤다. 그녀는 잠들지 않은 것 같았다. 물론 나도 잠들지 않았다. 종아리와 허벅지, 엉덩이의 옆부분, 어깨에서 팔꿈치까지의 각 부위가 순서 없이 미세하게 닿았다가 떨어지기를 반복했다. 그것은 그녀와 내가 의도적으로 그러는 게 아니라 한국의 국도 사정으로 볼 때 당연한 일이었다. 옷 속에 숨어 있는 내 피부는 그녀의 옷 속에 숨어 있는 피부에서 건너오는 어떤 열기를 예민하게 감지하고 있었다. 어쩔 수 없었다. 좌석의 크기는 한정돼 있고 주말의 시외버스에서 다른 자리로 옮긴다는 것도 쉽지 않았다. 내 몸의 어느 부위가 그녀에게 닿을 때마다 그녀는 전류에 감전된 것처럼 짧게 떨었다. 나는 최대한 몸을 움츠려야 했지만 그것 역시 쉬운 일이 아니었다. 월동하기 위해 겨울 호수로 날아온 수많은 새들 중에서 지난해 내 카메라의 렌즈로 들어왔던 그 고니를 찾아내기가 쉽지 않은 것처럼…… 그녀와 나의 피부는 그렇게 깜짝깜짝 놀라다가 제풀에 지쳐 까무룩 잠이 들었다. 국도의 오른편에 바다가 나타날 때까지.

변함없이 촬영 기자재를 가방에 챙겨넣을 때 엄마가 말했다. 도망간 아내가 내뱉었던 말과 비슷한 말을.

"새새끼들 잡으러 가는 게냐, 아니면 숨겨둔 색시 만나러 가는 게냐?"

"둘 다요."

나는 퉁명스럽게 대꾸했다.

"좁아터진 사진관에 더 데려올 새가 아직 남았냐! 정신 차리고 니 속옷 빨아줄 색시나 데려와 이놈아!"

"사진관이나 잘 보세요. 저번처럼 엉뚱한 봉투에 바꿔넣지 말고. 그리고 사진관에서 술 좀 드시지 마세요."

"백조는 바라지도 않는다. 참새 같은 색시라도 괜찮으니 제발 데려만 와라!"

엄마는 검은 차광우산 아래 놓인 촬영용 소파에서 소주를 따며 딴전을 피웠다. 아내가 도망간 다음부터 생긴 버릇이다. 나는 수천 킬로미터를 날아와 탈진한 겨울새처럼 비틀거리며 사진관을 나왔다.

"야수 시스. 텔로 나 아고라소 에나 이시티리오 야 틴 미코노스? 포테 에르헤테 토 플리오 아에로플라노?(안녕하세요. 미코노스 섬으로 가는 티켓 한 장 사고 싶은데요. 배는 언제 옵니까?)"

웅웅거리는 소음 속에서 더듬거리듯 들려오는 낯선 소리가 내 잠을 깨웠다. 시외버스는 눈과 바다를 만나지 못했고 주위는 어두워지고 있었다. 그녀는 차창에다 손가락으로 무엇인가를 그리며 중얼거렸다. 입김이 서려 있는 차창에는 낯선 기호들이 어지럽게 그려져 있었다. 그 흐린 유리창에 몰두하는 그녀의 옆모습을 나는 잠이 덜 깬 얼굴로 물끄러미 바라보았다.

"야수 시스. 텔로 나 아고라소 에나 이시티리오……"

팔짱을 끼고 다시 시야를 닫아버린 뒤 나는 어떤 주문 같은 그녀의 잔잔한 웅얼거림을 들었다. 그녀와 내 몸의 각 부위는 처음보다 훨씬 자연스럽게 부딪침을 즐기고 있었다. 다시 잠이 올 것 같지는 않았다. 그녀의 주문이 계속되다가 어느 순간 주문의 꽃이 피어나 그녀를 다른 어디인가로 돌연 데려갈 것 같은 느낌 때문이었다. 눈만 감은 채, 종아리와 허벅지, 어깨로 전해지는 그녀의 존재를 감시하면서 나는 시외버스가 바다를 찾아내면 자연스럽게 눈을 뜨리라고 마음먹었다.

그녀는 동료의 당부대로 내게 말을 건네오지 않았다. 여행을 떠나는 친구를 배웅하는 자리에서 마지막으로 꺼내는 이야기가 옆 사람과 절대로 얘기하지 말라는 것은 의미심장하다고 여기면 충분히 의미심장한 말이었다. 침묵의 여행, 안으로 떠나는 여행이 아니라면 말이다. 물론 말이라는 것은 가끔 차라리 하지 않은 것만 못할 때가 있다. 하지만 그것은 흔한 표현대로, 옥의 티일 뿐이다. 옥, 그리고 티.

"푸 이네 토 판도히오 네아로즈? 아우토 토 토마리오 포소 카니틴 메라?(유스호스텔은 어디에 있습니까? 이 방은 일박에 얼맙니까?)"

그러나 나는 그녀의 주문을 해석할 수 없었다. 시베리아를 떠나 남하하는 고니가 어느 호수를 여행의 종착지로 삼을지 알 수 없는 것처럼. 단지 옷과 옷을 뚫고 건너오는 그녀의 짧고 따스한 온기만이 위안이 될 수 있었다. 나는 그녀의 나직한 주문을 입 안에서 따라 읽다가 그만두었다. 그녀는 여행의 어느 순간 그 주문을 거둬들일 것이다. 그때까지 내가 할 일은 그저 말없이 기다리는 게 전부다. 그리고 그 순간이 왔을 때, 차창 밖으로 주문의 결과인 것처럼 밤바다가 떠오르고 파도가 메밀꽃을 피울 때 나는 그녀에게 말을 걸 것이다.

"포로 나 카티소 에도? 덴 이메 칼라!(여기에 앉아도 됩니까? 나는 몸이 아픕니다!)"

그녀의 주문에 조바심이 자리를 잡기 시작했다. 사소한 버스의 흔들림에도 그녀의 허벅지와 어깨는 과민반응을 보였다. 나는 계획을

앞당길까 잠시 고민했지만 그러지 않기로 했다. 나는 사진을 잘 찍지 못하는 사진사로 소문이 나 있지만 그래도 언제 셔터를 눌러야 한다는 것쯤은 숙지하고 있는 사진사다.

도망간 아내는 새를 찾아가는 나의 여행을 이해하지 않았다. 물론 당연한 일이었다. 나는 사진작가도 아니고 밝혔다시피 사진을 잘 찍는 사진사도 아니었기에 그렇게 찍어온 사진들이 돈으로 얼굴을 바꾸는 일도 없었다. 다행스럽게도 도망간 아내와 나 사이에 자식이 없었으므로 모든 게 원만하게 마무리되었다. 엄마의 반응도 무덤덤했다.

"니가 내 아들이긴 하다만 사실 남자로선 좀 그렇지 않냐? 도망친 심정을 같은 여자 입장으로 나는 이해한다."

엄마는 검은 차광우산 아래에서 찰랑거리는 소주잔을 내게 건네며 말했다. 나는 고개를 게으르게 끄덕이다가 다소 억울한 마음에 물었다.

"그래도 하나 있는 혈육에게 단도직입적으로 할 말은 아닌 것 같네요."

"요즘 같은 세상에 여자로서 버틸 만큼 버티고 떠났다는 얘기다. 그애는 갈수록 커가는 아이였다. 네가 감당할 수 있는 여자가 아냐. 넌 누구냐? 감성은 있다만 학벌은 없고, 물려받은 작은 사진관을 그나마 겨우 끌어가고 있다. 언제부턴가 새를 찍겠다고 밖으로 나돌지만 네가 찍어온 새는 시간이 흘렀지만 달라진 게 없어. 이젠 손가락만 이용해 찍을 뿐이다. 술기운에 기대 물어보겠다. 네 희망은 뭐냐? 너는 왜 사냐? 앞으로 남은 시간 속에다 펼쳐놓을 그림이 뭐냐?"

셔터를 반쯤 내려놓은 좁은 사진관에서 나는 엄마의 질문을 놓고 소주를 비웠다. 담배연기가 밖으로 나가지 못하고 형광등 근처에서 엷은 구름처럼 떠 있는 밤이었다. 엄마의 질문을 뒷받침하는 사례는 대부분 타당했다. 나는 소주잔을 비우며 엄마의 눈을 찬찬히 들여다보았다. 아무리 그래도 자식에게 건넬 질문은 아니라는 투정을 애써 삼키면서.

"대답을 듣자고 물은 건 아니다."

엄마는 나보다 배나 빠른 속도로 술잔을 비웠다. 살아 계셨을 적, 아버지도 비슷한 질문을 엄마에게서 받았다. 아버지가 답변을 했는지는 모르겠다. 내가 아는 사실은 그 얼마 후 아버지가 답변하듯 스스로 생을 접었다는 것뿐이다. 희망이 무엇이고 왜 사느냐에 대한 아버지의 답변. 엄마가 아버지의 답변에 만족했을까. 모르겠다. 취해가는 엄마의 모습에서 덜컥 겁이 나는 것은 돌아가신 아버지의 그림자를 발견할 때다. 엄마가 아버지를 삼켜버린 것 같다는 생각을 나는 가끔씩 했다. 하지만 아버지도 그러지 않은 것처럼 나 역시 같은 질문을 엄마에게 되묻지는 않았다.

"고니가 돌아올 때가 되었어요."

엄마는 내 얼굴을 묵묵히 바라보다가 고개를 돌려 벽에 걸려 있는 사진 액자로 담배연기를 보냈다. 아버지와 내가 찍은 사진들이었다. 아기들 돌사진, 백일사진, 결혼사진, 가족사진, 그리고 영정사진……

"여자는 남자에게 이런 질문을 할 수 있는 거야. 남자는 그래선 안 되지만."

다시 잠에서 깨어난 것은 어떤 직감 때문이었다. 예상대로 시외버스는 검은 바다를 옆구리에 낀 채 달리고 있었다. 여닫을 수 있는 창문이 없는 버스였지만 나는 달라진 공기의 맛을 충분하게 음미할 수 있었다. 검은 바다는 어느 시인의 표현대로 수평선에 가로등 같은 집어등을 줄줄이 밝혀놓고서 어두워져가는 밤을 맞아들였다. 메밀꽃은 밤바다가 바다의 가장자리에서 피우기를 되풀이하는 눈부시게 서늘한 꽃이었다. 시베리아에서 강원도의 호수를 찾아 날아오는 고니 가족들은 밤이면 수평선의 가로등과 바닷가의 시린 메밀꽃에 의지하여 졸음을 쫓을 것이다. 폭설은 그 뒤편에서 위압적인 운명처럼 장막을 치며 따라나설 터이고. 나는 거의 깨끗하게 엄마의 질문을 떨쳐낼 수 있었다. 옆자리의 그녀는 미미한 파고의 잠 속에서 꿈을 꾸는 듯 알아들을 수 없는 말을 중얼거렸다.

그녀와 내 몸이 같은 의자 안에서 접촉하는 부분은 바다와 만나면서부터 아무 거리낌 없이 버스의 흔들림에 순응했다. 서로의 체온을 전하는 두 사람의 몸은 오랫동안 친분을 나눠온 사이 같았다. 샴푸향이 은은한 그녀의 머리카락은 내 어깨에 올라앉아 있고 내가 입은 외투의 오른쪽 자락은 그녀의 엉덩이 밑에서 나오지 않았다. 나는 나타났다가 사라지는 밤바다를 보며 그녀가 꿈에서 깨어나기를 기다렸다.

"덴 이메 칼라…… 덴 이메 칼라……덴……(나는 몸이 아픕니다……)"

그녀는 꿈에서도 낯선 소리를 내뱉었다. 바다와 만났지만 나는 그곳이 어느 바다인지 알 수 없었다. 승객들은 잠들었고 운전기사는 밤의 국도를 말없이 응시하고 있어 선뜻 물어보기가 어려웠다. 먼저 나는 내 어깨로 기울어진 그녀의 머리를 자연스럽게 제자리로 돌려놓고 반응을 기다렸다. 버스는 굽잇길을 돌아가고 예상했던 대로 그녀의 머리는 무게를 이기지 못한 지붕 위의 호박처럼 내 어깨에 부딪쳤다. 그 동작을 정확히 세 번 반복한 뒤 그녀는 잠에서 깨어났다.

나는 그녀의 얼굴에 미안함이 배어 있는 그 순간을 놓치지 않았다.

"여기가 어디쯤인지 아세요?"

그녀는 잠이 덜 깬 얼굴로 주위를 두리번거렸다. 마흔 근처를 서성이는 눈 옆 잔주름의 골이 깊어졌다.

"글쎄요…… 바다가 보이는 걸로 봐선 강원도 어디쯤인 듯싶은데…… 아직 강릉은 아닌 것 같고…… 참! 친구가 절대로 옆 사람과 얘기하지 말라고 신신당부를 했는데! 어쩌죠?"

그녀의 얼굴이 아이처럼 환해졌다.

"어쩔 수 없죠 뭐. 이미 얘길 시작했으니."

"그렇죠? 어쩔 수 없게 돼버린 거죠? 흠, 이번에는 꼭 지키려 했는데. 맞아요, 어쩔 수 없는 건 어쩔 수 없는 거죠 뭐."

"여행 가시는 것 같은데, 목적지가 어디죠?"

"지중해! 지중해로 가고 있어요."

"지중해요?"

확신에 찬 모습으로 그녀는 고개를 끄덕였다. 나는 밤바다에서 피어나는 메밀꽃을 살피고 손목시계를 눈앞으로 가져와 확인했다. 눈은 내리지 않고 있었다. 버스가 좀더 북쪽으로 올라가야 할 것 같았다. 엄마는 검은 차광우산 아래에서 여전히 소주잔을 비울 것이다. 해안절벽 위로 올라간 버스가 왼편으로 방향을 틀자 멀리 항구도시의 야경이 어둠 속의 섬처럼 떠올랐다.

"일단은 아테네의 피레우스에서 배를 타야 해요. 지중해의 섬들을 찾아가는 크루즈 여행이죠. 처음 찾아갈 곳은 미코노스 섬이에요. 미코노스 타운은 미로 같은 골목을 가지고 있어요. 골목을 헤매는 것이 여행이죠. 어느 골목에선 페드로라는 이름을 지닌 펠리컨을 만날 수 있어요. 기분이 나쁘면 문을 가로막고 서서 아무도 들여보내지 않는 장난꾸러기 펠리컨이죠. 미로의 골목을 여행하다보면 출구는 언제나 항구로 연결돼 있어요. 그곳에 버스 정류장이 있죠. 거기서 행인에게 묻는 거죠. 이파르히 프티노 크세노도히오 에도 콘다?"

"저는 지중해에 가보지 못했어요. 그쪽을 배경으로 찍은 영화 몇 편을 본 게 전붑니다."

"지중해를 배경으로 찍은 영화는 무조건 훌륭한 영화예요! 〈그랑 블루〉! 〈스타 메이커〉! 〈일 포스티노〉! 〈율리시즈〉! 그리고 〈지중해〉! 〈지중해〉 보셨어요?"

그 영화를 보았지만 나는 고개를 저었다. 왜 그랬는지는 모른다. 고개를 저으며 나는 그 영화에 등장했던 창녀를 떠올렸다.

"그 영화는 꼭 보셔야 돼요! 어떻게 그걸 안 봤죠? 〈지중해〉란 영화엔 젊고 매력적이고 당당한 창녀가 나와요. 나도 그녀처럼 지중해에서 마음에 드는 섬을 골라 창녀로 살고 싶은 생각이 들었을 정도예요. 흰 러닝을 입고 바닷가에서 맨발로 공을 차다 지친 병사들이 화대 대신 생선 꾸러미를 들고 나를 찾아오는 상상을 하면, 온몸이 부르르 떨리곤 해요!"

"창녀로 산다는 건 너무 고달픈 생이잖아요?"

"전혀 그렇지 않아요! 그 섬에서 창녀가 된다는 건 가장 사랑받는 여자로 산다는 거예요. 우리가 한국에서 생각하는 창녀하곤 차원이 틀려요! 난 그 섬을 꼭 찾을 거예요."

나는 그녀가 말하는 섬을 상상하며 고개를 끄덕였다. 강릉으로 가는 시외버스에서 그녀의 섬까지는 먼길이 남아 있었다. 허벅지로 건너오는 그녀의 온기를 느끼며 나는 물었다.

"실례지만 지금 어떤 일을 하고 계세요?"

"중학교에서 국어를 가르치고 있어요. 국어 선생이죠. 아이들에게 좋은 선생은 아니에요."

"실은…… 아까 대합실에서 동료분과 얘기하는 거 우연찮게 들었어요. 옆 사람과 절대로 말하지 말라는 거."

"그래요? 잘됐네요! 지금 여행중이죠? 조금 있으면 강릉에 도착할 텐데 이제부턴 함께 가요. 그런데 댁은 무엇을 찾아가는 거죠?"

"고니."

"고니?"

바다는 차창에서 사라졌다. 지중해로 가기 위해선 강원도 동해안에 자리한 몇 개의 호수를 거쳐가야 한다고 그녀는 털어놓았고 나는 그 몇 개의 호수에 어쩌면 고니가 있을 거라고 대답했다. 몇 가지 질문과 대답이 오간 뒤 내 몸과 맞닿은 그녀 몸의 각 부위에 마지막으로 걸쳐져 있던 어떤 철조망은 흔적을 감췄다. 나는 기억 속에서 피어나는 흰 메밀꽃이 우리 두 사람의 몸으로 부서져내리는 상상을 했다. 점점 사타구니가 불편해졌다. 버스가 강릉터미널의 주차장으로 들어설 때 그녀는 내 귀에 입을 대고 작은 소리로 물었다.

"나랑 자고 싶어요?"

산도리니 섬의 달빛

엄마는 검은 차광우산 아래에서 혼자 말없이 소주를 마시다가 손님이 맡긴 사진 인화를 하고 있는 내 등에 대고 한마디 던졌다.

"너 지금까지 그렇게 싸돌아다녔는데 혹시 길에서 여잘 만난 적은 없었어?"

아내가 도망간 다음부터 엄마의 말에는 어떤 울타리도 존재하지

않았다. 나는 엄마를 돌아보지 않았지만 가위로 필름을 잘못 오리
는 실수를 저지르고 말았다. 가끔 선무당의 돌팔매질에 이마를 맞
을 때도 있는 법이다. 손이 떨려 나는 가위를 놓았다. 길에서……
새를 좇다가…… 나는 떠돌이새 같은 한 여자를 만났던가. 손가락
사이에서 연기를 피워올리는 담배가 늦가을 오후의 바람 속에 서
있는 나무의 몇 남지 않은 나뭇잎처럼 위태로웠다. 그 떨림은 늦은
밤 친한 친구가 부탁한 포르노성 필름을 현상 인화하거나 누드 촬
영장에서 셔터를 누를 때하고는 전혀 다른 무엇이었다.

"요즘은 시대가 좋아져서 여자들도 길에 많이 나오는 모양이던
데…… 니랑 나랑 해먹는 요리는 이제 질릴 대로 질렸다!"

엄마는 내가 길에서 떠돌이새일지라도 한 여자를 데려오기를 강
요하고 있었다. 단지 새로운 요리를 맛보고 싶은 마음으로. 언젠가
엄마는 내가 촬영가방에 숨겨놓았던 사진 한 장을 훔쳐본 적이 있
었다. 나와 한 여자가 호수의 갈대밭에서 팔짱을 끼고 찍은 사진이
었다. 큰 싸움이 끝난 뒤 결국 그 사진은 내 수첩 속으로 이사를 가
야만 했다.

하지만 나는 사진 속의 여자에 대해 아는 게 별로 없었다. 그 여자
는 내 여행의 어느 순간에 불쑥 카메라의 동굴로 들어왔다가 그림
자만 남겨둔 채 사라졌다. 사진을 간직한 까닭은 다른 곳에 있었다.

"지중해에도 고니가 있을까요?"

"그건 모르겠어요."

"이름은 많이 들었지만…… 생김새와 연결이 잘 되지 않아요."

"보통 백조라고 그럽니다."

"아, 백조!"

경포호가 내다보이는 호텔의 엘리베이터 안에서 그녀는 고개를

끄덕거렸다. 그 수긍은, 강릉 시외버스 터미널에서 내려 그녀가 예약한 렌터카를 타고 곧장 호텔로 온 것에 대한 어떤 완충을 의도한 몸짓이었지만 나는 개의치 않았다. 화사한 벚꽃은 자취조차 찾을 수 없는 경포 가는 길의 검은 벚나무 터널을 다소 과속으로 운전하며 그녀는 커피와 식사, 술이 마련된 중간 지점을 거치지 않는 까닭을 간단하게 설명했다.

"우리 나이에 그런 일로 시간만 질질 끌 필요는 없죠."

물론 나도 고개를 끄덕여주었다. 설명할 수 없지만, 때맞춰 보름달이 공교롭게 밤하늘로 떠오르는 모습을 눈에 담으며.

"산도리니의 달빛 속으로 지금 우리는 이동하고 있어요. 문이 열리면 나는 보이에게 이렇게 물을 거예요. 포로 나 도 토 도마티오?"

"무슨 뜻이죠?"

나는 허공으로 올라가는 듯한 엘리베이터 안에서 처음으로 그녀의 낯선 소리에 궁금증을 나타냈다. 그녀는 내 볼에 입술을 맞추며 이중의 통유리를 투과하는 달빛처럼 속삭였다.

"우리가 자게 될 방을 보여주시겠어요?"

객실은 그녀의 요구대로 경포호를 바라보고 있었다. 그녀는 침대에 걸터앉아 호수를 바라보며 다소 울적한 목소리로 중얼거렸다.

"왜 나는 이런 델 들어오면 남자 생각만 나는 걸까……"

먼 지중해의 어느 섬에서 밤바다를 물들이는 보름달을 품으려 하는 그녀의 뒷모습을 나는 물끄러미 들여다보았다. 그리고 어느 순간 그녀는 아이 같은 얼굴로 웃으며 내게 다가왔다. 호수에 뜬 달은 기름에 들끓는 달걀 노른자로 변해가고 있었다. 나는 방 한가운데에 서서 수첩의 사진 속에 있는 한 여자를 잠깐 떠올렸다.

어느 날 여행에서 돌아온 내가 짐을 풀고 촬영한 필름을 인화하고

있을 때 엄마는 소주 냄새를 풍기며 그 사진들에 대해 단 한 줄로
요약했다.

"바깥에는 새들이 많구나."

퉁퉁 부어 있는 엄마의 얼굴에 나는 조금 당황했다. 아버지가 엄
마의 질문에 대답도 없이 공원에 산책 가듯 스스로 생을 접어버리
고 얼마 있지 않아 내 아내마저 도망친 뒤부터 엄마는 거의 바깥출
입을 하지 않았다. 술만이 유일한 친구였다. 검은 차광우산 아래에
서 엄마는 가끔 같은 질문을 했다.

"니 애비가 왜 자살했는지 혹시 아냐?"

도망간 아내도 그 사실을 궁금해했지만 나 역시 할말이 없었다.
부자는 아니지만 어느 정도의 재산이 있고 잔소리가 다소 심하지만
그렇다고 심각할 정도는 아닌 부인이 있고 잘 찍지는 못하지만 그
래도 사진 찍는 것을 직업으로 삼고 있던 아버지의 자살을 타인에
게 쉽게 납득시키기란 어려웠다. 같은 질문만 되풀이할 수 있을 뿐
이었다. 그러나 그뿐이었다. 그 사실이 엄마에게 치유할 수 없는 상
처로 남은 것 같진 않았다. 나도 마찬가지였다. 눈물은 시간이 지나
면 마르고 예상보다 빨리 모든 것들은 균형을 잡아가는 듯했다. 아
내가 말없이 도망간 것은 그즈음이었다. 주위 사람들은 아버지의
자살에 대해 물었던 것과 비슷한 질문을 다시 던졌다. 하지만 엄마
는 검은 차광우산 아래에서 어느 날 말을 바꿨다.

"너무 심심했던 모양이야."

엄마는 다시 검은 차광우산 아래로 돌아가 소주잔을 비우고 나는
탁자 가득 앉아 있는 새들을 눈에 담았다. 사진 속의 새들은 부리를
열고 일제히 소리치는 것 같았다.

너무 심심했던 모양이야!

"내가 옷을 벗겨드릴게요."

그녀는 같은 자리에 서 있는 내게 다가와 내 옷을 차례차례 벗겨나갔다. 살아 있는 새의 깃털을 뽑듯 침착하게. 객실은 훈훈했지만 유리창 너머 저 아래의 호수는 청동거울처럼 싸늘한 밤하늘을 담고 있었다. 보름달만이 겨울밤을 관통하는 엷은 따스함이었다. 갈대와 바다, 소나무, 검은 벚나무를 덮은 눈 위에서. 나는 조금 떨고 있었지만 손은 심심했다.

"이런 일 처음이세요?"

내 떨림을 눈치챈 그녀가 손가락으로 내 젖꼭지를 만지작거리며 물었다. 나는 긍정도 부정도 아닌 표정을 만들었고 그녀는 안심한 듯 바지를 벗겼다.

"어머! 귀여운 팬티 입었네요!"

이내 나는 호수 앞에서 알몸이 되었다. 그녀는 나를 침대로 끌고 가 뉘었다. 그리고 호수를 배경으로 서서 스스로 옷을 벗었다. 달빛이 조금씩 유리창을 넘어오고 있었다. 그녀가 알몸으로 변해 내게 다가왔다.

"혹시 좋아하는 체위 있어요? 말해봐요."

나는 고개만 끄덕였다.

"이렇게 하는 건 어때요?"

나는 고개만 끄덕였다. 그녀는 그 동안 너무 심심했던 것만 같다. 내 몸에서 서서히 메밀꽃이 피어나기 시작했다.

삼각대 위의 카메라는 여전히 겨울새들을 찾지 못한 모양이다. 나는 맥주를 마저 비우고 알몸의 그녀 곁으로 돌아간다. 바닥에는 쓰고 버린 휴지가 널려 있다. 그녀는 잠들기 전 경포호가 지중해의 어

디 같다고 말했다. 달빛은 푸르게 멍들어간다. 지중해…… 지중해
에 가보지 못했다, 나는. 엄마는 잠들었을까. 도망간 아내는 이제
심심하지 않을까. 수첩에 들어 있는 사진 속의 여자는……

이라클리온, 꿈의 미궁

　모두 일곱 개의 석호를 돌아보고 나는 지금 동해안의 마지막 호수
에 도착해 있다. 알몸의 그는 일그러지는 보름달이 떠 있는 화진포
에 카메라를 고정시킨 뒤 백조를 찾다가 잠들었다. 달은 얼지 않은
호수와 시퍼렇게 벗겨진 하늘에서 서로 마주 보고 있다. 화진포를
에워싼 송림의 우듬지에는 흰 눈이 듬성듬성 덮여 있다. 달빛은 송
림의 푸른 멍 같다. 침대에 있는 그의 알몸도 밤새 달빛에 멍들어갈
것이다. 나는 그가 설치해놓은 카메라의 파인더로 호수를 살피다가
탁자로 돌아와 남은 맥주를 마신다. 철새는 내가 생각한 것만큼 많
지 않았다. 특히 백조는…… 백조는 아예 보이지도 않았다. 나는 그
가 낮 동안 일러준 새의 이름들을 탁자에 꺼내놓는다. 하나도 빠짐
없이. 그의 말에 의하면, 새들은 자신이 노래를 부르는 것을 잊어버
리지 않기 위해 꿈속에서도 노래를 부른다고 한다. 이제…… 한결
가벼워졌을 내 알몸을 그의 알몸에 겹쳐놓는다.

　그는 렌터카가 바다를 만나면서부터 입을 다문 채 바다에만 몰두
했다. 간혹 어색함을 달래려는 듯 고개를 돌려 수줍게 나를 보곤 이
내 제자리로 돌아갔다. 나와 여행하며 그가 무슨 생각을 했는지 모
르겠다. 알고 싶지도 않았다. 지중해에 도착하기까지 얼마나 많은

사람들을 만나겠는가. 그중의 한 사람일 뿐이었다. 출발하기 전 친구의 부탁을 들어줄 생각도 없지 않았다. 다른 누구도 아닌 친구의 당부였기에. 하지만 아무하고도 얘기하지 않고 지중해에 도착한다는 것은 쓸쓸한 일이다. 다행히 그는 내가 호감을 가질 만한 체온을 가졌다. 버스에서 자고 있을 때 그의 몸에서 건너오는 체온만으로도 나는 느낄 수 있었다. 이 남자는 나와 동행을 해도 무방하다는 것을.

"얘, 정말 아무런 죄책감도 들지 않아?"

지중해로 가는 도중에 만났던 남자와의 일들을 이야기하자 친구는 정색을 하며 물었다. 나는 고개를 끄덕였다.

"너, 정말 그러다가 그 남자들이 한꺼번에 학교로 찾아오기라도 하면 어쩌려고 그래?"

"찾아오면 안 돼?"

"당연히 안 되지!"

내 친구는 죽을 때까지 지중해에 갈 수 없을 것이다. 여행 안내서에 나와 있는 '주의사항'에 너무 치중하면 제대로 여행을 할 수 없다. 그것은 경찰서 보호실에다 불안한 마음을 맡겨놓고 몸만 떠다니는 우스꽝스러운 짓이다. 지중해는 몸과 마음이 함께 어울려 '주의사항'의 철문을 열어야만 비로소 길을 열어주는 곳이다. 그렇지 않으면 수시로 변하는 지중해의 바다색 앞에서 영원한 노스탤지어에 시달릴 뿐이다.

그는 석호에서 새들을 카메라에 담을 때말고는 별로 말이 없었다. 바다를 바라보는 얼굴은 담담했다. 여행의 어느 지점까지는 동행할 수 있겠지만 지중해는 무리일 것 같다. 사천 부근의 향호에서 철새들을 찍을 때 서두르는 것을 보고 나는 알았다. 그의 고백대로 사진을 잘 찍지 못하는 사진사였다. 물론 세상의 여행자들이 내가 가는 지중해에 함께 갈 수 있으리라곤 기대하지 않았다. 내가 동행을 청해도 그는 아마 화진포쯤에서 포기할 것이다.

"이번 여행에선 고니를 만나지 못할 것 같네요……"

그는 바다에서 눈을 떼지 않고 중얼거렸다. 그래서 실망이라는 심정은 실리지 않은 목소리였다. 그는 내게 백조란 겨울새를 보여주고 싶은 모양이다. 시베리아 어디에서 날아온다는 그 새를.

"크노소스 궁전에 가면 '여왕의 방' 이란 곳이 있어요. 그 방 벽에는 멋진 돌고래가 선명하게 그려져 있죠. 내가 그 돌고래를 보고 싶은 것과 댁이 백조를 만나고 싶은 마음은 아마 비슷할 거예요. 그런데 방의 수가 천이백 실이나 되는 그 궁전의 구조가 거의 미궁으로 되어 있어요. 여왕의 방으로 가서 돌고래를 보는 일이 쉽지 않다는 거예요. 물론 그렇기 때문에 내가 지중해로 가는 거죠. 호수는 아직 몇 개 더 있잖아요."

비로소 그는 바다에서 눈을 떼었다. 내 오른쪽 볼을 달구는 그의 체온을 나는 조금씩 맛보았다. 새 한 마리에 몰두하는 사내를 감동시키기란 쉬운 일이었다. 나는 운전대를 잡았던 오른손을 그의 사타구니 위에 옮겨놓았다. 간밤의 작고 귀여웠던 돌고래 한 마리가 꿈틀거렸다. 아무래도 영랑호 어디쯤에서 잠시 쉬었다가 움직이는 게 좋을 듯싶다. 미궁을 돌고돌아 자신만의 아리안느를 찾는 일은 힘과 속도만으로 되는 것이 아니니까.

"얘, 아무리 봐도 이건 뭔가 뒤바뀐 거야!"

또다른 여행에서 돌아왔을 때 친구는 도무지 납득할 수 없다는 표정을 풀지 않았다. 친구는 결혼을 앞두고 있었다.

"뭐가?"

"보통은 그 반대잖아. 남자가 여자에게 말을 걸고, 달라붙고, 뭐 그러는 거잖아. 근데 넌 그게 아냐. 뭐랄까, 마치 넌 여행을 다니면서 만난 남자들을 강간하는 것 같아!"

"심각할 정돈 아니잖아."

"심각할 정도지!"

"그건 그렇고, 너 곧 결혼하는데 난 니가 걱정이다. 아무래도 넌 나한테 성교육 좀 받아야 해. 지금부터 내가 자세하게 알려줄게!"

그는 잠시 호흡을 가다듬더니 이내 내가 원하는 장소로 이동하길 바라는 표정을 지었다. 뭐, 그 정도의 참을성이 내게 없는 것은 아니었다. 나는 영랑호가 내려다보이는 곳에 렌터카를 주차시켰다. 호수에는 겨울새들이 정물처럼 박혀 있었고 먼 서쪽의 설악 능선은 흰 눈이 가득했다. 그의 사타구니에서 꿈틀거리는 작은 돌고래를 만지작거리며 나는 내가 가야 할 지중해의 멋진 미궁을 잊지 않고 떠올렸다. 내 깊은 그곳은 젖어가기 시작했다. 사타구니를 내게 잡힌 채 망원렌즈로 호수를 살피던 그가 지나가는 말인 듯 중얼거렸지만 기억 속에 오래 남을 만한 말은 아니었다.

"길에서 만난 한 사람을 오래 찾아다녔어요. 무모하다는 걸 알면서……"

그는 다시 중얼거렸지만 내 눈은 감겼고 마음은 이미 '꿈의 궁전'의 서쪽 뜰에서 두근거리고 있었다.

신전으로 통하는 서쪽 복도에서 좌회전하면 남쪽 복도가 나온다. 그곳에서 북쪽 계단을 올라 이층으로 가면 성당과 '물항아리의 방', 봉납고가 차례로 있다. 다시 동쪽으로 향한 작은 계단을 내려와 북쪽을 보면 '왕좌의 방'과 신전이 붙어 있다. '왕좌의 방'에는 상상의 짐승인 그리핀이 그려져 있다. 뒤로 돌아서 삼부 신전을 지나면

'백합 왕자의 벽화'가 이어지고 동쪽으로 방향을 틀어 큰 계단을 내려와 다시 올라가면 주랑이 나온다. 주랑을 따라가면 '양날 도끼의 넓은 방'과 '여왕의 방'이 연결되고 그 서쪽에는 '시녀의 정원'이 있다. '여왕의 방' 남쪽에는 '양날 도끼의 작은 신전'이 있다. '여왕의 방'을 빠져나오면 동쪽 현관과 만나고 북쪽으로 '석공의 방'과 정원이 이어진다. 정원 끝의 작은 복도 북쪽에는 '큰 항아리의 창고'가 있고 서쪽으로 연결된 복도는 북쪽의 긴 복도와 만나고, 긴 복도로 가지 않고 얼마간 서쪽으로 가다 북쪽으로 틀면 지하감옥 입구와 만난다. 왼편에는 '왕좌의 방'이 있다. 지하감옥 입구에서 북쪽 '소의 벽화'를 따라가다보면 왼편에 문이 있고 그 문은 '성수(聖水) 풀장'과 연결된다. 그 북쪽으로 야외극장과 '왕의 길'이 붙어 있다. '왕의 길' 남쪽이 서쪽 뜰이다.

"하지만 무슨 미련 때문에 그 사람을 찾는 것은 아닙니다……"

약도에 의지한 기억만 가지고 꿈의 궁전을 돌아보는 것도 벅찼다. 그는 카메라의 파인더에 한쪽 눈을 댄 채 계속해서 중얼거렸다. 렌즈의 동굴에 들어온 겨울새에게 중얼거리는 것인지 아니면 나를 향한 것인지는 분명하지 않았다. 새 한 마리에 몰두하는 사내가 의인법을 쓴다는 것은 무엇보다 자연스러웠다. 나는 그의 사타구니에서 꿈틀거리는 돌고래를 세게 움켜쥐며 말했다.

"이파르히 프티노 크세노도히오 에도 콘다(이 부근에 싼 호텔이 있습니까)?"

그는 카메라에서 얼굴을 떼고 눈빛으로 번역을 요구했다. 역시 담담하게. 나는 호수 건너편의 모텔을 왼손으로 가리켰다. 내 손끝을 따라 그는 천천히 호수를 건너갔다가 돌아왔다. 호수에 떠 있던 새들이 그의 기척을 눈치챘는지 하나둘 날개를 치며 이륙을 시작했다. 태양이 설악산 상상봉을 넘어가는 오후 세시경의 나른한 렌터카 속에서 그는 내 바지의 지퍼를 내리고 손을 디밀었다. 나는 촉촉하게 젖어 있었다.

"재혼을 하는 게 어때?"

삼 개월 만에 결혼생활을 끝낸 내 전력을 알고 있는 친구의 권유였다. 그 이후 지중해를 찾아가는 내 여행을 속속들이 들여다본 친구의 권유이기도 했다. 나는 의미심장한 표정을 지으며 팔짱을 꼈다. 그 표정은 이혼 뒤에 얻어낸 전리품이었다.

"괜찮은 남자라도 있어?"

"있다는 게 아니라 그 생활이 더 편하잖아? 나이도 들어가는데…… 언제까지 여행을 할 수 있는 건 아니잖아."

"편한 것보다 짜증이 날 거야! 결혼한 여자의 자리에 서 있는 거 말이야. 생각만 해도 다리에 쥐가 나고 혈압이 올라가! 얘, 세상은 결혼한 여자만 사는 데가 아니야. 그건 인정해줘야 돼. 난 여행자로 남기로 했어. 물론 네가 괜찮은 남잘 소개시켜주면 만날 용의는 있어. 하지만 결혼은 아니야."

"나중에 혼자서 외롭지 않을 자신 있어?"

정말 외로워진다면 아이 하나를 입양할 뜻은 있었다. 늦결혼을 한 친구는 자꾸만 내 울타리 안으로 발을 디미는 버릇이 생겼다. 청출어람이랄까. 아무것도 모르는 숙맥을 성교육까지 시켜서 결혼식장에 들여보냈는데 어느새 부른 배를 쓰다듬으며 나를 향해 안됐다는 듯 혀를 차기 시작했다. 물론 이해하지 못하는 바는 아니다. 외롭다는 것은 분명 마음일 터이니까. 하지만 여행자에게 외로움은 천형인 것이다. 여행자가 될 수 있느냐 없느냐는 그곳에서 갈라지는 게 상례였다.

"에프하리스토(고맙습니다)!"

나는 모텔 직원에게 정중하게 인사를 보냈다. 직원은 어리둥절한 표정이더니 이내 웃음으로 답례했다. 두 시간여 지났지만 태양은 희디흰 설악산을 넘어가지 않았다. '꿈의 궁전'에 있는 '여왕의 방'에서 미노스의 왕비 파시파처럼 거대한 흰 소와 관계를 맺고 나온 기분이었다. 얼마 지나지 않으면 나 역시 머리는 황소고 몸은 사람인 미노타우로스를 낳을 것 같아서 기분은 점점 유쾌해졌다. 또다시 미궁에 갇히게 될 나의 아들 미노타우로스! 천막으로 가려놓은 주차장의 렌터카까지 걸어가는 동안 내 두 다리는 열에 들뜬 듯 후들거렸고 뒤따라오는 그의 안색은 다소 창백하게 보였다.

나와 그는 렌터카에 탄 채 말없이 담배 한 대를 모두 피웠다. 문득 나는 그를 위로해야 한다는 막연한 우울감을 몰래 떨쳐내느라 심호흡을 몇 번이나 해야 했다. 여행의 도중에 생기는 그런 감정은 여행을 망치는 첫번째 요소였다. '꿈의 미궁'을 빠져나가는 데에도 시간은 턱없이 모자라기 때문이었다.

"지중해로 가는 길이 먼 것 같네요……"

그가 내 여행에 관심을 표명했다. 방금 전 그를 위로하지 못한 게 미안할 정도였다.

"나는 아무것도 기다리지 않으며 나는 무엇에서도 도망가지 않는 나는 까다로운 사람!"

"누구…… 노래인가요?"

"'꿈의 미궁'을 빠져나가면 만나게 될 무덤의 묘비명이죠! 미궁이 있는 섬은 니코스 카잔차키스의 고향이죠. 〈그리스인 조르바〉란 영화 봤어요? 그 원작자가 카잔차키스죠. 이라클리온을 거쳐야 하는 두번째 이유예요."

바다가 나타나자 그는 창문을 한 뼘쯤 열고 담배를 피웠다. 육지는 바다보다 어른 키만큼 더 높이 떠 있었다. 그 바다에게 말하듯 그는 입을 열었다. 목소리에는 피곤함이 묻어 있었다.

"강원도의 해안 호수를 거쳐서 지중해로 간단 말이군요. 그런데…… 이런 말 해도 되는지 모르겠지만…… 당신은…… 무엇인가로부터 끊임없이 달아나고 있는 것처럼 보입니다."

"끊임없이 달아난다? 무슨 뜻이죠?"

그는 내 얼굴을 바라보더니 당황한 듯 담뱃불을 껐다. 열린 창문으로 들어온 바람이 뒷좌석을 돌아와 내 목덜미를 서늘하게 쓰다듬었다.

"아뇨, 별다른 얘긴 아닙니다. 단지, 뭐랄까…… 살아가는 한 방법을 얘기한 겁니다. 제 표현이 이상했다면 사과드립니다."

여행자를 폄하하는 투의 말에 나는 순간 발끈했지만 용서하기로 했다. 경포호의 호텔과 영랑호의 모텔에서 그가 보여준 어떤 성의 때문이었다. 또 '꿈의 미궁'을 여행하는 도중에 다른 파트너를 찾는 수고도 덜 겸 해서였다. 길에서 파트너를 고르는 일은 의외로 신경이 많이 쓰인다는 것을 나는 익히 체득하고 있었다. 숨길 수 있는 것은 최대한 숨기면서 밖으로 내비치는 몇 가지 되지 않는 상대의 말과 행동, 차림새만 가지고 그 사람의 영혼의 무게를 근사치에 가깝게 가늠하는 일은 거의 도박의 경지였다. 지금까지 나는 패를 잘못 고른 적은 없었지만 그렇다고 선택한 패를 쉽게 버리는 우를 범하지도 않았다. 파트너가 저지른 순간의 실수는 관용으로 감싸안을 정도의 여행 이력은 붙은 셈이었다.

'꿈의 미궁'을 통과하는 하나의 비책인 것이다.

"아까 누구를 찾고 있다고 하지 않았어요?"

그는 고개를 끄덕였다.

"왜 찾는데요?"

"전해줄 게 있습니다."

나는 그것이 뭐냐고 묻지 않았다. 질문의 동굴로 들어갈 때는 어느 정도에서 뒤돌아서는 게 좋다. 너무 깊이 들어가면 출구를 찾는 것도 큰 일이다. 그도 더이상 얘기하지 않았다. 역시 내가 고른 파트너다운 수준을 겸비한 인물이었다.

송지호까지 가는 동안 '허'로 시작되는 번호판을 앞뒤에 매달고 그는 바다를, 나는 꿈의 미궁을 운전했다, 말없이.

로도스, 나비의 계곡

꼬박 하루 동안 그와 나는 바다와 화진포가 함께 보이는 콘도의 육층 객실에서 밖으로 나가지 않고 새를 기다렸다. 알몸으로. 그의 카메라는 삼각대 위에서 한순간의 무엇을 가두기 위해 끈기를 잃지 않고 있었다. 아무도 우리 두 사람이 머무는 방의 문을 두드리지 않았다. 섹스를 하다 지치면 먹다 남은 음식을 우적우적 씹으며, 그는 새에 대해서 나는 지중해의 멋진 섬에 대해 이야기했다. 영랑호를 떠날 때 설악산을 넘어가던 태양은 다시 돌아오지 않았다. 대신 바다의 거울 같은 화진포로 굵은 눈송이가 떨어지고 있었다. 새들은 코발트블루의 거울 위에서 동안거에 들어간 듯 미동이 없었다. 그의 말에 의하면 철새들은 대부분 남북으로 이동을 한다고 하였다. 수천 킬로미터의 거리를. 그러니까 화진포에서 거울을 들여다보는 새들 중에는 지중해에서 날아온 새가 없다는 거였다. 물론 내가 그

의 이야기를 전부 믿는 것은 아니었다. 나는 차라리 세상의 미조(迷
鳥)와 떠돌이새를 믿는 편이었다. 그 새들이 바로 여행 안내서의
‘주의사항’이란 철문을 당당하게 이동로로 삼을 줄 아는 새들이었
다. 삶의 신비한 힘은 바로 그곳에 있다. 창천을 메우던 눈송이들이
화진포에 내려와 멀고 먼 지중해로 통하는 지구의 동굴로 사라지는
모습을 나는 엄숙한 표정으로 바라보았다. 며칠 후면 지중해에도
똑같은 눈이 내릴 터였다. 남편은 그 점을 인정하지 않았다. 어쩔
수 없이 삼 개월 동안 호주머니에 넣은 채 끙끙거리다가 결국 파혼
의 문을 열고 사라졌다. 그런 것이다. 그렇게 헤어지는 것이다. 좋
은 게 좋은 것이다.

육층 아래 화진포에선 지중해에서 날아온 무수한 나비떼들이 날
개를 파닥거리며 허공으로 솟아오르고 있었다. 칼리스페라! 칼리스
페라! 칼리스페라! 알몸으로 누워 있는 내게 다가와 저녁인사를 하
며. 나도 손을 흔들며 답례를 보냈다.

“칼리스페라(안녕하세요)!”

성기를 덜렁거리며 파인더를 들여다보던 그가 카메라의 방향을
내가 누워 있는 침대로 돌려놓고 재빨리 뛰어와 옆에 누웠다. 나는
웃으며 그를 껴안았다. 그러나 나는 알고 있었다. 이것이 꿈이라는
걸…… 예시음이 끝나자 플래시가 터졌다.

“마침내 지중해에서 날아온 백조를 찾아냈군요!”

그는 고개를 끄덕이다가 미소를 지우고 내 얼굴을 빤히 쳐다보았
다. 그리고 입을 열었다.

“드릴 게 있어요.”

모로 누운 채 팔로 머리를 괴고 나는 그의 행동을 주시했다. 그는
외투에서 수첩을 꺼내 뒤적거리더니 사진 한 장을 내게 내밀었다.

사진 속에는 호수와 호수를 에워싼 갈대밭이 있고 연인 사이로 보이는 한 여자와 남자가 팔짱을 긴 채 사진 밖의 나를 바라보고 있었다. 나는 사진에서 눈을 떼어 침대에 걸터앉은 그를 보고 다시 사진으로 시선을 옮겼다. 사진 아래에는 촬영일이 찍혀 있었다. 삼 년 전 겨울이었다. 나는 곧 피식 웃음을 흘렸다. 남자는 내 앞에 알몸으로 앉아 있는 그였고 여자는 역시 알몸으로 침대에 모로 누워 있는 나였다. 그쯤 되었으니 입을 열어야 했다.

"우리가 삼 년 전 겨울에 만났단 얘기가 되는군요."

이번엔 반대로 그가 입을 다문 채 고개만 끄덕였다. 화진포에서 빠져나온 무수한 나비떼가 창 밖에서 나풀거리고 있었다.

"아! 마치 잊혀진 기억을 돌려받는 기분이네요. 하지만 난 여전히 당신이 기억에 없는 낯선 사람으로 보이는데, 어쩌죠?"

"괜찮습니다."

역시 내가 고른 여행 파트너다운 영혼을 그는 지녔다.

"그리고 난 과거와 다시 만나는 걸 반기는 사람이 아닌데, 어쩌죠?"

"당신은 절 알아보지 못했고, 당신의 여행이 끝나지 않았다는 걸 알고 망설였습니다. 차라리 내색을 하지 않는 게 옳은 듯싶었지만 나도 어쩌지 못하는 무엇이 내 속에 숨어 있는 모양입니다. 이렇게…… 불쑥 사진을 내밀고 말았으니……"

"그러면 지금껏 나를 찾아다녔던 거예요? 조금씩조금씩 감격이 되네요! 지금 당장 당신과 껴안고 싶어졌어요!"

흰나비떼의 합창을 들으며 나와 그는 침대 위에서 다시 뒤엉켰다. 그는 상당히 흥분한 것 같았고 그 정도는 아니었지만 내 기분도 묘하게 울렁거렸다. 나는 그의 몸 위에서 나비처럼 솟아오르다가 문득 떠오른 생각을 뱉어냈다.

"이 사진 제목이 있어요?"

그는 목젖까지 올라온 뱃속의 내용물을 간신히 되삼켜버린 듯한 표정으로 사진의 제목을 알려주었다.

나비떼들은 점점 사라지고 있었다.

하늘은 정말 거짓말처럼 벗겨졌다. 일그러지는 보름달은 위치를 조금 옮겼다. 그는 깊은 잠을 자는 것 같다. 그의 사진기는 여전히 화진포를 들여다본다. 맥주도 모두 떨어졌다. 나는 그의 외투에서 수첩을 꺼내 꿈에서 본 사진을 찾아냈다. 앞도 뒤도 없는, 묘한 제목이 붙은 사진이다. 사진의 내용과 전혀 어울리지 않는 것 같은데, 어찌 생각하면 적당한 제목인 것 같다. 나는 담배에 불을 붙이고 베란다로 나간다. 지중해로 가려면 서둘러야 한다. 사진에 불을 붙인다. 내 여행의 파트너와 헤어질 시간이 되었다. 푸른 달빛 아래서 사진이 타고 있다. 다시 삼 년쯤 뒤 저 사내는 오늘밤의 사진을 가슴속에 간직한 채 지중해를 여행하는 나를 찾아다니다 우연히 만나게 될까. 그때 나는 그를 기억할 수 있을까. 춥다. 누군가 훔쳐보는 것 같아 고개를 돌리니 사진기의 렌즈가 내 알몸을 노려본다. 멋진 포즈를 취해준다. 마지막 불꽃이 내 손가락을 떠나 화진포로 날아간다.

지중해에 가면 저 불꽃과 다시 만날 수 있을까. 사진이 나를 나답지 않게 센티멘털하게 만드는 밤이다. 사타구니가 춥다. 나는 사라져가는 사진에게 잘 가라는 인사를 보낸다.

"안티오(안녕히 가세요)……"

소리개가 떴다

"큰스님이 돌아가셨다는데!"

반 길이나 될 만큼 쌓인 길눈을 훙훙거리며 바라보던 소장이 내뱉은 첫말이었다. 공원 관리사무소와 매표소 사이를 연결하는 좁은 눈길을 매표소의 작은 유리창을 통해 내다보던 세 사람은 마치 그 악한 눈더미 속에 빠진 것처럼 낡은 의자 깊숙이 몸을 파묻었다. 길 건너 화장실 뒤편의 우거진 아름드리 전나무 가지에 내려앉은 눈이 위태위태한 모습으로 햇살을 퉁겨냈다. 어제 아침 그가 타고 온 오토바이는 손잡이만 눈 위로 비어져나와 있었다. 모든 것들은 예고 없이 들이닥친 폭설의 무게에 헉헉대며 간신히 숨을 내뱉는 듯 더없이 적요했다. 움직이는 것이 있다면 아름드리 전나무가 턱에 차오르는 숨을 쉬듯 간혹 한 움큼씩의 눈을 떨궈내는 게 고작이었다. 주먹만한 눈이 가지와 땅의 중간치에서부터 햇살과 어울려 떨어질 때마다 세 사람은 눈만 끄먹거리곤 했다. 아침나절 너무 기가 막혀 내뱉었던 탄성은 효력을 잃어버린 지 오래였다. 입이 가벼운 김양조차 그저 막막하다는 표정이었다.

"복도 없는 스님이지……"

김양의 볼록 튀어나온 젖가슴을 넘겨다보며 소장은 다시 중얼거렸다. 평소 같으면 소장의 잡담을 생글생글 웃으며 받아주었을 그녀는 아예 대꾸도 하지 않았다. 그녀는 처마 밑 연통 끝으로 폭폭 빠져나가는 푸른빛의 연기를 말끄러미 바라보기만 했다.

"시중 들던 보살이 그 산길을 헤엄쳐왔는데 큰절에선 감히 떠날 엄두를 못 낸다는 거야. 하기야 눈이 사타구니에 걸리니 걸음인들 떼어놓겠어?"

그와 김양이 듣건 말건 소장은 입맛을 쯧쯧 다시며 혼잣말을 주절주절 늘어놓았다. 알루미늄 새시로 만든 매표소의 유리창 아래까지 쌓인 눈은 흡사 매표소 건물이 땅속으로 쏙 들어간 듯한 착각마저 일으키게 했다. 오른편 상가에서도 아예 문밖출입을 포기한 듯 마당은 발자국 하나 없는 깨끗한 모습으로 한참 치솟아 있었다. 간혹 상가 이층에 자리한 나이트클럽의 유리문이 열리고 파마 머리의 젊은 사내가 담배연기를 내뱉으며 삐끔 내다볼 뿐이었다.

"한 삼십 년 만이라지?"

혼잣말에 동무를 구하듯 소장이 그를 향해 물어왔다.

"왠지 흉한 일이 벌어질 듯한 예감이 드는데요?"

"흉한 일? 흐흐, 아무튼 며칠은 편안하겠지. 도로가 뚫리려면 사나흘은 걸릴 테니."

"그러잖아도 꼼짝없이 여기 갇힌 거잖아요."

김양은 연통에서 시선을 떼지 않고 시큰둥하게 지껄였다.

"나야 편하다. 들어가서 한잠 더 자야겠어."

문을 열고 잠깐 동안 멍하니 밖을 내다보던 소장은 곧 몸 하나가 겨우 빠져나갈 눈길을 따라 관리사무소로 떠났다. 소장의 엉덩이에 묻어나는 눈을 보며 두 사람은 맥없이 한숨을 뱉어놓았다. 김양이 쿡쿡 웃으며 말을 건넸다.

"모든 게 눈 속에 묻혔으니 편안하네요. 한 한 달은 눈이 녹지 않았음 좋겠어요."

그는 그냥 씩 웃어 보였다. 소장이 앉았던 의자에 다리를 걸쳐놓고 고개만 의자의 등받이로 세운 채, 하뭇한 기분으로 눈을 감았다.

관광버스나 자가용이 오면 입장권과 출입명부를 들고 차에 올라 사람들의 머릿수를 세어 표를 준다. 김양은 동전이 딸랑거리는 가방에서 거스름돈을 꺼낸다. 매일 낯선 사람들. 매일 반복되는 일과. 요금을 내지 않으려는 지역민들과 씨름하다보면 어느새 하루해가 간다. 늦게 뜨는 해, 빨리 지는 해, 빨리 찾아오는 어둠, 빨리 찾아오는 추위. 젠장! 반짝이며 지나가는 관광객들만 바라보다 눈이 멀어버린 게 아닐까. 산간 오지의 비좁은 매표소에서 머리만 빼꼼 내밀고 산 지 벌써 몇 년째야! 그래, 가끔은 이렇게 모두 뒤덮이는 것도 괜찮겠지. 모든 걸 지울 수 없다면 잠시만의 눈가림도 나쁘진 않겠지.

팔과 다리를 쓰다듬고서 그는 비장한 표정을 만들었다.

"그래도 사람들을 못 만난다고 생각하니 조금 섭섭하네요. 큰절 땡중도 못 보니 말예요. 참, 스님이 죽었으니 화장하겠네요?"

그는 감은 눈을 슬며시 치켜뜨며 한숨과 함께 간단하게 고개를 끄덕였다.

"서쪽 암자면 꽤 먼 거린데……"

그의 대구 없음에 따분한 듯 그녀도 습관처럼 한숨을 내뱉곤 폭설

의 어느 곳으로 시선을 박았다. 이렇게 조용한 적도 드물었다. 문을
열면 전나무에서 눈 떨어지는 소리라도 들리겠지만, 조그만 매표소
안의 두 사람은 고작 삐걱하는 의자 소리에 깜짝깜짝 놀랄 정도였
다. 눈이 그친 아침부터 햇살은 하늘에서뿐만 아니라 외아한 산과
평지와 숲에 덮인 눈에서도 불쑥불쑥 튀어나왔다. 흰 눈을 오래 보
면 시력이 약해진다는 말을 실감할 정도였다. 눈을 감아도 더욱 넓
어진 시야는 온통 흰색으로 펼쳐졌다. 태어나서 이번처럼 많은 눈
을 본 적이 없었다. 눈이 많이 내리는 고지대라지만 하룻밤 사이에
발이 묶였다는 것은 분명 심상찮은 일이었다. 등산객들이 길을 잃
었다면 문제는 커질 것이 틀림없었다. 더욱이 산내 말사인 서쪽 암
자의 스님이 입적하셨다니 어떤 형식으로든 관리사무소로 도움을
청하지 않을 리 없었다. 거기까지 생각이 다다르자 그는 가늘게 한
숨을 빼어놓곤 감았던 눈을 떴다. 눈으로 덮여 융단같이 다보록한
도로와 건너편 전나무들의 검푸른색이 한결 선명하게 시야에 들어
왔다. 등산 안내판과 이정표의 작다란 지붕에 쌓인 눈은 마치 러시
아 사람들의 방한모처럼 인상적이었다.

그는 암류처럼 스며든 홍분을 자제하려는 듯 상체를 세워 눈으로
등산 안내판의 길을 더듬어갔다. 매표소에서 큰절까지 이런 눈 속
을 걸어가려면 족히 두 시간은 걸릴 것이다. 일이 겹쳐 등산객들의
조난이 생겼다면 더더욱 말썽이었다. 큰절의 뒤쪽엔 산장이라곤 하
나밖에 없고, 더구나 불필요한 위치에 있는 산장이기 때문에 그곳
으로 피신했을 가능성도 희박하였다. 그 뒤로 상원사와 산 중턱의
적멸보궁, 두 곳이 유력한데 거기까지 눈을 헤치고 갈 순 없었다.
행여 야영이라도 했다면 산꼬대를 감당할 리 만무했다. 큰절에서
상원사로 이어지는 약 삼십여 리의 비포장도로 중간쯤에 서쪽 암자

로 꺾어지는 산길이 있었다. 어림잡아 반나절은 걸려야 도착할 수 있는 거리였다. 그쪽 일이니 신경 쓸 이유야 없었지만 그렇다고 남의 일로 여길 수만도 없었다.

그는 등산 안내판에서 힘겹게 눈을 떼곤 주머니를 뒤져 담배를 물었다.

"젠장! 우리가 걱정할 일이 아니지, 안 그래?"

"하지만 공원 안에서 일어난 일이잖아요."

"시절 좋은 등산객들이 산행수칙이나 제대로 지켰겠어? 지서에서도 뭐라 못 해. 우린 규정을 준수했어. 예고조차 없었던 이 폭설 속에서 뭘 하란 말이야."

그녀는 가만가만 숨을 내뱉으며 무엇인가 골똘히 생각하는 듯싶었다.

"……스님은요?"

"스님? 어휴……"

스님이야 이미 입적하셨다니 며칠 암자에 방치해둔다 해도 별탈은 없을 것이다. 겨울이라 시신에서 추깃물이 나올 리도 없었다. 그러나 김양의 입에서 스님 이야기가 나오자 그는 맥이 빠졌다.

"하필 내 근무 때 폭설이 내릴 게 뭐야!"

그는 낮잠을 자러 들어간 소장의 무사태평한 처신이 부러웠다. 관리사무소로 달려가 깨울 수도 있었지만 갑자기 그 거리가 멀게 느껴졌다. 하기사 깨운다고 해서 달라질 것도 없었다.

"어떻게 될까?"

돌연 그는 승세를 잡은 씨름선수처럼 얼굴에 여유 있는 미소를 지었다. 하마하마 다가오는 위협에 무방비로 버티고 있는 상대방을 겁주듯 앉은자리에서 팔과 다리의 근육을 주물렀다. 홀낏 그를 훔

처본 그녀가 당돌한 말투로 말했다.

"스님 일이 맘에 걸리지도 않아요?"

그는 다시 한숨을 훌훌 풀어놓았다. 아침나절 스님의 죽음을 연락받자 구두 속의 두툼한 겨울 양말을 축축하게 적시고 들어오는 서늘한 기분에 사로잡혔다. 큰스님의 죽음은 산의 수령 깊은 고목이 눈더미 무게를 이기지 못하고 힘없이 부러지는 느낌을 주었다. 처깔한 처녀지인 산 안에서 여합부절(如合符節)했던 모든 것들이 누군가의 무심한 돌팔매질에 지상을 떠나는 새떼들처럼 혼란스러워지고 있었다.

스님은 예언자이기도 했다. 예언이 있을 때면 갈증에 사로잡힌 많은 사람들이 사찰을 찾아왔다. 그가 직접 스님의 예언을 들은 적은 단 한 번이었지만 시사지에서 스님에 대해 다룬 적이 있어 대충은 알고 있었다. 속된 말로 스님의 예언이 신기하게 들어맞는 바람에 근자에는 힘과 돈은 있으나 다른 무엇에 목마른 사람들이 수시로 찾아오곤 했다. 그러나 그가 아는 스님은 개개인의 부침사(浮沈事)보다는 큰 덩어리에 대해 드물게 한 번씩 입을 열 뿐이었는데 그 내용이 가히 충격적이었다. 그런데 무슨 이유에선지 근 몇 년 동안은 산내 말사인 서쪽 암자에서 침묵으로 칩거하던 중이었다.

"어머, 저 새들 좀 봐요!"

유리창 가까이 얼굴을 붙인 김양은 건너편 전나무숲 너머로 날아가는 엄청난 무리의 새들을 신기한 듯 바라보았다. 새들은 산에서 나와 마을 쪽으로 떼지어 날아가고 있었다. 외아한 앞산의 흰 눈 위에 등황색의 새떼들은, 탱탱하게 얼어붙은 하늘을 향해 일제히 던진 수많은 돌멩이처럼 점점이 미끄러져갔다. 유리를 잘게 빻아서 흩뿌려놓은 듯 빛살을 튀겨내던 매표소 앞의 눈 위로 새떼의 그림자가 휙휙 지나가고 있었다. 깊은 밤과 같이 만귀잠잠하던 주위로 꽂히는 작고 시끄러운 새소리는 그 날갯짓의 파닥거림과 어울린 채 하늘 한쪽에 벽해서 넘놀았다. 고사목들과 만달 속에서, 비습한 계곡의 어둠 속에서 하늘을 모르고 지내던 물 내린 새들이 일상을 깨뜨리고 날개를 펴는 한 폭의 그림과 같은 광경이었다. 일부는 매표소가 있는 상가께로 떨어져나와 두꺼운 솜이불같이 눈이 덮인 전나무의 가지로 목목이 내려앉았다. 조그만 부리로 재게 눈을 헤치며 왜자기는 소리가 매표소까지 들렸다. 덕분에 은빛 눈은 안이 훤히 들여다보이는 단속곳을 펼친 것처럼 가지에서 아래로 늘어뜨려지며 반짝였다. 골방의 틈새로 비집고 들어온 햇살에 떠다니는 먼지처럼 그는 희끈거리는 몸을 의자의 등받이에 꼭 밀착시켰다.

"새들은 눈이 좋은가봐요?"

"허기진 거지. 그래서 산을 떠나 무릴 지어 마을을 찾아가는 거야."

그는 말해놓고 문득 자신의 마음속에선 전혀 그렇지 않다고 하는 것을 알았다. 먹이를 찾아 산을 빠져나가는 게 아니라는 근거없는 확신이 자리를 넓혀가고 있었다. 날개를 가진 새라지만 상당한 수의 새들이 배를 채우려면 꽤 멀리까지 떠나가야만 했다. 그는 호기심의 결과를 직접 확인하고 싶은 흥분에 사로잡혔다. 어제까지라면 전혀 짐작조차 하지 못했을 상황이 지금 그의 눈앞에 펼쳐지고 있었다. 일 미터를 넘는 폭설로 인해, 그에게는 평소 권태롭고 티석티석하기만 하던 매표소의 일들이 불평 없이 사그라지고 대신에 어떤 무속적인 예감 같은 것이 저 밑으로부터 샘물처럼 솟구쳐올랐다. 부적이랄까 아니면 벽조목이라도 몸에 지닌 듯, 그는 홀연히 경보탑에서 사태를 바라보는 것 같은 착각으로 줄달음쳤다. 교통이 두

절되고 눈 속에 갇히게 되면 누구라도 당혹감에 빠질 텐데 정반대로 어떤 흐뭇한 기분마저 들었다. 지금 관리소에는 어제 퇴근하지 못한 소장만 남아 있고, 상가에도 몇 사람 없음이 분명했다. 그들은 그에게 어떤 영향력을 가지고 있지 않았다. 그것은 그에게 굉장한 위안으로 다가왔을 뿐 아니라, 정말 오랜만의 휴식을 가져왔다.

그는 폭설로 인해 자신에게 부여된 어떤 자유를 조금씩 만끽하려는 듯 소형 철책상 위에 놓인 신문을 들어 천천히 훑어보았다. 옆자리의 김양은 전화기의 단추를 검지로 콕콕 누르느라 바빴다. 나뭇가지를 옮겨다니며 재잘거리던 새들은 지쳤는지 얼마는 날아가고, 남아 있는 것들은 층층나무의 가지에서 가끔 부리를 움직여 자맥질을 하곤 했다. 작은 새들의 날갯짓마저 서서히 멈추자 풍경은 다시 흰 고독 속으로 돌아가고 있었다. 그는 신문을 제자리에 놓고 시계를 보았다. 열시가 되어가고 있었다. 지금쯤이면 문의전화로 북새통일 게 뻔한데도 소장의 모습이 보이지 않는 걸로 보아 아예 관리소의 전화선을 뽑아버린 모양이었다. 더구나 매표소의 전화는 김양이 붙잡고 놓을 줄을 모르니. 상가 사람들도 눈을 칠 엄두를 못 내고 있을 터였다. 움직이는 것은 오직 건너편 나뭇가지에 앉아 허공에다 자맥질을 하는 새들뿐이었다.

"정말 굉장한 새떼야!"

즐거운 표정으로 그는 클클 웃음을 흘렸다. 시선은 하늘에 두고 공원출입 명부를 건성으로 넘겼다. 새들은 마치 어떤 신호처럼 보였다.

"계집애들 왜 전활 안 받지? 아유, 제발 아무 일 없었으면 좋겠어요!"

신경질적으로 수화기를 내려놓으며 김양은 손바닥만한 수첩을 뒤적였다. 눈에 반사된 햇살이 그의 눈을 찔러오는지라 손등으로 두어 번 눈자위를 문지르고 나서 다시 그는 장부에 기재한 내용을 더듬어나갔다. 의자 등받이에 모로 옆구리를 대고 한쪽 다리를 반대편 무릎에 포개어놓은 채.

"엉뚱한 곳에 산장이 있는 것 같지 않아?"

"맞아요."

"등산객들이 꽤 많은데…… 거참 찾아나설 수도 없고. 하긴 산장 사람들은 전문 산악인인데 별일이야 생기려고."

"왜 자꾸 남의 일처럼 말해요?"

양철 연통으로 빠져나가는 푸름한 빛의 연기가 다문다문 끊겼다. 연기는 흰 눈과 검초록의 전나무숲이 만들어낸 고적한 풍경 속으로 게으르게 스며들어가 다붓하게 조화를 이루었다. 산을 떠나가는 새떼가 없었다면 숨쉬는 것조차 힘겨울 것 같았다.

갑자기 그가 모로 앉았던 자세를 풀고 자리에서 일어났다. 그리곤 다시 건너편의 등산 안내판을 보고 자리에 주저앉았다. 허리까지 파묻힌 산짐승이 몇 걸음을 떼어놓지 못하고 눈 속으로 꼬꾸라져 가쁜 숨만 학학거리는 모습이 떠올랐다.

"걔네들이 아직 산에 있잖아!"

"누구 말예요?"

"왜, 학생들 생각 안 나? 입산문제로 말다툼까지 했던?"

"아아, 무슨 빙벽훈련인가 한다고 단체로 온 학생들요?"

그는 마른 입술을 혀로 적시며 창 밖을 내다보았다. 매표소의 삼분지 일까지 덮인 눈은 흠뻑 젖은 화장지에 코와 입이 짓눌려 있는 것처럼 갑자기 답답함을 불러왔다.

몇 년 전 여름의 일이 생생하게 떠올랐다. 단체로 등산 온 대학생들이 갑자기 몰아닥친 폭우에 집단으로 휩쓸려버렸다. 엄청나게 불어난 계곡물을 밧줄 하나에 각자의 몸을 묶고 건너려다 한꺼번에 참사를 당한, 산행에 대한 기초지식도 없이 입산한 결과였다.

"큰일났네. 어쩌면 좋아요?"

그 자리에는 대학생들의 부모들이 세운 초라한 비석과 연화교라 이름 붙인 콘크리트 다리만 남았다.

"폭설 때문이야."

그는 천천히 관할 지서에 전화를 걸었다. 정체를 알 수 없는 흥분과 불안이 무수한 꽃망울처럼 몸의 어딘가에서 일제히 부풀어오르는 듯한 감정을 지그시 다독거리며, 조심스럽게 방치하며. 마치 폭설을 내리게 한 장본인이 된 기분이었다. 벨소리가 저쪽에서 다급하게 울리자 그는 그제야 겁이란 것이 마음의 한쪽 귀퉁이에 덜컥 달라붙었음을 눈치챘다. 등의 견갑처럼, 아무리 손을 뻗어봐도 닿지 않는 곳이 몸에 있듯이, 그것을 떼어낼 수는 없었다.

"왜 이렇게 뒤죽박죽이죠!"

그녀는 다분히 신경질적이었다.

"김양, 스님 때문이 아닐까?"

그는 확인이라도 하듯 동조자의 격려 비슷한 것을 구했다.

"왜요?"

손에 들고 있던 수화기를 내려놓고 그녀는 엉뚱한 질문의 이유를 물었다.

"왠지 그럴 거라는 예감이 들어서."

그녀는 전화기의 버튼을 누르다 말고 손가방에서 동그란 손거울을 꺼내 얼굴을 요모조모 다듬었다. 눈을 감다가 그는 후득후득 하는 소리에 놀라 허리를 바로 세웠다. 수효가 더 늘어난 새들이 날아가는 소리였다. 새들의 날갯짓으로 나뭇가지에 쌓였던 두툼한 눈더미가 부스스 몸을 털었다. 차갑고 안개 같은 응달의 숲으로 새가 나무를 쪼는 가냘픈 소리가 화석처럼 떨어졌다. 조금씩 일렁이는 바람이 떨어지는 눈의 허리를 휘게 만들었다.

매표소에 새로 내려온 새는 까마귀였다. 작은 새떼들이 털어놓은 가지에 한 마리가 앉았고, 다른 것들은 재우쳐 울며 숲 위를 비잉빙 돌고 있었다. 적적하던 주변이 소란스러워졌다. 몇 마린가 싶더니 손가락을 모두 꼽아도 모자랄 만큼 떼를 지어 큰절 쪽에서 날아왔다. 까마귀뿐만 아니라 매도 섞여 있었다. 길고 위압적인 날개를 아래위로 천천히 움직이다가 적당한 자리를 찾으면 몇 번 그 상공에서 맴을 돌곤 날개를 접으며 내려앉았다. 그것들에게 밀려가는지 또 한 무리의 새떼가 하늘 한 곳을 가리며 산만하게 몰려갔다. 푸른 빛의 하늘과 그 아래 검초록이 박힌 눈 덮인 산을 배경으로 완만한 비행선을 그리면서 까마귀는 군데군데 검은 털을 흘리곤 했다. 조금은 요란스러웠지만 까마귀와 매의 출현은 매표소 부근을 점차 눅눅한 모습으로 바꿔놓았다. 작은 새소리처럼 재재하지도 않고, 어떻게 보면 우울한 움직임과도 같은데다가 새에 대한 선입감 때문에 음산하다면 음산한 편이었다.

산 속의 모든 새들이 산돌림하듯 이엄이엄 산을 빠져나와 마을을 찾아가고 있었다. 눈이 많이 내리면 산돼지나 노루들도 허기에 지쳐 인가를 찾아 내려온다는 것을 그는 알고 있었다. 어린 시절, 아버지들은 폭설이 내린 다음날이면 설피를 신고 궁노루나 산돼지를 잡곤 했다. 그러나 그는 왠지 모르게 큰스님의 죽음과 산을 떠나는 새들을 따로 나눌 수 없었다.

스님의 예언이 있을 때면 언제나 매서운 눈매를 지닌 검은 옷차림의 사내들이 그림자처럼 산에 나타나곤 했다. 온통 눈뿐인 산 속에서 스님은 싸늘하게 변해 있을 것이다. 온기라곤 찾을 수 없을 괴괴한 산 속 암자. 혹시 밥을 짓는 보살이 죽음을 알리기 위해 큰절로 내려온 사이 눈더미에 눌린 지붕이 내려앉았을는지도 모른다. 그는 먼산을 바라보며 두서없이 떠오르는 불안을 그대로 눈 속에 던져버리려고 애를 썼다. 언제나 하루 늦게 날아오는 신문의 활자와 사진은 우울한 모습으로 지각생의 땀냄새를 풍겼다.

"서울에선 또 수백 명이 잡혀갔군. 젠장! 산골짜기에 처박혀 있으니…… 이 여자가 주무른 돈은 평생 가도 못 모을 거야."

"꼭 연극 같아요."

어깨 너머로 신문을 훔쳐본 김양이 동감을 표했다. 연극이라니! 믿어지지 않는, 믿을 수밖에 없는 현실일 뿐이었다. 그날 밤 그림자 같은 사내들이 무더기로 스님을 방문했던 이후로 스님은 말을 잃어버렸다.

"예언이 도대체 뭐지? 예언을 한다고 세상이 달라질까……"

스님을 두고 한 말이었다.

"다들 미래에 대해 궁금해하잖아요. 인기는 좀 떨어졌지만 그래도 세상에서 가장 오래된 직업이 점쟁이 아녜요?"

"요즘은 가짜 예언자들이 너무 많아."

그는 사뭇 진지하게 평을 하곤 신문을 팽개쳤다. 떠오르는 대로 지껄였다.

"스님 말도 몽땅 거짓말이야. 에이! 이눔의 신세, 눈 속에 파묻혀 허우적거리기나 하니."

관광버스에 올라 승객 수를 세어 입장료와 표를 교환하는 일을 접어두고, 바깥으로 이어진 아스팔트 길을 따라 걷다가 제시간에 배달되는 신문을 볼 수 있는 그런 현실감이라도 접한다면 모를까. 물론 거기에서 또다른 눈더미에 짓눌려 헉헉거리지 않을 까닭이야 없겠지.

등산 안내도의 지붕에 앉은 까마귀가 거푸 엇바꿔 뒷발질을 하며 눈을 흐트려놓고 있었다. 그는 의자 깊숙이 몸을 묻고 유리창 아랫부분에 걸린 새를 바라보았다. 폭설이 아니면 보기 드문 풍경이었다.

"까마귀는 아홉 가지 울음소릴 낸다는 거 알아?"

김양은 울음소리에 귀 기울이는 척했다.

"저 울음은 스님 죽음을 알리려는 걸 거예요."

"그럴까……?"

잊을 만하면 거무스름한 먹물이 눈 위에 뿌려지는 착각과 함께 울음소리가 들려왔다.

"다행히 산장 근처에서 야영했담 모르지. 하지만 그 학생들이 문제야, 문제."

"질긴 게 사람 목숨이래요. 아저씬 아까부터 자꾸 이상한 말만 해요."

그는 슬며시 웃음을 흘렸다.

"지금 상황이 그렇잖아. 거기까지 길이 뚫리려면 일 주일은 걸릴 테고."

까마귀 울음소리가 그치자 그는 웃음기를 지우고 혹 한숨을 쏟아냈다. 시계를 보았다. 정오가 되자면 한참을 기다려야 할 시간이었다. 시곗바늘 역시 눈더미의 무게를 이겨내지 못하는 것 같았다.

"밖에서 전화 한 통 안 오네요."

따분한지 김양이 엉덩이를 꼬집으며 하품을 했다. 좁은 매표소 안은 두 사람이 있기에 무더웠다. 김양은 주먹을 쥐고 허벅지와 등을 번갈아가며 두드렸다. 금고를 열어 동전의 발행 연도를 헤아려보기도 하고 잡지를 뒤적이기도 했다.

"무섭지 않아요? 저 새들만 없다면 좋겠어요. 눈이 모두 녹으려면 얼마나 걸릴까요?"

그녀는 두번째 하품을 하곤 멋쩍어했다.

"새들은 곧 죽을 거야. 모두 떠나지 않으면……"

"죽어요? 저렇게 많은 새가?"

상가에서 낯선 사내가 넉가래를 들고 나왔다. 막막한 듯 한참을 그 자리에 서서 담배연기만 내뿜더니 겨우 호정출입이나 할 정도로 얼뚱 눈을 치곤 안으로 들어갔다. 거기서 매표소까지 길을 뚫자면 한참 걸릴 것이다. 서너 곳에서 미닫이 유리문을 열고 삐끔 내다보다가 까마귀떼의 울음소리에 침을 뱉어놓고 도로 들어가버렸다.

"커피 끓여 올게요."

그녀는 갑자기 심심하고 짜증난 듯 엉덩이에 눌려 주름잡힌 치마를 바로 펴며 매표소를 나갔다. 그사이 밖에서는 조그만 변화가 생겼다. 까마귀 무리에 끼어 있던 매가 쫓기듯 하늘로 솟아올랐다. 곧 서너 마리의 까마귀가 매를 공격하기 시작했다. 싸움이 벌어진 것이다. 덩치가 까마귀의 두 배나 됨직한데도 매는 전혀 힘을 못 쓰고 있었다. 높이 솟구쳤다가 눈 가까이로 곤두박질하듯 내려와서 용케 까마귀들을 떼어놓았다. 싸움은 이내 커졌다. 서너 마리가 시작한 싸움에 나무에 있던 나머지 새들마저 합류했다. 다급한 울음소리가 사방에서 울렸다. 그는 떡하니 입을 벌린 채 넋을 놓고 어린애처럼 눈동자를 굴렸다. 그것 또한 굶주림으로 인한, 아니면 스님이 뱉어놓은 예언의 그물이라는 환상 속에서 벗어난 새들 본연의 모습이라고 재빨리 단정해버렸다.

"뭔가 심상찮은 일이 벌어지려고 이러지……"

한숨 쉬듯 푸념을 내뱉고 그는 전화기를 꼬나보았다. 아침나절 이후 적조하더니 마침내 전화가 걸려오기 시작했다. 그는 관리소를 흘끔 쳐다보곤 계속해서 전화기를 바라보았다. 새소리가 더욱 요란하게 유리창에서 부서졌다. 매는 멀리 도망을 가지 않고 매표소 상공을 뱅뱅 돌며 까마귀들을 따돌렸다. 허공에선 새의 깃털이 싸움에는 관심도 없다는 투로 하품하듯 내려왔다.

"술까지 드셨던데요. 아주 곯아떨어졌어요."

김양은 김이 솟는 커피잔을 탁자에 내려놓았다.

"이젠 싸움까지 하네!"

새떼들이 매표소 부근에서 조금 떨어진 곳으로 전장을 옮겨가자 주위는 갑자기 흰 눈이 무섭게 빨아들이는 고요 속에서 숨을 죽이며 멈칫거렸다. 가공할 만한 눈과 그 살갗을 핥는 햇살의 움직임이 사방에서 분주하게 꿈틀거렸다. 그의 맥박을 급하게 진동시키는, 속내에 도사리고 있는 흥분과 불안의 급소를 찌르는 듯한 전화벨 소리가 다시 따—따— 급하게 첫 소리와 둘째 소리를 뱉었다. 그는 김양을 향해 턱을 주억거렸다. 이어 재빨리 손바닥을 펼쳐 얼굴 앞에서 흔들며 자신의 존재를 지웠다. 그의 표정을 읽은 그녀는 그가 듣기에도 따분한 사무적인 말투로, 처삼촌 묘에 벌초하듯 그의 부재를 폭설 탓으로 둘러댔다. 그녀는 몇 마디 사무적인 탄성과 함께 수화기를 내려놓곤 그에게 전할 말의 순서를 정하는 듯 시큰둥한 표정으로 밖의 화장실 근처에 시선을 보냈다.

"산장인데요. 텐트 치고 야영하던 등산객들 세 명이 방금 도착했대요. 산장까지 여섯 시간이나 걸렸는데 산 속에 아직 야영객들이 더 있을 거래요. 거기 말론 생사도 모르겠대요."

"눈이 너무 왔군."

담배를 쥔 손이 가볍게 떨렸다. 그녀에게 고맙단 속말을 하곤 남은 커피를 입에 쏟아넣었다. 그리고 생각난 듯 말했다.

"김양, 전화했던 등산객들이 입장료는 냈겠지?"

"예에? 입장료요?"

그녀는 어이없다는 한숨을 뱉으며 산등성이께로 날아갔던 새들이 다시 매표소 가까이 몰려와 싸우는 것을 보려고 얼굴을 치켜들었다. 깃털이 빠져 지그재그로 널브러진 급박한 새들의 울음소리가 칼날처럼 사방에 가득 찼다가 눈 속으로 꽂혔다. 등에떼가 소의 피를 빨아먹듯이 한 마리의 매를 놓고 까마귀들이 떼를 지어 매의 꽁무니를 쫓거나, 매가 지친 듯 잠깐 멈추면 곧 사방으로 흩어져 공격하곤 했다.

"무엇 때문에 저렇게 싸울까요? 매는 왜 도망가지 않을까……"

그녀는 새들의 깃털이 풀썩풀썩 날릴 때마다 무서운 듯 몸을 움츠렸다. 전화벨이 다시 따-따- 울렸다. 끄떡없이 새들의 싸움을 구경하는 그를 흘겨보고 그녀는 수화기를 들었다.

낙서와 라면 국물, 반찬 찌꺼기가 말라붙은 며칠 전 신문 속의 사진들, 분노하고 있는 익명의 무수한 얼굴들이 하늘에 떠 있었다. 돌아가신 스님의 암자 주변을 배회하는 어둔 그림자들을 보았을 때의 답답함도 떠올랐다. 그러나 그는 여전히 매표소에 처박혀 있었다. 그림자 같은 사내들도 아직 산 속에 있음이 분명했다.

까마귀떼의 울음소리 때문에 잘 들리지 않는 듯 그녀는 자주 인상을 찌푸리면서도 힐끗힐끗 하늘만 올려다보며 상대방의 말을 서둘러 자르지 못하고 있었다.

"지서예요. 등산객들 조난신고가 들어오면 연락해달래요. 여기
책임잘 찾기에 눈 펑켈 댔어요. 아유 저눔의 새새끼들, 무서워 죽겠
네! 소장님을 깨울까요?"

그는 고개를 가로저었다.

"소장을 깨운다고? 그래서 뭘 어쩔 건데?"

"그래도…… 지금 사람이 죽어가고 있잖아요. 어떻게 모른 체할
수 있어요?"

"눈이 녹으면 모든 게 제자릴 찾아갈 거야."

"말도 안 돼요!"

그녀가 벌떡 일어났다. 그런 그녀를 그는 천천히 돌아보았다. 발
갛게 상기된 얼굴을 꼿꼿하게 세우고 있었지만 그의 눈에는 눈구덩
이에 파묻힌 연약한 짐승처럼 보였다.

산 속에서 벌어지고 있는, 어쩌면 생과 사가 뒤엉켜 돌아가는 극
도의 어지러운 일들은, 조그만 매표소 안에서 단잠에 들어 꾸는 짧
은 꿈속의 일인 것만 같았다. 예고 없었던 폭설과 겹친 스님의 죽음
은, 돈을 받고 입장권을 건네주는 무료한 일상에 빠진 그에게 던져
진 꿈같은 휴가였다.

또 전화가 걸려왔다. 전화는 그의 몸살을 염려하는 의사의 주삿바
늘처럼 날카롭게, 순간순간 그의 혈관을 뚫고 들어왔다. 일상을 깨
뜨리고 저희들끼리 싸우는 새떼처럼, 창 밖의 하늘을 보며 그는 다
시 동경에 사로잡혔다. 그 까마귀들의 울음소리가 창에 부딪혀 부
서질 때마다 무엇 때문인지 모르지만 안타까움에 두 손을 벌리고
그것들을 하나하나 받아놓고 싶었다.

주인을 잃고 당황한 개가 집으로 되돌아갈 수 있는 유일한 단서인
오줌 냄새를 잊어버린 듯 김양은 겁에 질려 있었다. 그녀는 연이어

걸려오는 바깥의 연락마저도 두려워했다. 어쩌면 또다른 갇힌 곳에서의 한마디 연락에 몸을 후들후들 떨며 움직일 수 없는 그녀의 처지를 새삼 깨달은 것인지도 모른다. 시곗바늘이 눈 덮인 오후의 나른함으로 이동하고 있었지만 어쩐지 뒤죽박죽인 시간 속에 갇힌 기분이었다. 그는 맥이 풀린 듯 의자를 가능한 한 뒤로 빼어놓고 그녀를 살폈다. 순간 그녀에게서 발정기에 들어선 암컷의 울부짖음이랄까, 이상한 울림이 복화술처럼 웅얼거리며 새어나오는 것을 알아챌 수 있었다.

"서쪽 암자로 떠난 스님들도 감감무소식이래요. 진고개에서 빙벽 훈련중인 학생들한테서 연락 없었냐고 물어왔어요. 무척 거친 말투라 잘 알아들을 수 없었어요. 저도 잘 모르겠어요. 왜 모두들 매표소에다 대고 화를 내는 거죠?"

그는 고개를 끄덕였다. 누구의 의견에 대한 답인지 모호한 끄덕임을.

새들의 싸움은 시들해졌다. 무수히 많은 난삽한 검은 선을 하늘에 긋던 까마귀떼는 매표소 건너편의 전나무로 추락하듯 내려와 꽁지를 들썩거리고 있었다.

쫓기던 매는 떠나지 않았다. 여전히 매표소 위의 까마득히 높은 하늘 한 곳에서 날개를 파닥이며 멈춰 있었다. 조금 아래에 남아 있던 까마귀들도 포기한 듯 긴 포물선을 그으며 어디론가 날아갔다. 새들이 흩뿌린 빛깔 때문일까. 눈에 파묻힌 매표소 일대는 눅눅하게 모습을 바꾸었다. 건너편 전나무숲의 을씨년스러움이 차츰 밖으로 응달의 시린 공기와 계곡의 나뭇가지를 스쳐 지나온 바람을 쏟아냈다.

그는 소파 안에서 앙증맞은 작은 몸을 둥글게 만 채 꼼짝 않는 그

녀를 두고 매표소를 나왔다. 놀란 그녀가 겁에 질려 어디로 가느냐
고 물었다.

"무얼 좀 먹어야지."

희고 고요한 외길 끝을 그는 한참이나 바라보았다.

상가에는 여전히 사람 그림자가 보이지 않았다. 겨울이면 장사가
안 돼 몇 집은 아예 문을 닫는데다가 남아 있는 상가마저도 휴일에
만 주로 영업을 했다. 관리사무소 입구의 다보록한 눈더미에는 노
란 오줌 구멍이 군데군데 보였다. 그는 관리소로 들어가 라면과 물
을 가지고 나왔다. 매표소 안에서 줄곧 그의 뒤를 시선으로 쫓고 있
던 그녀가 뛰어나와 컵라면을 받았다.

"소장님은요?"

"이슥해야 깨어나겠지."

"모두들 어떻게 될까요?"

그녀는 조심스레 그의 표정을 살폈다. 그는 난로 위에 올려놓은
주전자에서 흘러내리는 물이 지직거리며 타는 것만 시선에 담고 있
었다. 난로의 뚜껑에 떨어진 물이 금세 물방울로 변해 떼구르르 요
동을 치다가 작아져서 없어지고 버짐 같은 흔적이 희부옇게 드러
났다.

"모두 죽진 않겠죠?"

"왜? 겁이 나? 어째서?"

"우린 표를 팔았잖아요."

"표? 표오……"

족대기는 새소리가 유리창에 부딪혀 조각났다. 스님이 날려보낸
호음조(好音鳥)인지도 모를 한 무리의 새떼가 산에서 빠져나오고 있
었다. 매는 여전히 같은 위치에서 날개를 파닥였다. 그것은 꼭 쫓기

던 매가 도리어 아래의 까마귀를 노리고 있는 느낌을 주었다. 그는 난로 위 주전자에 올려놓은 시선을 이따금 하늘의 매에게로 보냈다. 움직이지 않는 매에 대한 일종의 조바심이라고 해야 옳을 것이다. 매가 노리는 닭을 지키는 일이란 언제나 지루했다. 지쳐 포기할 때쯤이면 급강하해서 닭을 꼼짝 못 하게 만들었다. 창자가 파헤쳐져 죽은 닭을 발견하면 낭패감보다는 매에 대한 감탄이 들었다.

매는 앙갚음의 기회를 노리는 것이다. 그는 라면을 비우고 담배에 불을 붙였다. 숲의 그늘은 훨씬 더 많이 밖으로 빠져나와 있었다.

"우리가 무얼 해야 하죠?"

뱃속의 충만감 따위는 느끼지도 않는지 그녀는 다시 채근했다.

무엇을 해야 할까. 표를 팔았다는 그것 때문에. 그렇다면 죽음으로 가는 표를 팔았단 말인가. 아니, 그런 억지가 어디 있는가! 이 표는 국립공원 입장료와 사찰 관람료에 불과한 종이 쪼가리일 뿐이다. 약간의 지방세와 교육세가 덧붙었을 뿐 어디에도 죽음의 냄새를 풍기는 문구 따위는 없다. 산으로 들어가지 않겠다는 사람을 강제로 표를 끊게 해서 떠밀었다면 또 모르겠다. 쓸데없는 동정심을 난로처럼 끌어안고 손을 비빌 것까진 없는 것이다. 그런데……

스님은 어디까지 알고 죽었을까……

신문을 뒤적였다. 그러나 곧 그는 한 무리 새떼의 이동을 보며 자조의 한숨을 내뱉었다. 물론 스님의 예언과는 아무런 상관이 없었다. 연이어 담배를 빨곤 칙칙한 하늘을 날아가는 새들의 모습을 목을 어루만지며 바라보았다. 어쩌면…… 스님이 던져놓은 세상에 대한 예언의 뒷면은 야유와 욕설인지도 모른다. 스님의 죽음과 함께 그것들은 한 마리 한 마리의 새로 변해 산을 떠나가는 것은 아닌지. 예언과 희망의 그물에 얽매여 있다가 그물의 완고함이 잘려나가자 오랫동안 접었던 날개의 효능을 확인하려는 것은 아닌지. 매표소 앞 전나무숲에 있던 까마귀들의 일부도 덩달아 그 새들을 따라 떠났다. 그러나 매는 여전히 같은 자리에서 날개를 파닥거리고 있었다.

"모두들 죽을 거예요."

"왜지?"

"그냥, 그런 예감이 자꾸만 들어요."

그녀는 단단하게 팔짱을 끼었던 손을 풀어 힘없이 늘어뜨린 채 조금씩 몸을 떨었다. 소파에 몸을 떠맡긴 그녀는 머리를 등받이에 기댄 채 하늘의 매를 바라보았다. 그는 그녀의 옆모습에서 시선을 떼어 역시 하늘의 매에게로 고정시켰다.

남아 있던 까마귀들 중 몇 마리가 다시 숲을 떠나 마을 쪽으로 날아갔다. 이제 불과 서너 마리가 남았다. 매는 조금씩 날갯짓을 멈추었다. 공중 화장실 옆의 전봇대에 한 마리, 그 옆 등산 안내도 지붕에 두 마리의 까마귀가 있었다. 마침내 매가 까마귀를 공격할 때라는 것을 그는 알았다. 그러나 매는 좀처럼 시도하지 않았다. 그가 지금이야, 지금! 하고 속으로 부르짖었지만 소용없었다. 주위의 끄무레한 그늘이 자리를 넓혀갔다. 까마득히 높은 곳에서 정지해 있는 매의 동태에 애가 타는 듯 그는 침을 삼켰다. 얼마 있지 않아 매는 섬광과 같은 사선을 그으며 지상으로 내려올 것이 분명했다. 얼마 있지 않아.

그때였다. 노랑빛이 언뜻언뜻 비치는, 낯선 새 한 마리가 매표소 근처로 날아와 층층나무의 가지에 앉았다. 순간 그의 가슴이 급박하게 요동치기 시작했고 매는 날개의 움직임을 멈춘 채 하늘에서 지상으로 던진 돌팔매처럼 빠른 속도로 바람을 갈라버렸다.

그녀가 아! 하고 짧은 비명을 내질렀다. 매와는 달리 그녀를 끌어 안은 그는 몹시 허둥거리고 있었다. 매는 층층나무의 새를 두툼한 발톱으로 내리쳐 눈 바닥에 꼬꾸라뜨렸다. 작은 날개를 눈 속에서 파닥거리는 새를 향해 곧바로 내려와 다시 한번 눈 속에 처박았다. 어쩐 일인지 까마귀들은 울음소리와 함께 나무를 떠났다. 파닥거리는 새의 주변에 노란 깃털이 흩날렸다. 기세를 잡은 매는 십여 미터 상공으로 떠올라 커다란 날개를 퍼덕이며 잠깐 정지해 있더니 이윽고 내려와 두 발로 새를 짓누른 채 부리를 매섭게 놀렸다. 작은 새의 울음소리가 재우쳐 가늘게 새어나왔지만 날갯짓은 차츰 느려졌다. 매는 짧은 울부짖음과 함께 부리로 새의 털과 껍질을 뜯어냈다. 짓붉은 피가 파편처럼 튀어 그늘이 고인 눈 위에 뿌려졌다. 피투성이 내장이 눈 위에 널브러졌다. 마침내 배를 채운 매는 자신의 부리와 날개에 온통 피칠을 하고 두어 발짝 떨어졌다. 그리곤 피 묻은 부리를 눈에다 쓱쓱 닦아내고 있었다.

그녀는 간간이 울음을 게워놓았다. 땀이 끊임없이 흐르고 있었다. 매표소 안이 너무 덥다고 그는 여겼다. 그렇지만 그 자리에서 움직일 조금의 힘도 없었다. 옷을 찾아입고 담배를 물었다. 방금 전의 전장에서 피어나는 연기처럼 모든 것들은 말을 잃고 침묵하고 있었다. 단지 간헐적으로 들려오는 그녀의 울음소리가 전부였다. 그는 자신의 볼을 타고 흐르는 땀을 닦고 나서 그녀도 닦아주었다. 매표소 유리창으로 전나무숲의 우듬지와 그 뒤로 산봉우리가 걸려 있었다. 또 한 무리의 새떼가 흐릿한 하늘을 이고 떠나갔다. 죽은 스님이 중생을 구제하려 했던 제도 방편의 예언들이 편언척자(片言隻字)로 화하였다가, 다시 한 마리 한 마리의 새가 되어, 살아가는 것인지 죽어가는 것인지 모르게 산을 떠나가고 있었다. 뒤로 텅 빈 산의 쓸쓸한 바람이 아름드리 나무들을 연신 울려댔다. 그녀는 작게작게 울음을 토하며 조그만 침상에서 일어나 옷을 찾아입었다.

텅텅 비었을 산에서 불어오는 바람이 매표소의 틈새로 들어왔다. 그는 조바심을 담배로 태웠다. 벌써 서너 시간 동안 전화가 끊긴 상태였다. 거대한 눈더미의 산 속에서 지금 살아 있는 것은 그와 그녀 단둘뿐이라는 생각이 들었다. 그가 끊어준 입장권을 가지고 모두들 떠나간 것이다. 깊은 눈에 파묻혀 잠을 자다가 어느 순간 잠에서 깨어 옷을 털며 부스스한 모습으로 그들은 걸어나올까. 마음속에서 몰래 키워온 흥분과 불안의 꽃망울은 정말 봉오리를 터뜨린 것일까. 산에서 불어오는 서늘한 바람이 그의 몸 어딘가로 비집고 들어와 모든 기관들을 얼리고 있었다. 그는 눈을 감았다. 잠시 그녀를 생각했다. 이어 스님을 떠올리고 새들도 기억해냈다. 새들의 하늘에서 매는 또 맴돌고 있을까. 침상에서 일어난 그는 의자에 앉아 제발 한 통의 전화라도 걸려왔으면, 하는 심정으로 전화기를 노려보았다.

"이게, 우리가 할 수 있었던 최선일까요……?"

최선이라니! 하지만 그는 주위의 침묵을 깨고 내려오는 거대한 헬리콥터의 프로펠러 소리 때문에 그녀의 물음을 곱씹을 여유가 없었다. 그는 창문 가까이 얼굴을 가져가 하늘을 보았다. 군용 헬기 한 대가 구호물자인 듯한 상자를 매단 채 관리소 상공에서 커다랗게 원을 그리곤 진고개 쪽으로 날아가고 있었다.

그는 담뱃불을 비벼껐다. 매표소 건너편 눈 위에 널브러져 있는 새의 몸뚱이를 훔쳐본 그녀는 옷매무새를 고쳤다. 그는 그녀를 훔쳐보며 새 담배에 불을 붙였다. 최선이라니! 침침한 매표소에 형광등이 켜졌다. 그는 조금 후면 잠에서 깨어날 소장에게 그 동안의 상

황을 설명할 순서를 잡았다. 산으로 이어진 전나무숲이 토해내는
바람은 불빛 속으로 싸라기 같은 눈을 날리고 또 한 무리의 새떼가
산을 떠나가고 있었다.

가수는 노래하지 않는다

"아저씨 총 좀 빌려줘!"

"총?"

장평(長平)집 꼬마가 박순경이 허리에 찬 권총을 부럽다는 눈으로 보고 있었다. 자기를 괴롭히는 시장통의 또래들을 혼내주겠다는 걸 백원짜리 몇 닢으로 타일러 보내는 그의 얼굴로 흙먼지가 몰려왔다.

대합실을 지나 정류장을 에두르는 철망을 빠져나간 먼지는 추수가 끝난 밭고랑으로 뉘엿뉘엿 내려앉는 그늘 속으로 모습을 감췄다. 단단히 여민 옷깃을 비집고 들어온 바람에 온몸에서 소름이 우둘두둘 돋는 것 같았다. 뱃속으로 힘을 불어넣으며 옆에 선 조순경을 슬그머니 훔쳐보았다. 아까보다 천천히 입을 우물거리는 것을 보곤 긴장을 풀며 미소를 흘렸다. 조순경은 잔뜩 움츠렸던 어깨를 젖히고 허리를 좌우로 돌리며 가벼운 체조를 시작했다. 박순경도 추위에 그대로 굳어버릴 듯한 얼굴의 미소를 지우고 손을 시린 볼로 가져가 두어 번 아래위로 문지르고 나서 땀이 찬 단화 속의 발가락을 꼼지락거리다 시멘트 바닥을 툭툭 두드렸다. 너무 선명하여 부서질 위험이 있는 뒷굽의 소리를, 살얼음장모양 불어온 바람이 베어버리곤 진입로 쪽으로 빠르게 사라졌다.

박순경은 움찔움찔 떨리는 몸을 추스른 뒤 손목시계에 호호 입김을 불어 유리를 닦았다. 시간이 가까워지고 있었다. 고개를 들어 산그림자가 포복하듯 배를 붙이고 있는 고속도로의 진입로를 지그시 노려보며 나직한 목소리로 숫자를 세었다.

"여얼, 아홉, 여덟, 이일곱……"

재수가 좋았다. 정확히 일곱이라는 숫자에 버스는 고속도로를 벗어나 오른쪽 등을 깜빡거리며 진입로로 접어들었다. 매번 초읽기를 했지만 가장 마음에 드는 숫자에서 나타난 적은 드물었다.

정류장으로 들어서기 직전에 버스는 두 사람 앞에서 급하게 멈췄다. 덕분에 가라앉았던 먼지가 최루탄이 터진 것처럼 풀썩이며 일어났다. 조순경은 우물거리며 씹던 껌을 바퀴 앞에다 뱉으며 투덜거렸다. 차창에서 빠져나온 불빛이 따스했다.

박순경은 검문일지에 반듯하게 접혀 있는 현상수배자 전단을 펴대충 훑어보곤 승강대에 올랐다. 짧게 숨을 가다듬고 한 계단 더 올라 통로에 섰다. 밖과는 달리 훈훈한 온기가 몸을 감싸왔다.

"잠시 검문 있겠습니다."

거수경례를 붙였던 손을 내리자 이내 버스 구석구석으로 잔잔한 동요가 번졌다. 늘 그래왔던 것이고 또 의당 그래야만 했다. 한 발한 발 여운을 남기며 걸음을 옮겼다. 긴 여행의 냄새를 풍기며 고개를 늘어뜨린 채 잠을 자던 승객 몇이 짜증난 얼굴로 그를 보았다. 몇은 그대로 졸고 또 몇은 낯선 창 밖으로 얼굴을 돌렸다. 허리에 찬 권총이 석석거렸다.

　통로 중간쯤. 선반에 올려놓은 가방이 밖으로 비어져나와 아무래도 떨어질 것만 같았다. 그것을 흘깃 넘겨보곤 다시 승객들 한 사람 한 사람에게 따가운 시선을 꽂았다. 담갈색 코트가 눈에 들어왔다. 뒷좌석으로 이동할수록 속을 울컥거리게 하는 냄새와 그 색깔이 썩 어울린다고 생각했다. 하지만 어울린다는 것과 검문하는 일은 별개라는 생각이 들어 그만 씩 웃고 말았다. 이런, 웃다니. 그는 재빨리 얼굴에 잡힌 보조개를 지우곤 창 밖을 보는 척 얼굴을 돌렸다. 정류장에 깔려 있는, 아직 덜 여문 불빛 안으로 들어온 흙먼지가 누렇게 밝아졌다가 이내 사그라들었다.

　운전석으로 되돌아서다 말고 문득 박순경은 무언가 뒷덜미에 달라붙는 듯한 근질거림을 놓치지 않았다. 그 정체를 확인하려고 눈에 힘을 준 채 재빨리 고개를 돌렸다. 썩 어울린다고 여겼던 옷의 주인이 그의 자존심을 뚝뚝 잘라버리는 표정을 채 수습하지 못하고 있었다. 허리띠에 걸린 권총이 허벅지에 부딪혀 석석거렸다. 무안함과 함께, 하나 걸렸구나, 어디 좀 당해봐라, 하는 심술을 자제하기 힘들었다.

　"아가씨, 죄송하지만 신분증 좀 보여주십시오."

　박순경을 바라보는 여자는 그제야 제법 당황한 표정을 지었다. 보통 여자 혼자나 연인 사이인 승객들은 검문하지 않는 것이 관례처럼 되었는데 이렇게 깨어지게 된 것이 조금은 아쉬웠다. 어색한 침묵이 버스 안에서 느적거리기 시작했다. 어서 버스에서 내리고 싶은 충동이 박순경을 사로잡았다. 내색하지 않아도 승객 중에 그의 출현을 달갑게 여길 사람이 없음은 분명한 사실이었다. 휴게소가 아닌 검문소에서 멈춘다는 것에 대해 승객들의 반응은 점점 냉담해

갈 뿐이었다. 더욱이 검문의 명분이 급속하게 사라져가는 시국이었
다. 허리에 걸린 권총의 무게가 갑자기 자신을 통로에 주저앉게 할
지도 모른다는 불안감이 서늘한 바람으로 스쳐갔다.

　"여기 있어요."

　여자가 건네준 신분증을 들고 그는 차창 너머로 시선을 옮겼다.
어스름이 내린 정류장과 장거리로 흙먼지가 지나가고 벌써 취한 듯
한 방위병들이 당구장으로 들어가는 게 보였다. 뒤편은 한옥이고
앞만 양옥으로 뜯어고친 흙다방에서 차배달을 나온 낯선 얼굴의 레
지가 잰 걸음으로 방위병들이 들어간 당구장으로 모습을 감췄다.

　"학생이신가요?"

　"아뇨."

　의외로 지쳐 보이는 얼굴인 여자의 옷차림은 화려하진 않았지만
주위와 조화를 잘 이루었다. 하지만 박순경은 또 웃진 않았다. 저편
에 귀퉁이만 보이는 지서가 눈에 들어왔기 때문이었다. 검문일지에
이름과 생년월일을 적으면서 다시 차창 밖을 슬그머니 보았다. 먼
산의 능선에 겨우 걸린 하늘은 대부분 어둠이 갉아먹은 뒤였다. 그
아래로 뭉툭뭉툭 비어져나온 거무튀튀한 산봉우리에서 딸꾹질하듯
쏟아놓는 바람이 정류장을 휩쓸고 가는 것이리라. 그는 주민등록증
에 붙은 사진의 앳되고 건강한 얼굴과 차창 곁에 앉은, 겹겹이 배어
있는 피로를 억지로 감추고 있는 여자의 핼쑥한 얼굴을 확인했다.

　"어디까지 가십니까?"

　"여기 장평요."

　"장평엔 무슨 일로?"

　"아저씨, 꼭 그렇게 꼬치꼬치 조살 해야 해요?"

　그는 더 서 있을 수가 없었다. 심술기를 거두기로 마음먹었다.

"죄송합니다. 요즘 비상이 걸려서…… 다 됐습니다."

단화 소리가 열 걸음을 못 채우고 다시 멈췄다. 다분히 사무적으로 경례를 마쳤다. 버스 안에 고여 있던 무거운 공기를 몰아내기라도 하듯 엔진 소리가 커지고 그는 버스에서 내렸다.

늦가을과 초겨울의 실오라기 같은 경계선에서 줄타기를 하는 매운 바람이 대합실 유리창에 붙어 있는 손바닥만한 광고지를 찢고 있었다. '해변 카페'에서 여종업원을 구한다는 빛 바랜 글씨가 요동을 쳤다. '해변 카페. 초보 환영. 숙식 제공. 월 삼백만원.' 사시사철 사라지지 않는 광고지였다. 바람과 비에 낡아 문드러지거나 누군가 코웃음을 치며 찢어버려도 어느 틈엔가 새것이 그 자리에, 아니면 이웃의 전신주 눈높이쯤에서 붉은 글씨로 시선을 불렀다. 무료할 때마다 그는 주소조차 없는 해변 카페를 막막하게 떠올리곤 했다. 소문과는 달리 그곳에 들어가면 탯줄이 끊긴 방처럼 왠지 편안할 것 같았다. 만약 여자라면 한번쯤 찾아가려고 마음을 다잡았을지도 모를 일이다. 광고지를 보고 해변 카페의 바다를 떠올리며 전화를 거는, 지치고 상처 입은 날개를 가진 여자. 그곳을 찾아 버스에 몸을 실은 여자의 주머니에는 무엇이 들어 있을까 궁금했다. 희망? 더이상 어찌할 수 없는 체념일까. 아니, 그곳에 과연 바다가 있을까. 박순경은 점점이 이어졌다가 자취를 감추는, 바다로 갈 수 있는 고속도로에서 서성이다가 서늘한 바람에 움찔 놀라며 조순경을 바라보았다. 어느새 그는 입을 우물거리며 새 껌을 씹고 있었다. 버스는 대합실 건물을 한 바퀴 돌아 정류장에서 손님을 내려놓았다. 단화로 시멘트 바닥을 탁탁 두드리며 시계를 보았다. 짐작한 것과 달리 시곗바늘은 그리 멀리 가 있지 않았다. 남은 시간을 매번 버텨왔으면서도 어떻게 견딜까 생각하니 새삼 막막함이 단짝이라도 된 양 팔짱을 껴왔다. 설익은 어둠의 파편들이 장거리로 걸어가는 한 여자의 작은 어깨를 갉아먹고 있었다. 버스에서 만났던 여자였다.

해변 카페를 찾아가는 여자…… 불행히도 이곳 장평에는 해변 카페가 없다.

공중전화 부스 앞에서 앳돼 보이는 두 명의 계집애들이 또래의 남자들과 깔깔대고 있었다. 조순경만 대충 구슬리면 가까운 장평집에 가서 속이 든든하도록 뜨끈한 배춧국에 막걸리 몇 잔 걸칠 수 있을 텐데 왠지 선뜻 말이 나오지 않았다. 조순경은 단물이 진작에 빠졌음직한 껌을 재빠른 입놀림으로 씹었다. 주임의 속마음을 제 손바닥 보듯 헤아리는 조순경은 눈 밖에 벗어나는 일은 결코 들키지 않았다. 그러나 그가 근무시간에 술 몇 잔을 마시거나 다방에서 레지와 노닥거릴 때면 어떻게 알았는지 신기할 만큼 주임에게 보고가 들어갔다. 그런 면에서 은근하게 조순경이 부러웠던 적이 많았다. 요령을 물어보려고도 했지만 어쭙잖다는 생각이 들어 그만두었다.

"조순경, 한 바퀴 돌고 올게."

"한잔하려고요?"

박순경은 더는 참지 못하겠다는 억지 울상을 지으며 검문소를 빠져나왔다. 대합실의 유리창 너머에서 담배를 피우던 동해여객의 배차원이 손을 들어 인사를 했다. 한때 장거리에서 건달 노릇을 자처하며 포커판을 들락거리다가 꽤 큰돈을 날렸다는 소문과 함께 한동안 나타나지 않더니 얼마 전부터 배차원 생활을 하는 비슷한 연배의 사내였다. 면소재지의 좁은 장거리를 에워싸며 시나브로 진입을 서두르는 어둠 속에 피어 있는 키 작은 불빛의 꽃들은 왠지 춥고 불안해 보였다. 위험을 눈치챈 듯 몇 대의 차량이 불빛을 깜박이며 빠져나가고, 아무것도 모른 채 고속도로에서 들어오는 차량이 조금이

나마 숨통을 터주었다. 뒤에서 조순경이, 박형, 이번에 또 걸리면
안 좋아! 하는 목소리가 또렷하게 귓바퀴를 때렸다. "새끼, 아예 다
들으라고 고함을 질러라!" 언제부터 조순경이 툭하면 말을 놓기 시
작했는지 알 수 없었다. 박순경은 서둘러 불빛의 따스함 속으로 몸
을 뉘고 싶었다. 새로 부임한 여선생인지, 목도리로 입까지 가린 낯
선 여자가 종종걸음으로 그의 곁을 지나쳤다. 추위를 탄 여자의
동그란 눈동자가 잠시 허공에 떠올랐다. 뒤를 돌아보았다. 여자는
저만치에서 등을 구부린 채 걷고 있었다. 문득 박순경은 막막하게
떠오르는 어떤 여자의 지친 듯한 얼굴을 바라보다가 고개를 홰홰
저었다. 버스에 오르면 잠깐 비쳤다가 떠나가는 헤아릴 수조차 없
는 얼굴들……

　고원분지의 겨울은 매년 일기예보보다 먼저 도착해 채 붉어지지
도 못한 고추를 시들게 해놓곤 아침이면 흰 눈부심으로 반짝이거나
해질녘의 바람에도 슬쩍 소문을 흘려놓았다. 면소재지를 겹겹으로
에워싼 산능선은 들이닥친 추위로 온몸에 버짐이 번지는 듯 누렇게
변하고 있었다. 손으로 긁으면 금방이라도 누런 비듬이 우르르 쏟
아질 것만 같은 가려움증을 낮 동안 참았다. 가파른 산등성의 소나
무숲을 빠져나온 바늘바람은 웅크린 채 거리를 오가는 사람들의 볼
에 불그레한 꽃을 피웠다. 다방 레지가 좁은 치마폭 속에서 걸음을
놀렸다. 가방을 멘 학생들이 시내버스 시간에 맞추려고 분식집에서
튀어나왔다. 주인은 미처 닫지 못한 출입문을 재빨리 닫곤 회오리
에 편승한 흙먼지가 아스팔트를 휘젓고 다니는 거리를 유리창 너머
에서 바라보았다.
　박순경은 장거리에 서서 잠깐 동안이지만 술집의 온기에 느슨하

게 풀어졌다가 급하게 움츠러드는 몸을 추슬렀다. 콧물이 흐를 것 같았다. 낯선 이물질이 목구멍에 걸려 있는 듯했다. 급기야 마른기침을 캑캑 뱉어놓고서야 걸음을 옮길 수 있었다. 터덜거리는 단화 위로 지서의 불빛이 파르르 요동쳤다.

"망할 놈의 비상은 시도때도없이 걸리니!"

어디로 보내야 할지도 모르는 불평을 던져놓고 어기적어기적 정류장으로 방향을 잡았다. 적재함 가득 포장을 씌운 채 검문소에 멈춰 있는 트럭의 불빛이, 자주 눈까풀이 감기는 시야로 꼬랑지를 흔들며 다가왔다. 얼굴이 불빛에 드러나기도 전에 그를 알아본 조순경이 어서 오라는 시늉을 했다. 조순경 주위에는 서넛의 사내가 둘러서 있었다.

"아, 글쎄 안 된다니까요. 과적차량입니다."

"이봐, 조순경. 아는 사람이 왜 그래? 배추란 게 시간 못 맞추면 값이 똥값인 거!"

조순경과 일면식이 있는 인근 주민들인 모양이었다. 술기운인지 감기기운인지 확실치 않은 피로에 밀려 박순경은 대합실 외벽에 등을 기댄 채 물끄러미 그들의 행태를 눈에 담았다. 세 사내는 시간이 흐를수록 말투를 누그러뜨리며 조순경을 붙잡고 애원 비슷하게 늘어놓으며 채소차를 통과시켜달라고 부탁하였다. 조순경은 막무가내로 원리원칙을 되풀이해 중얼거릴 뿐이었다.

저렇게 존득하니까 나이도 어린 게 계급이 같을 터였다. 저네들 입장을 뻔히 알면서 그러는 것에 부아가 났지만 한편으론 몹시 부러웠다. 좀처럼 끝날 것 같지 않은 말싸움이 오가자 배차원을 선두로 구경꾼들이 모여들었다. 시계를 들여다본 박순경은 검문일지에 서둘러 서명을 하고 정류장을 나왔다.

조잡한 빛을 흘리는 네온만 바람 속에 을씨년스럽게 켜져 있는 장거리는 저녁의 구들장으로 돌아가려는 기색이 역력했다. 당구장과 다방, 술집 들이 그나마 생색을 낼 뿐이었다. 그가 처음 장평에 왔을 때완 비교할 수 없을 만큼 변했지만 주민들은 늘어나지 않고 겨우 현상유지에 급급했다. 채소를 사려는 장사꾼들이 북적거릴 때나 외지인들 얼굴을 잠깐 보는 정도였다. 이어 닥치는 긴 겨울 내내 날리는 눈송이 속에서 게으르게 꿈지럭거리는 생활의 계속이었다. 다방이나 술집엘 가도 늘 그 얼굴이 그 얼굴로 자리를 차지하고 앉아 하품을 빼어놓으며 인사를 건넸다. 그런 한량들의 심심증을 달래주는 일은 새로 온 다방 레지와 여관방을 차고앉아 며칠 밤을 지새우는 도박이 고작이었다. 게으르게 그 생활에 적응하면서 언제부턴가 박순경은 자신을 둘러싼 모든 것들이 더이상 앞으로 나아가길 꺼려하고 있다는 것을 알았다. 술집과 지서, 검문소에서 마음은 유행가처럼 기억 속으로 되돌아가 그 어느 지점에 멈춰서 돌아오길 거부했다. 박순경은 그 지점이 자신의 생에서 빛나는 꽃시절이었다고 흐뭇해하다가 곧 깊은 우울에 빠지곤 했다. 몇 마디 말도 주고받지 못한 채 애를 태우던 여자는 눈부시고 신고스런 꿈을 찾아 떠났고 그 역시 생각조차 못했던 곳으로 떠밀려왔다.

몇 잔 들이켠 술이 하복부를 팽팽하게 당기고 있음을 느끼며 지서 계단 앞에서 잠시 멈췄다. 정확하게 다섯 계단 사이를 두고 다시 다섯 계단이 현관문과 연결되어 있었다.

딛고 올라온 계단을 여섯까진가 세고 무슨 딴 생각에 젖었다가 다시 번호를 매기려고 했을 땐 이미 문을 열고 안으로 들어와 있었다. 그를 바라보는 주임을 향해 가벼운 목례를 하고 자리에 앉았다. 백지가 끼워진 낡은 타자기 자판에는 제법 먼지가 내려 있었다. 주임은 책상에 쌓아놓은 신문과 여성지를 뒤적거리며 뭔가 읽을거리를 찾았다. 그는 집게손가락으로 타자기의 자판을 천천히 두드렸다. 백지에 쌓였던 먼지가 튀어나온 활자에 맞아 요동을 치며 솟아올랐다가 가라앉았다. 백지의 좌측 상단에 한 여자의 이름이 검게 찍혔다. 박순경은 지그시 눈을 감았다.

따스한 실내온도까지 가세해 눈까풀을 짓누르는 것을 참느라 박순경은 가끔씩 그에게로 넘어오는 주임의 애매한 시선이 무엇을 요구하는지 몰랐다. 의자에 밀착시킨 엉덩이와 등이 근질거리기 시작했다. 엉덩이를 좌우로 두어 번 움직이고, 이어 허리를 등받이에 세게 압착시켰다가 상체를 꼿꼿하게 세웠다. 조금 시원해지자 다시 주임의 따가운 시선이 한쪽 볼에 달라붙었다.

살이 심하게 팽만해왔다. 문득 조순경은 이런 경우에 어떻게 했을까, 라는 궁금증이 삐죽 고개를 들었다. 숙였던 고개를 슬그머니 들어 주임을 훔쳐보았다. 주임은 회전의자 깊숙이 몸을 파묻은 채 현관문 위에 걸린 둥근 벽시계의 초바늘을 따라 눈동자를 움직였다.

백지 위에 오도카니 앉아 있는 이름 석 자를 보았다. 닳은 활자 때문에 자세히 보면 군데군데 이가 빠진 이름 위로 지치고 피곤한 사람의 얼굴이 낮달처럼 떠오르고 있었다.

누구 이름이더라……

박순경은 쓴웃음을 삼켰다. 장평에 오고 나선 그나마 간간이 듣던 소식도 끊겨버렸다. 서울 근처의 어느 공단에서 일하고 있다는 소식이 마지막이었다. 시대가 바뀌었다고 떠들어댄 지가 오래니 계속 공단에 남아 있는지 어떤지를 놓고 궁금증이 사그라든 건 아니지만 그 여자라면 아직도 눈부시고 신고스런 꿈을 포기하지 않고 있을 것만 같았다. 박순경이 아는, 여자의 우직함 때문이었다. 생각이 거기까지 다다르자 다시 여자와 멀어지는 거리가 보였다. 눈까풀이 까무룩 내려앉았다. 술 생각이 간절했다. 술이 아니더라도 장거리를 휘이 돌아보고 싶었다. 삵이 점점 팽만해왔다. 오락기의 두더지처럼 불평이 튀어나왔다. 더이상 참지 못하고 화장실에 가려고 마음먹었을 때, 가죽 미니스커트를 입은 여자가 진홍색 루주를 짙게 칠한 입술을 벌리며 지서로 들어왔다. 흙다방의 장양은 보온병과 찻잔을 싼 보자기의 매듭을 쥐고 있었다. 그녀의 허벅지를 훔쳐보자 사타구니로 한꺼번에 요의가 몰려들었다. 시계를 보는 주임의 표정은 변함이 없었다. 회전의자에 파묻힌 상체를 조금 일으켰을 뿐이었다. 장양은 약간 일그러진 얼굴의 박순경에게 가벼운 눈웃음을 보내고 곧 또각이는 구두 소리를 내며 주임에게로 향했다. 그녀가 지나가며 일으킨 뒷바람엔 코를 벌름거리게 하는 냄새가 배어 있었다. 언젠가 술에 취해 여관방에서 그녀와 살을 섞은 일이 떠올랐다. 팽만해오는 삵을 의식하며 자리에서 일어났다.

"주임님, 근무 나가겠습니다."

"벌써 그렇게 됐나! 차 한잔 같이 하려 했는데 말이야."

주임은 아쉽다는 표정으로, 문을 여는 그에게 느물거리는 말을 건넸다.

화장실에서 나와 한결 가벼워진 걸음을 검문소로 옮겼다. 시외버스 정류장께서 나온 몇 명의 사내들이 그가 술을 마셨던 건너편 장평집으로 들어갔다. 전자오락실에서 아우성치며 쏟아져나오는 소음 탓인지 장거리의 쓸쓸함이 조금 덜어지는 듯하였다.

"근무는 무슨 근무!"

투덜대며 텅 빈 대합실에 켜진 형광등 빛이 스산하게 고여 있는 정류장을 건너 외벽에 매달린 조그만 방범등 아래에 도착했을 때,

조순경은 기분좋은 얼굴로 검문일지에 무엇인가를 적고 있었다. 그가 다가가자 서둘러 덮곤 재미난 일을 겪었다는 듯 쿡쿡 웃음을 만들었다.

"한 건 했습니다. 새끼덜 오는 게 있어야 가는 게 있지!"

"한 건?"

"아까 그 채소차요. 어휴, 끈질기던데요!"

박순경은 난쟁이처럼 웅크리고 있는 장평집을 바라보았다.

멀리 고속도로의 자동차 불빛은 멈추는 법을 몰라 끊임없이 달려야 하는 야생동물의 고독한 눈빛 같았다. 서울로 가는 서쪽 길, 바다가 가까운 동쪽 길, 그리고 남쪽으로 이어진 국도에서 그저 불빛으로 서로를 스치고 지나갈 뿐이었다. 어느 곳에서나 해발 천여 미터를 오르내리는 산을 넘거나 긴 터널을 통과해야만 장평으로 올 수 있고, 나갈 수 있었다. 몇 해 전 박순경도 시외버스에 실려 두 개의 터널을 빠져나와 장평에 도착했다. 긴 터널의 출구를 벗어나면서 그는 떠나온 곳으로 쉽게 돌아가지 못할 것이란 예감에 사로잡혔다. 그 낯선 땅에서 모든 기억들을 잊어버릴 것을 다짐했다. 사실 그에게 속한 기억이란 알맹이 속에 뭐 그리 대단한 것도 들어 있지 않았다. 가끔 술에 취했을 때나 속절없이 떠올라 다음날 속을 조금 쓰리게 할 정도였다. 짝사랑을 했던 여자. 전경 생활. 사고. 결국 마치지 못한 대학. 곧바로 이어진 경찰직. 그 흑백의 한 컷 한 컷들이 불빛으로 변해 산골을 지나는 고속도로 위에서 묵묵히 흘러가고 있었다.

마음속 불빛의 그물에 얽혀 있을 때, 박순경은 정면으로 시야를 가리는 불빛에 손바닥으로 눈을 가렸다. "박순경님, 버슨데요. 그냥 보낼까요?" 조순경의 말을 듣고서야 비로소 눈에서 손을 떼었지만 달무리 같은 불빛의 잔영은 시선이 고정되는 곳마다 따라와 한참 동안 제대로 앞을 볼 수가 없었다. 서둘러 버스에 올랐다.

일번에서 사십오번 좌석까지 한 걸음 한 걸음 발을 옮길 때마다 어깨를 누르는 피로와 갑자기 바뀐 온도 차이 탓인지 속이 메스꺼웠다. 문득 주임이 입에 달고 다니는 허드렛말이 떠올랐다. 하필 왜 주임의 말이 속내로 차올랐는지 의아했지만, 그는 자신의 상관이라는 압박감으로, 그 생각을 지워버려서는 안 된다고 여겼다. 아니, 감히 독자적인 판단으로 왈가왈부할 수도 없는 것이라고 단정내렸다. 박순경은 느릿느릿 그 말을 되씹었다.

비록 전보다 주가가 내려앉았고 검문이니 어쩌니 하는 시대가 갔다고 떠들어대지만 여전히 여긴 좋은 곳이야. 첫 버스를 시작으로 해서 어둠이 깔리고 달이 떠오를 때의 막차까지 꽤 많은 사람들을 만날 거야. 자넨 그들을 통해서 바깥 세상의 색다른 징후들을 눈치챌 수 있지. 말을 하지 않아도 승객들 얼굴만 보면, 요놈이 어떤 직업을 갖고 있겠구나, 지금 무슨 생각에 빠졌구나 하는 것도 대충 꿰어맞출 수 있게 되거든. 가끔씩 학생녀석들은 노골적으로 검문을 거부하려고 별 수작을 다 부리지. 하지만 그럴 때마다 악착같이 달라붙으라구. 물론 정당한 절차로! 그래야만 지난 시절 우리 동료들이 당한 고통이 조금이라도 보상되는 거야.

버스에서 내렸다. 조순경은 껌을 씹고 있었다. 얼마 지나지 않아 버스는 그들을 뒤로 하고 고속도로로 접어들었다. 바람은 조금 누그러들었지만 대신 쌀쌀한 밤공기가 맨살이 드러난 곳을 아리게 얼리기 시작했다. 가죽장갑 속의 손가락은 곱아오고 지난겨울에 걸렸던 동상이 재발하려는 조짐인지 귓불이 근질거렸다. 아침에 신고 나서 한 번도 벗지 않아 땀으로 젖어 있는 양말의 불쾌감을 없애려는 듯 단화로 시멘트 바닥을 탁탁 두드리며 시선은 불빛으로 변한 버스를 쫓아갔다. 조순경이 딱딱거리며 껌을 씹는 소리가 심하게 귀에 거슬렸다.

"조순경, 자네 대학 출신이지?"

"예. 예에?"

조순경은 무슨 말이냐고 박순경을 올려다보았다. 그의 키는 박순경보다 한참 작았다. 박순경은 단화 뒷굽으로 바닥을 탁탁 두드리던 것을 멈췄다.

"아냐, 아닐세. 나 먼저 가네. 근무도 끝났고, 으스스한데 한잔해야지."

공연한 말을 꺼낸 듯싶었다. 조순경은 밤에 작업을 끝내고 산지를 떠나 새벽에 도매시장이 열리는 서울로 가려는 채소차들을 잡을 요량으로 더 버틸 모양이었다. 술집으로 가던 박순경은 자꾸만 허벅지에 부대껴서 거치적거리는 권총을 내려다보며 걸음을 멈췄다. 지서 쪽을 한참 보았다. 장평집의 처마 밑 연통에선 이따금 푸름한 연기가 흘러나왔다. 박순경은 무거운 짐처럼 매달려 있는 권총을 만지작거렸다. 발길의 방향을 지서로 고쳐잡았다. 드문드문 이가 빠진 것처럼 셔터를 내린 상가 앞으로 바람이 모래를 쓸어가면 뒤이어 셔터 울리는 소리가 가르랑가르랑 장거리로 내려앉았다. 하루의 일을 마무리하는 시간, 그 스산한 소리에도 다소의 정겨움이 묻어 있는 듯하여 박순경은 미소를 지었다.

그때였다.

"꼼짝 맛! 총 땅에 버려."

박순경 뒤에서 누군가 싸늘한 목소리로 단호하게 위협했다. 허리에 걸려 덜렁거리던 권총이 움직임을 멈췄다.

두 손을 든 채 피식 웃으며 돌아섰다. 장평집의 꼬마녀석이었다. 손에 움켜쥔 장난감 권총의 검은 총구가 그의 가슴팍을 겨냥하고 있었다.

"아저씨, 우리 고모가 이거 사줬다!"

꼬마는 말을 꺼내기 바쁘게 땅! 땅! 고함을 치며 골목의 어둠 속으로 모습을 감췄다. 다시 피식 웃으며 몇 걸음을 옮겨놓자 지서의 유난스레 창백한 형광등 불빛이 담벼락 위의 철조망마다 걸려 있었다. 방한복 주머니에 손을 넣고, 녀석에게 고모가 있었나, 중얼거리며 계단을 올라갔다. 주임은 자리에 없었다. 숙직실에서 쉬는 모양이었다. 검문일지를 펼쳐 주임의 책상 위에 올려놓고 종일 허리에서 덜렁거렸던 권총을 꺼냈다. 소파에 주저앉아 담배 한 대를 다 피우기도 전에 퉁퉁 부은 종아리로 사태 나듯 피로가 몰려왔다. 책상 위에 놓인 권총을 노려보다가 결국 기다림을 포기하고 숙직실로 통하는 복도로 겨우겨우 걸음을 떼어놓았다. 따스한 실내로 들어온 탓인지 귓속에선 윙윙거리는 이명이 끊이지 않고 들려왔다.

잠깐 눈을 감았다. 형광등 불빛이 덥석 안겨왔다. 손잡이를 잡고 문턱에서 우뚝 멈춰선 박순경은 다시 눈을 감았다. 남아 있는 술기운이 어디론가 자취를 감추고 뒤통수가 뜨끈하게 달아올랐다. "제기랄!" 어정쩡하게 등을 돌리고 지서의 계단을 내려왔다. 얼굴 위로 따갑게 꽂히는 주임의 눈길을 의식하였을 뿐, 도무지 무슨 일이 숙직실 안에서 벌어지고 있었는지, 모든 기억의 문이 일제히 닫히는 기분이었다.

"으휴, 문이라도 걸고 수작을 하던가!"

밤바람이 이마를 서늘하게 식혀주었다. 흘금흘금 지서를 뒤돌아보며 장거리로 나왔다. 내일이면 대수롭지 않은 일에도 꼬투리를 잡고 늘어질 것이라는 생각이 장평집으로 가는 어둠 속에서, 그의 혼란스런 머릿속에서 사라질 줄 몰랐다.

장평집 주인 여자가 문소리를 듣고 주방에서 고개만 내밀고 반겼다. 퀴퀴한 돼지 내장 냄새가 그다지 역겹지 않았다. 안쪽 둥근 술청엔 세 사내가 언성을 높이며 술잔을 주고받고 있었다. 한 칸 떨어진 구석자리로 갔다. 막걸리가 말라붙은 얼룩진 바닥에 널려 있는 안주를 신발로 대충 밀쳐놓았다. 주인 여자는 졸음에 겨운 얼굴이었다.

사내들의 욕지거리가 간간이 수그러들 때마다 주방에서 설거지를 하는지 달그락거리는 소리와 진입로쯤에서 건너온 차량의 경적이 은근하게 앞뒤를 이었다. 엉덩이를 한껏 빼고 앉아 천장의 형광등과 일그러진 얼굴이 비치는 사발에다 막걸리를 따르길 되풀이했다. 그러면서 한 칸 건너의 사내들에게로 귀를 열어놓았다. 그들은 조순경을 안주로 올려놓고 있었다. 그는 주임과 조순경, 흙다방의 여자를 무작위로 떠올렸다. 이야기를 귀동냥하면서 박순경은 피식피식 웃음을 흘렸다. 몇 번 그렇게 감정을 추스르지 못하자 사내들은 제복을 입은 박순경을 의식했는지 말을 멈추고 험상궂은 얼굴로 넘겨보았다. 눈치를 못 챈 것은 아니었지만 아무렇지도 않다는 듯 부러 빈 술잔을 채우는 걸로 응수를 대신했다. 배를 불룩하게 만든 술이 내뿜는 취기가 서서히 역류하고 있었다.

취기가 오른 것은 주인 여자도 마찬가지였다. 다른 날 같으면 그의 앞자리에 주질러앉아 술을 따라주며 이런저런 짜증나고 듣기 지루한 이야기를 상대방의 기분은 아랑곳없이 시시콜콜 늘어놓았을 터인데, 방으로 통하는 미닫이문에 기대앉아 꺼덕꺼덕 졸기만 했다. 사내들도 별반 다르지 않았다. 인정 없는 세월의 속도를 따라잡지 못해 허물어져가는 공간에서 등받이도 없는 낡은 의자에 겨우 엉덩이를 걸쳐놓고 세월의 뒷바람에 어깨만 움츠리고 있는 것 같았다. 박순경은 다시 윙윙거리는 귓바퀴 속으로 들어오는, 바람에 날리는 모래 알갱이가 얼어붙은 땅을 쓸고 가는 소리를 들었다.

"순경 양반, 술 한잔하겠소?"

간이 좋지 않은지 피부가 검게 탄 사내의 목소리는 의외로 푸른 무뿌리처럼 시원했다. 술청에 올려놓은 양팔로 몸을 지탱하던 박순경은 조금 놀란 얼굴로 때가 낀 자신의 색안경에 금이 가는 소리를 들었다. 사내는 웃으며 선선히 술잔을 건넸다. 그러죠란 대답으로 힘겹게 얼버무린 박순경은 그 시선을 조금씩 피해가며 사내가 건네준 술잔을 받아들었다.

"올해 작황은 어떻습니까?"

"이젠 여기도 한물갔소!"

사내는 세월의 신산함을 겪고 난 뒤 옹골차게 자신을 끌어안은 옹이처럼 단단한 눈길로 밖이 보이지 않는 유리창을 바라보며 대답했다. 가닥이 잡히지 않는 저녁의 일들을 박순경이 가만가만 술잔에서 건져올리고 있을 때 사내는 다시 혼잣말 비슷하게 중얼거렸다.

"요즘 사람들 입이 고급스러워져서 농약으로 재배한 채손 못 먹겠다고 야단이지, 그나마 건질 만하면 중간에서 별것들이 다 뜯어먹으려고 설쳐대지."

약속이나 한 듯 사내들은 동시에 술잔을 비우고 손가락과 젓가락으로 돼지 내장을 김치에 둘둘 말아 씹었다. 그는 침을 삼켰다. 찌꺼기만 남은 막걸리병은 작은 움직임에도 흔들거렸다. 벽을 짚으며 일어난 박순경은 쥐가 내린 한쪽 종아리 때문에 외발로 서 있다가 곧 익숙하게 주방을 찾아갔다. 허리까지 늘어뜨려진 발을 들어올리다 말고 취기를 담은 의아한 목소리를 주방에 던졌다.

"새로 온 아가씬가?"

주방 여자는 설거지를 하다가 고개를 휙 돌렸다. 삐져나온 입술로 막 튀어나오려는 말을 하려다가 표정이 굳어졌다. 그녀의 얼굴을 확인한 박순경도 여자만큼은 아니지만 꽤 놀란 표정을 지었다. 그러나 턱없이 당황하는 여자의 행동이 우습다고 여기며 농담을 건넸다.

"구면인 것 같은데 술 좀 줘요. 아! 아까 꼬마녀석이 총 자랑하더니 고몬가보네?"

당황한 기색이 역력한 여자의 얼굴을 보며 건네받은 막걸리를 한 손에 한 병씩 들고 자리로 돌아왔다. 빈 술잔을 들어 술을 건넨 사내에게 내밀었다. "제 술 받으시죠." 청하니 사내는 숙이고 있던 고개를 천천히 그에게로 돌렸다. 잠깐 동안 박순경을 바라보다가 이윽고 굳은 표정을 풀며 굵은 마디가 그 동안의 이력을 짐작하게 해주는 손으로 술잔을 받았다. 술을 따르는 손이 취기 탓인지 가볍게 떨렸다. 손을 주머니에 찔러넣으며 짐짓, 벌써 겨울이 오려나봅니다, 라고 중얼거렸지만 사내들은 대꾸하지 않았다. 그들은 장평집의 흐릿한 불빛 아래에서 등을 웅크리고 앉아 밤을 견디는 정물이 되어가는 것 같았다. 면소재지의 상점들은 젊은 패들이 드나드는 업소를 제외하곤 하루를 일찍 마감하는 게 보통이었다. 영업시간을 늘려봤자 더이상 찾아올 손님도 없었다. 장평집도 사내들이 나가면 문을 닫을 채비를 할 것이다. 박순경은 슬며시 주방 쪽을 넘겨보았다. 묘하다고 우긴다면 묘한 인연이었다. 검문을 마치고 버스에서 내리면서부터 여자의 얼굴은 분명 박순경의 기억 속에서 아린 생채기로 남아 있는 누군가를 끊임없이 불러오고 있었다. 짧았던 대학 시절, 박순경의 머뭇거리는 보행을 호되게 질타했던, 다가갈 엄두

조차 내기 힘들었던 그 사람을. 어느 날 그때껏 가지고 있던 많은
걸 포기하고 노동자라는 낯선 직업을 선택한 사람. 그렇게 그의 시
야에서 사라졌던 여자. 박순경은 저녁 내내 검문할 때 만났던 여자
가 혹 기억 속의 여자가 아닐까, 하는 설렘에 조바심을 태웠다. 그
는 도리질을 하곤 주방으로 향하던 시선을 제자리로 돌렸다. 틈새
가 많은 장평집의 유리창과 문틈으로 찬 기운이 슬슬 들어와 등을
시리게 했다. 손에 든 잔에서 일렁거리는 또다른 얼굴에 최면 걸린
듯 빠져 있다가 다시 허드렛말을 뱉었다.

"장평막걸린 꽤 알아주는 맛이죠?"

잔을 비우자 사내가 술을 따라주었다. 그것을 받느라 몸을 일으켜
한 자리 건너 사내들에게로 허리를 숙였다. 탁자를 사이에 두고 서
너 번 그렇게 불편한 잔이 오갔다. 누가 먼저 합석을 하자고 제의하
는 사람도 없었다. 수가 많은 사내들이 그에게 청하지도 않았고, 그
렇다고 박순경이 넉살좋게 제가 그쪽으로 가겠습니다, 하고 일어나
지도 못했다. 그러면서도 불편한 술잔은 오갔다. 한 칸 건너의 사내
들이 취한 목소리로 술을 더 시켰다.

주방의 여자는 막걸리를 가져와 사내들의 술청에 놓으며 박순경
을 슬며시 훔쳐보는 눈치였다. 전혀 예기치 못했던 일이었다. 검문
을 하면서 옷차림새가 마음에 들었다는 생각을 할 적에 여자는 의
도적으로 그를 비웃었고, 그래서 깎인 자존심을 만회하고자 사실
장난삼아 검문했을 뿐인데 단골집에서 다시 만날 줄은 짐작도 못
했다. 어딘지 모르게 낯이 익은 얼굴이었다.

"저도 한잔 주세요."

세상에…… 아무리 술집 작부라지만 요즘 여자들은 이렇게까지
당돌해졌구나. 박순경은 미간을 찌푸렸다.

여자는 그에게 등을 돌린 채 사내들 틈에 어중간하게 앉았다. 그러나 감추려 애쓰지만 그녀의 작은 어깨는 무엇엔가 몹시 지쳐 있었다. 아무 일도 없었던 것처럼 다시 사내들과 술잔이 오갔다. 하지만 그 이상도 이하도 아닌 적절한 간격을 깨뜨리지 않았다. 가끔 꽤 술이 오른 듯한 사내가 심심찮게 조순경을 되끌어냈다. 그럴 때마다 심한 요의가 몰려왔다. 일어나 문을 열고 왼편 골목으로 꺾어지면 화장실이 있다는 생각만 들 뿐 도무지 자리에서 몸을 일으키는 게 귀찮아졌다. 혹 일어난다면 터진 물자루처럼 이내 바닥으로 구겨질 것 같았다.

사내들보다 배나 빠른 속도로 잔을 비우던 여자는 결심한 듯, 그러나 지치고 피곤한 표정을 감추지 못한 채, 사내들의 취기 오른 의견들을 대충 파악했다는 얼굴로 주위를 돌아보며, 조그맣고 야무진 입을 열었다.

"가수만 달라졌는데 시대가 변했다고 왕왕 떠들어댄 게 말짱 거짓말이란 거죠."

아……

박순경은 한 손으로 샅을 움켜쥐고 여자를 보았다. 꼭 아까 주임의 눈매만큼이나 따갑게 매달리는 그녀의 눈초리를 피해 사내들을 살폈다. 알 듯 모를 듯한 의미의 웃음이 흘렀다. 여자는 따라준 술을 단숨에 마셨다.

"노래 한 곡 히트시키고 사라지는 세상이잖아요. 그런데 이곳은 아직도 한물간 가수가 구닥다리 노래로 밥 벌어먹고 있잖아요. 그러니 살맛나겠어요?"

조순경은 이런 자리에서 어떻게 처신할지 궁금했다. 주임은? 그는 더이상 참지 못하고 얼굴에 힘을 주며 자리에서 일어났다. 장평집을 나와 왼편 골목으로 꺾어들자마자 먼저 바지의 단추를 끌렀다. 화장실은 골목 끝에 있었다. 골목 끝이라야 서너 걸음이면 닿을 수 있는 거리였다. 분홍의 불빛이 새어나오는 문 앞에서 멈췄다.

"자암시 검문 있겠수다!"

버릇처럼, 장난 섞인 목소리를 뱉고 주머니를 뒤졌다. 시원한 배설의 감촉이 온몸에, 특히 하복부에 전해졌다. 버릇처럼, 주머니에서 끄집어낸 수배자 전단을 펼쳤다. 그가 처음 이곳에 왔을 때, 주임은 현상수배자 전단을 건네주며 마주 잡은 손에 멍이 들 정도로 힘을 준 채 소곤거렸다. 이곳으로 온 게 다른 어느 곳에 배정된 것보다 낫고, 또 젊은 사내를 위한 것, 여자와 목돈도 마음만 먹으면 어렵잖게 만질 수 있다고. 주임은 박순경의 과거사를 속속들이 알고 있었다. 여기저기를 전전하다 어떤 내력에 의해 결국 장평이란 시골까지 왔다는 것을.

그는 쓴웃음을 지우며 펼쳐들었던 수배자 전단을 접어 호주머니에 넣다 말고 고개를 갸웃거렸다. 알코올 기운이 머릿속에서 부글거리기 시작했다. 여자. 그 여자였다! 종이를 펼친 손가락이 수전증을 앓는 것처럼 떨렸다. 주임의 말이 비로소 들어맞는 것 같았다. 시국사범이 득시글거렸던 지난날에도 잡아보지 못한 수배자를 잡을 수 있게 되었으니. 심호흡을 다섯 번이나 하고 박순경은 장평집으로 돌아갔다.

변한 게 없었다. 사내들은 술자리를 파하려는 듯 잔을 비웠다. 그들은 술값을 술청에 던져놓고 일어났다. 박순경에게 술을 권했던 사내가 다가와 언제 지서 사람들과 식사나 한끼 하자고 부탁하며 술집을 빠져나갔다.

그들이 나가자 참기 힘든 고요가 한동안 미적거렸다. 여자는 취했

는지 앉은 채 졸며 가끔 한쪽으로 쏠리는 몸을 지탱하며 움찔 놀라
곤 했다. 속으로 그는 미소를 지었다. 상대방의 약점을 알고 있는
이의 느긋함이란 바로 이런 거구나, 하고 감격했다. 그제야 조순경
이 기세등등하게 ― 나이도 어린 것이 ― 한 건 했어요, 자랑하는 심
정을 알 것 같았다. 내일 아침이면 저녁의 실수를 모두 무마시킬 수
있을지도 모른다는 기대에 가슴이 두근거렸다.

"여기 있던 사람들, 모두 어디 갔죠? 함께 가서 따져야 되는데."

여자는 그의 속셈을 전혀 모르는 채 주위를 두리번거렸다. 그는
헛기침을 하고 나서, 사내들은 집으로 돌아갔다고 전해주었다.

"그럼 안 되잖아요. 한 해 농살 엉뚱한 곳에서 망쳐버리면 무슨
희망으로 살아요? 아저씬 왜 보고만 있는 거죠?"

박순경은 짜증스럽게 대꾸했다.

"아가씬 이 촌동네까지 와서, 또 그 지경까지,"

황급히 말을 멈췄다. 잔을 비우며 여자를 살폈다. 그녀는 이미 취
했고 몸을 누르는 피곤을 견디지 못하고 있었다. 눈치채지 못한 걸
확인한 박순경은 술기운을 빌려 새롭게 비어져나오는 호기심을 어
떻게 풀어낼까 궁리했다.

"아가씨 말대로, 적어도 그 사람들은 무대에 올라 노래 한 곡 부
르고 사라지는 사람들은 아니니까 너무 걱정하지 말아요."

여자의 눈은 장평집을 떠나 다른 곳을 헤매고 있었다. 박순경은
그녀의 얼굴에서 장평에 오기까지의 지난했을 길을 더듬어보았다.
시국사범이라니. 자신이 걷는 길이 끊어진 길인지도 모르고 걸었을
게 분명했다. 경찰들마저 요즘엔 골동품이라고 지껄이는 시국사범
이 겨울잠을 준비하는 시골로 찾아왔다는 것이 신기할 정도였다.
더욱이, 나 잡아가시오!, 시위하듯 대중교통을 이용한 것이며 엄연

히 제복을 입고 있는 경찰 앞에서 술에 취해 지껄이는 말까지, 여자를 쉽게 납득할 수 없었다. 화장실에서 술에 취해 잘못 본 것만 같아 다시 확인하고 싶은 마음이 들 정도로 마음의 손이 근지러웠다.

박순경은 초점이 흐릿한 그녀의 눈동자 속에서 작은 동자상처럼 갇혀 있는 자신을 물끄러미 보았다. 앞에 앉은 여자는 결코 기억 속의 여자가 아니었지만 두 얼굴은 미련이 남은 듯 떨어지지 않았다.

"하지만 난 그 가수를 믿었거든요……"

허공에서 들려오듯 낯설고 지친 목소리가 나직하게 울렸다. 박순경은 술잔을 반쯤 비웠다.

"술집 작부가 되어 아직도 그 가수를 잊지 못해 이렇게 찾아 떠돌고 있어요. 하지만 이제 겨우 여기까지 왔는데 벌써 지쳤어요."

당신은 술집 작부가 아니라고…… 박순경은 식어버린 순대와 속냇말을 함께 우물거렸다. 요즘은 수배가 내리면 도피하지 않고 아예 경찰서로 걸어간다더니 그 소문이 사실일지도 모른다는 생각을 했다.

"제 얘기 재미없어요? 그럼 재밌는 얘길 할게요. 먼저 산전수전 다 겪은 술집 작부 경력으로 아저씨 관상을 봐드릴게요. 괜찮아요?"

"그럽시다."

잠깐이나마 박순경의 얼굴을 훑어보는 여자의 눈동자가 생기 있게 반짝였다가 이내 풀어졌다.

"아저씬 경찰하고 인연이 없어요. 눈에 속마음이 그대로 나타나요. 그러니 상대방을 어떻게 제압하겠어요? 몇십 년 뒤에나 경찰하고 어울릴까. 그러고 보니 저랑 어떤 면에선 닮았네요. 저도 사실 겉으론 독한 척하지만 알고 보면 세상물정 모르는 바보니까요."

"그러니까 내가 바보란 말이군요?"

"얘기가 그렇게 돌아간 거예요? 둘 다 바보가 됐네!"

두 사람은 술에 취해 처음으로 함께 키득거리며 웃어댔다. 여자는 눈물까지 흘려가며 낮게낮게 새어나오는 웃음을 그치지 않았다. 주인 여자의 코고는 소리가 간간이 창호지 너머에서 들려오고 가끔 장거리를 지나가는 차량의 불빛이 유리창을 물들였다. 박순경은 웃으면서 생긴 딸꾹질을 겨우 진정시키곤 여자에게 물었다.

"그 가순 지금 어디 있는데요?"

"소문에 의하면 해변 카페에서 새로운 노래를 부른다나요. 왜 요즘 잘나가는 노래 있잖아요."

여자는 쿡쿡거리는 웃음을 그치지 못하고 술청을 두드리며 몇 소절을 불렀다.

"해변 카페에 있는 가수가 아가씨한테 잘못이라도 했어요?"

순간, 엉망으로 노래를 부르던 여자는 입을 다물고 표정을 고쳐 빈틈없이 어둠이 들어찬 유리창을 우두커니 바라보았다. 양볼을 타고 내려온 눈물이 입술의 꼬리를 적셨다. 여자는 고개를 저었다.

"그 가수는 내게 새로운 세상을 가르쳐줬어요. 지금은 세상이 변했다고 떠났지만…… 아니, 꼭 그분 혼자만 떠난 것은 아니죠. 다른 사람은 거의 다 만나봤어요. 술집 작부인 제가 창피했던지 만나길 회피한 사람도 더러 있었지만 들을 애기는 대충 들었죠. 모두 배운 게 많은 사람들이라 잘 살고 있었어요. 그럼 됐죠, 뭐. 자 술이나 마셔요."

순탄하게 진행될 줄 알았던 일이 묘하게 꼬여가고 있었다. 여자처럼, 기억 속의 그녀도 술집 작부로 변해 해변 카페를 찾아가고 있는 곡두가 사라지지 않았다. 헝클어져서 수습이 어려워진 마음을 진정시키려 거푸 술잔을 비웠다. 그러나 출구를 찾으려고 아우성치는,

서로 다른 수십 갈래 마음의 머리는 움직임을 멈추길 거부하고 있었다. 밖으로 비어져나오려는 그것들로 인해 몸의 도처에 구멍이 숭숭 뚫리는 듯했다. 기억 속의 그녀가 찾아가는 가수는 박순경이 아님은 분명한 사실이었다. 박순경은 그녀가 그 길의 어디쯤에서 지쳤을 때 잠깐만이라도 그가 술을 마시는 장평집에 들러 쉬었다가 떠나기를 바라고 있었다. 잠깐만이라도.

"그 가수를 만나면 어떻게 할 건가요?"

여자보다 더 우울한 얼굴로 물었다.

"꼭 한 가지 물어보고 싶은 게 있어요."

여자는 입술을 깨물었다.

"새로운 세상에 대해?"

피식 웃는 그녀의 얼굴은 창백했다.

"천만에요. 아주 사소한 몇 가지만 물어보고 돌아올 거예요."

장평집의 보꾹까지 취기가 올라간 것 같았다. 머리가 지끈거리며, 얼굴은 뺨을 맞은 것처럼 붉게 얼룩졌다. 찬찬히 여자를 살펴보았다. 수배자라는 것을 알고 있다고 하면 그녀가 어떻게 나올지 궁금해하다가 주임이 만면에 웃음을 지으며 박순경, 이번 승진에 결정적인 플러스 요인이 될 거야, 어깨를 두드리는 장면도 떠올랐다. 부러운 듯 그를 보는 조순경의 얼굴도 눈에 선했다. 거기까지 다다르자 문득 지난 일들이 눈시울을 가렸다.

그는 벌써 며칠째인지도 모를 만큼 계속되는 학생들의 시위를 진압하느라 지쳐 있었다. 그는 시위 진압에 도통 흥미가 없었다. 하루는 대열에서 슬쩍 빠져나와 술집엘 갔었는데 그만 일이 터졌다. 그날은 다른 날보다 시위가 치열해서 많은 동료가 다쳐 병원으로 실려간 것이다. 그의 모습이 보이지 않으니 당연히 실종이나 다친 걸

로 알았던 모양인데 저녁 무렵 느긋하고 멀쩡한 모습으로 비틀거리
며 돌아왔으니…… 그리고 전경에서 경찰로, 여러 곳을 떠돌다가
장평이란 곳까지 왔다.

여자는 더이상 술에 취하지 않는지 자세를 바로잡고 기억 속에서
길을 잃은 박순경이 돌아오기를 묵묵히 기다렸다.

"아저씨도 좋아하는 가수가 있었나요?"

조심스런 말투였다. 기억 속의 그녀가 먼길을 홀로 걷다가 이제야
그의 앞에 도착해 다리를 주물렀다. 박순경은 그녀에게 그 동안의
모든 걸 털어놓고 싶었다.

"난…… 꿈을 꾸면 언제나 버스 승강대에 서 있어요. 이쪽도 저
쪽도 아닌 자리. 결국 양쪽 모두에게 불평을 듣기 바쁘죠. 버스는
떠나려 하고 좋아하는 가수는 버스 안에서 경멸의 눈빛으로 나를
쏘아보죠. 그 버스를 타고 가수를 따라가고 싶었지만 언제나 텅 빈
정류장에 혼자 남아 있지요."

박순경은 속내를 모두 드러낸 듯한 부끄러움에 얼굴이 화끈거렸
다. 여자는 그사이 꾸역꾸역 막걸리 한 병을 다 비웠다.

"사람들은 모두 장거리를 떠났는데 우리 두 사람만 바보처럼 떠
나지 못하고 있네요."

"아닙니다. 난 아가씨에 대해 아는 게 별로 없어요. 단지 제 기억
속의 한 여자와 너무 닮았다는 것뿐입니다. 해변 카페까지 가는 길
은 아직도 멀어요. 장평을 떠나서도 많은 고개와 마을을 지나야 해
요. 목목엔 늘 배가 고프다고 으르렁거리는, 호랑이 가면을 쓰고 구
닥다리 노래를 부르며 행인을 노리는 가수가 있어요. 정말 아가씨
가 찾는 가수를 만나 사소한 무엇이라도 물어보고 싶으면…… 큭
큭, 하여튼 아가씬 참 바보네요."

미동조차 없는 오랜 침묵이 실내를 가득 채웠다. 그는 자리에서 일어났다. 여자는 꼼짝하지 않았다. 장평집을 나온 박순경은 갈 곳을 잊어버린 듯 처마 밑에서 안개를 노려보았다. 장거리는 잠들었다. 잠든 사람들의 숨소리가 자욱하게 덮인 안개를 조금씩 이동시키고 있었다. 건너편 대합실의 외벽에 매달린 방범등이 지워질 듯 지워질 듯 위태로웠다. 그의 등뒤에서 장평집의 미닫이문이 조금 열리는 소리가 들렸지만 박순경은 뒤돌아보지 않았다.

"고마워……"

여자의 목소리는 안개에 촉촉하게 젖어 있었다.

"그래…… 네가 날 검거하면 좋을 거라고 생각했어……"

계속해서 고개를 끄덕이는 박순경은 비틀거리며 안개 속으로 한 발짝 걸음을 내딛었다.

땅바닥에 다닥다닥 붙은 무서리가 햇빛을 받아 반짝이고 있었다. 그것이 조금씩 녹아가면서 장거리는 흥건하게 식은땀을 쏟아버리기 시작했다.

주임과 조순경은 먼저 자리하고 있었다. 그가 들어서자 주임은 헛기침을 하곤 아침조례를 시작했다. 모든 게 건성건성 지나가고 이어 검문검색을 강화하라는 훈시가 딱딱하게 떨어졌다. 조례가 끝나가고 있었다.

근질거리는 몸을 비틀어대다가 박순경은 서둘러 검문일지를 들고 나왔다.

정류장은 등교를 하기 위해 완행버스에서 내려 흩어지는 학생들로 붐볐다. 박순경은 대합실 외벽에 몸을 기대고 멍하니 고속도로의 차량을 좇아갔다. 조순경이 껌을 꺼내들고 박순경을 한번 쳐다보더니 그중 하나를 권했다.

고속도로에서 진입로로 들어온 직행버스는 정류장에서 손님들을 태우고 둘 앞에서 멈췄다. 파릇파릇한 배기가스가 버스 꽁무니에서 풀풀 날렸다. 박순경은 주머니에서 현상수배자 전단을 꺼낼까 망설이다가 그냥 버스에 올랐다.

"잠시 검문 있겠습니다."

그를 바라보는 서넛의 시선과 외면하는 눈길 속에서 오른손을 눈썹 끝에 붙였다. 그리고 한 발 한 발 단화 소리의 여운을 남기기 시작했다. 중간쯤에서 걸음을 멈췄다. 그가 서 있는 바로 옆좌석에 앉은 여자가 고개를 돌린 채 창 밖을 내다보았다. 담갈색 코트가 무척 어울린다고 생각했다. 피식 웃었다. 여자는 피곤한 듯 의자에 상반신을 파묻고 있었다.

주임의 말이 떠올랐다. 박순경은 또 피식 웃었다. 이윽고 여자가 지친 표정으로 고개를 돌려 그를 올려다보았다. 정류장 앞 미루나무에서 한 무리의 참새떼가 다음 경유지를 찾아 어지럽게 날아가는 게 보였다.

"죄송합니다. 신분증 좀 보여주십시오."

"미안합니다. 집에 두고 왔어요."

박순경은 여자의 대답에 얼굴을 찌푸렸다. 발가락이 근질거리기 시작했다.

"학생이신가요?"

"아뇨…… 술집에서 일해요."

아침 버스는 신선한 공기를 지니고 있었다. 박순경은 그 냄새를 코와 입으로 몇 번 들이마셨다.

"다음부턴 꼭 가지고 다니십시오!"

운전석 옆으로 돌아온 박순경은 승객들에게 작별인사를 했다.

"감사합니다. 목적지까지 안녕히 가십시오."

조순경은 입을 우물거리며 껌을 씹었다. 반쯤 박순경을 지나치는 버스의 유리창으로 먼 기억 속에서 돌아와 해변 카페를 찾아가는 여자의 창백한 얼굴이 그려졌다. 단화로 시멘트 바닥을 탁탁 두드리곤 버스의 꽁무니를 쫓는 박순경의 눈길 너머로 차분한 하늘이 펼쳐져 있었다. 다시 시멘트 바닥을 탁탁 두드리자 조순경은 소리가 들려오는 곳으로 물끄러미 시선을 옮겼다.

아침못의 미궁

난바다의 한쪽은 지글지글 끓고 있었다.

비치 호텔의 열린 창으로 공습을 퍼붓듯 넘어오는 햇살에 질려 눈을 비비던 의상(義湘)은 문득 시선의 가장자리인 방파제 근처에서 무엇이 번쩍 솟구쳤다가 사라지는 것을 보았다. 잠깐 빛을 뿜으며 모습을 드러냈다가 결코 고정시킬 수 없는 잔영으로만 머물다 사라지는 그 무엇을 좇아 색색의 모자를 쓰고 방파제에서 유심히 바다를 들여다보던 사내들이 낚싯대를 어깨에 걸친 채 뜀박질을 시작했다. 바다에서 눈을 떼지 않고 앞줄에서 달리던 붉은 모자의 사내가 순간 무엇을 발견한 듯 방파제 외벽에 쌓아놓은 테트라포드로 훌쩍 건너뛰어 침착하게 낚싯줄을 던졌다. 큰 반원을 그으며 날아간 납덩이가 넘실거리는 파도를 뚫고 들어갔다. 그 납덩이에 이마를 맞기라도 한 듯 의상은 비틀거리며 창틀을 움켜쥐었다.

작은 포구를 막 빠져나온 통통배 한 척이 앞서거니 뒤서거니 하는 세 마리의 갈매기와 함께 난바다로 이물을 돌렸다. 달리던 낚시꾼 들은 속속 자리를 잡고 온몸의 기운을 빼내어 속이 보이지 않는 바 다로 투척하듯 두 팔을 휘둘렀다. 부서지는 물살 속에서 언뜻 회청 색 등을 잠깐 보여주고는 쓸쓸하게 사라지는 그 무엇을 잡으려 자 칫하면 발을 헛디뎌 몇 길이나 되는 콘크리트 틈으로 곤두박질할지 도 모를 위험에 그들은 몰입하고 있었다.

의상은 세면대를 넘쳐흐르는 물에 얼굴을 담근 채 오래 숨을 참았 다가 내뱉었다. 물방울이 흐르는 얼굴은 새벽까지 이어졌던 술자리 의 흔적을 두껍게 간직한 채 누군가를 찾았지만 객실에는 아무도 없었다. 먼길을 걸었던 피로와 술기운이 겹친 간밤의 어디쯤에서 기억이 토막나 달아났는지 감감했다. 누군가와 함께 호텔의 객실로 들어왔던 것도 같았지만 어쩌면 그것은 의상의 내면이 불러낸 꿈일 수도 있었다. 어지러운 꿈을 죽이려 그 동안 잠들기 전이면 늘 술을 마셨지만 새벽 무렵 술이 깰 때면 어김없이 꿈은 의상의 머릿속에 서 토막토막 끊어진 필름처럼 떠다니는 낯선 형상들을 불러모았다. 현실이 궁지에 몰릴수록 꿈은 현실에서 쉽게 찾을 수 없는 것들을 추상화한 괴이한 생명체들을 데리고 왔다. 잠에서 깨어남과 동시에 얼굴을 지워버린 그것을 찾아내려고 긍긍하다보면 늘 알맹이가 없 는 아릿한 그림자의 외곽선만 떠올랐다가 끝내 사라질 뿐이었다. 뭐야, 도대체 누구였더라? 의식이 힘을 풀어버릴 때마다 기억의 좁 은 암문으로 들어와 의상의 마음을 유린시켜 벼랑으로 몰았다가, 그 꿈과 현실의 경계선에서 돌연 정체를 숨기는 존재.

아니, 그 미지의 여자……

하지만 현실의 어느 장소에서 마주친다면 틀림없이 알아볼 수 있 을 것 같은 여자였다. 의상은 낚시꾼들이 다시 방파제의 끝으로 하나둘 모여드는 것을 보았다. 한차례 뜀박질에 몹시 지친 듯 그들의 어깨에 얹혀진 긴 낚싯대는 허공에서 제멋대로 출렁거렸다. 포구를 빠져나간 통통배를 뒤쫓던 갈매기 서너 마리가 저공 비행으로 되돌아오고 있었다. 구경꾼들도 자신들 자리에 벌여놓은 술판을 찾아 못다 마신 술잔을 움켜잡았다. 팔걸이의자 깊숙이 몸을 누인 의상은 방파제의 풍경을 지우고 안개바다처럼 흐릿한 새벽의 꿈으로 되돌아가려고 눈을 감았다. 우욱우욱 밀려오는 안개 속에서 얼굴의 이목구비가 지워진 낚시꾼들이 팽팽한 긴장을 간직한 낚싯대를 움켜쥔 채 뛰어오고 있었다. 그리고 응원하듯 그들을 좇는 구경꾼들. 그런데, 거기에서, 지워진 얼굴들 속에서 빠른 바람에 밀려 해일처럼 키를 높인 농무에 가려졌다가 드러나는, 한 점의 윤곽선도 흐트러뜨리지 않고 뛰어가는 얼굴을 발견했다. 어디선가 본 듯한 여자였다. 의상은 애써 가슴을 진정시키고 여자의 얼굴을 기억 속에서 찾아보았다.

방파제는 바다를 건너오는 햇살로 가득했다.

의상은 서둘러 사진기를 꺼내들고 망원렌즈를 최대한으로 밀어 바다는 남겨둔 채 방파제만 눈앞으로 끌어왔다. 목구멍으로 더운 숨이 올라왔다. 떠오를 듯 떠오르지 않는 얼굴을 파인더 한 귀퉁이에 스케치하며 작은 등대에서부터 훑어갔다. 갖가지 표정을 한 낯선 얼굴들이 스냅 사진처럼 렌즈의 동굴 속으로 들어왔다. 재인이었어! 의상은 숨통이 꽉 막히는 전율에 한동안 렌즈를 이동시키던 손가락을 움직일 수 없었다. 그 얼굴은 재인이 틀림없었다. 결코 잊어버릴 수 없는 얼굴이었다. 땀샘으로 일제히 더운 땀이 흘러나오는 것처럼 얼굴이 달아올랐다. 파인더는 점점 흐려졌다. 의상은 손등으로 눈을 문지르고 사진기 방향을 방파제의 초입으로 옮겼다.

들어오는 사람도 있었지만 방파제를 빠져나가는 이들도 있었기 때문이었다. 렌즈는 흡사 엎드려 핥듯이 세밀하게 방파제의 끝으로 방향을 틀었다. 포기하고 싶을 때마다 내뱉었던 혼잣말을 우적우적 되씹었다. 재인은 틀림없이 이곳으로 돌아올 거야. 의상은 떨리는 손을 진정시키려 창틀에 팔꿈치를 고정시키고 수액처럼 흐르는 눈물을 닦았다. 그러나 재인은 파인더의 귀퉁이에도 얼굴을 내밀지 않았다. 의상은 어느새 뒤따라온 의혹을 잘라버리지 못했다. 방금 전, 아니 새벽의 그 얼굴도 꿈이었을까. 포구를 가득 채운 안개. 물고기를 잡으려 낚싯대를 움켜쥔 채 달리는, 이목구비가 지워진 낚시꾼들과 구경꾼들의 응원. 의상은 방파제 끝에서 가까스로 멈췄다. 거대한 콘크리트 단애에 막무가내로 몸을 던지는 바다의 무수한 잔해가 렌즈를 깨뜨릴 듯 달려들었다. 움찔 뒤로 물러난 의상은 눈을 감았다. 꿈처럼 바다는 지워졌다. 의상은 사진기의 셔터에 올려놓은 집게손가락에 힘을 주었다.

흑백. ISO 125. F/16. ∞. 1/60.

"손님, 잠깐만요!"

프런트의 직원은 무엇을 잊었는지 호텔 로비를 빠져나가려던 의상을 부르며 뛰어왔다.

"죄송합니다. 그 사건 때문에 경찰에서 요청이 들어왔습니다."

그 사건이라니? 의상은 의아한 얼굴로 돌아섰다.

"자살사건 말입니다. 경찰에선 당분간 행선지를 저희 프런트에 알리길 바라고 있습니다."

직원은 다 알고 있지 않느냐는 듯 능글거리는 미소를 흘리다가 곧 경찰처럼 엄숙한 표정을 만들었다.

"홍련암에 갈 거요."

난바다의 한쪽은 여전히 지글지글 끓고 있었다.

자살, 그래 자살한 여자가 있었다. 그 여잔 도대체 누구였을까. 어떻게 내 연락처를 지니고 있었지. 그날 밤 함께 잠을 잔 것이 정말 사실일까. 촉수 높은 전등불에 현상한 필름의 성패를 세밀하게 확인하듯 기억의 칸칸마다 눈을 디밀고 찾아보았지만 도무지 알 수 없는 낯선 얼굴이었다. 경찰의 조사에 의하면, 그녀는 자정쯤에 의상의 부축을 받으며 호텔 로비를 통과했고 해뜨기 직전에 호텔을 떠나 곧장 낙가산의 아침못으로 들어갔다고 했다. 각각의 장소마다 목격자가 있다고 한다. 하지만 그것뿐이다. 거기에서 모든 게 멈췄다. 그녀가 스스로 움직일 수 있었던 마지막 그 장소에서. 마지막에 여분으로 남아 있는 조각난 필름, 순간의 빛을 들이켜지 못한 그곳엔 캄캄한 바다만 그르렁거렸다. 왜 자살을 하였냐는 무수한 물음만 모래에 스미는 파도처럼 재잘거릴 뿐이었다. 호텔에서 방파제로 내려가는 언덕길에서 의상은 자신이 음화를 수정하듯 의도적으로 그녀의 존재를 지워버리려고 하는 것은 아닌가 하는 의심이 들었다. 어쩌면…… 또다른 의상이 존재할지도 모르는 일이었다. 그러나 그 의상을 자신에게, 더욱이 경찰에게 설명할 수는 없었다. 한 몸 속에 똬리 틀고 있는 두 사람의 존재를. 그들은 짐짓 웃으며 기억 속을 잘 더듬어보라고 하였다. 고인 물에 팅팅 불은 여자의 얼굴. 그 꽉 다문 입술은 어떤 출구도 일러주지 않았다. 의상은 아무것도 찍혀 있지 않은 텅 빈 기억의 방에서 또다시 돌아섰다. 방파제는 난장에 가까웠다. 가까운 어시장에서 횟감을 떠온 행락객들은 곳곳에 자리를 깔고 앉아 난바다를 건너온 바람에 가슴의 셔터를 열어두고 있었다. 알 수 없는 여자. 그리고 새벽의 자살. 떨어지는 태양처럼 의상의 망막을 태웠다가 사라진 재인. 가장 가까운 바다를 노려보던 낚시꾼들이 고함을 치며 뜀박질을 시작했다. 동해의 한 지점을 겨눈 그들의 낚싯대는 무모해 보였지만 표정엔 비장함이 가득했다. 속이 잘 보이지 않는 바다가 언뜻언뜻 내비치는 신호를 잡으려 턱에 받치는 숨을 삼키며 던진 낚싯바늘. 줄 끝에 매달린 추 모양의 납덩이가 맹렬한 기세로 맴을 돌며 바다로 꽂히자 줄줄이 매달린 은빛 코바늘이 예리한 빛을 뿜으며 속속 뒤따랐다. 하지만 쪼그려 앉은 의상의 눈엔 그들이 노리는 물고기가 전혀 보이지 않았다. 그들이 쓰고 있는 편광안경이 햇빛의 반사를 차단해 바닷속을 유영하는 물고기를 보여주는 듯했다. 저기! 저기! 놓쳤어! 하는 다급한 탄성만 들려올 뿐이었다. 포구를 빠져나가는 통통배. 갈매기. 지글지글 끓는 난바다. 재인은 방파제에 없었다. 헛것을 본 게 아니라면 의상이 호텔 객실을 나와 방파제로 오는 사이에 다른 곳으로 떠난 게 분명했다. 의상은 돌아서서 방파제의 입구를 보았다. 해수욕장과 낙가산 도립공원, 7번 국도. 길은 세 갈래였다.

방파제의 중간쯤에서 일제히 환호하는 소리가 치솟았다. 앉아 있던 행락객들이 그리로 몰려갔다. 보이지 않는 줄에 매달려 푸득거리며 바다에서 곧장 허공으로 올라오는 물고기. 의상은 메고 있던 사진기의 망원렌즈를 당겨 피사체로 변한 물고기를 훔쳐보았다. 완만하게 굽은 등에서 떨어지는 물방울, 그리고 언제 보아도 우울함을 머금은 물고기의 눈동자.

흑백. ISO 125. F/22. 7. 1/60.

"저 물고기 이름이 뭐죠?"

"몰랐어요? 저게 바로 숭어잖아요!"

"이름은 많이 들었지만 한 번도 본 적이 없어서…… 이제야 보는군요."

"가서 알은체라도 하지 그래요! 존함은 많이 들었는데 이제사 뵙게 되었군요, 라고. 아직 그런 물고기들이 더러 있잖아요. 송어니, 은어니, 연어니…… 사실 소문만 거창한 거지, 먹어보면 다 거기서 거기야! 주둥이만 고급인 작자들이 갖가지 색을 발라 부풀릴 대로 부풀려놓았으니 내 꼬라지 같은 이런 놀래기쯤이야 명함도 못 내밀지 뭐. 이곳저곳 뜨내기로 전전하다 지렁이 꼬리가 보이는 족족 웃음을 흘리며 물어버리니, 유식한 말로 애타하고 설레며 그리워할 틈이 없잖아요!"

낚시꾼이 망태를 바다에서 건져올리는 사이 방파제에서 뛰고 있는 숭어를 내려다보는 구경꾼들의 눈동자에 렌즈를 맞춘 의상은 셔터를 눌렀다. 낡아 쓸모 없는 기억을 지워버리고 방파제의 숭어를, 그 몸부림에 호기심 가득한 초점을 맞춘 눈동자들을. 숭어는 다시 바다로 되돌아갔다. 망태의 촘촘한 그물에 갇혀.

"실망하신 모양이네."

며칠 사이에 낯이 익은 여자는 풀어진 파마 머리가 해풍에 날리는 것을 내버려둔 채 맘에 드는 단골에게나 보내는 은근한 눈짓으로 술을 권했다.

"갑자기 졸부가 된 기분입니다."

"졸부는 무슨 얼어죽을 졸부! 참, 번거롭게 사진은 왜 찍어요? 꼭 사진기에 몸이 딸려다니는 것 같아."

다음 배의 출항을 기다리려 방파제의 끝으로 휘적휘적 걷는 낚시꾼들의 두런거림을 들으며 의상은 자리에서 일어났다. 몇 잔 들이켠 소주는 은빛 낚싯바늘처럼 뱃속을 할퀴었다. 여자가 소리쳤다.

"이봐요, 그깟 숭어 한번 봤다고 그렇게 억지로 인상 쓰지 말아요. 그 흔한 우연일 뿐이지 뭐. 한 바퀴 돌고 놀래기 회나 먹으러 와요!"

우연? 낚싯바늘에 채여 방파제로 올라온 숭어가 마련해준 우연. 숭어가? 아니면 정체를 숨긴 누군가가 있다는 얘긴가. 의상은 방파제를 둘러보았다. 약간 기울어진 햇살 아래에서 사람들은 무심히 제각각의 자세로 바다의 냄새를 맡으려 킁킁거리고 있었다. 파마머리의 여자는 손을 흔들어주었다. 그 뒤편에서 좀 우스꽝스런 폼으로 걸어오던 두 명의 사내가 의상과 먼 시선이 마주치자 쭈뼛거리며 포구에 정박한 어선들을 건성으로 훑는 척했다. 며칠 전부터 그림자처럼 의상의 주변을 맴도는 사내들이었다. 손을 흔들던 여자가 귓전에 대고 속삭이는 듯했다. 당신이 찾는 그 무엇은 없다고. 의상은 속삭임에 조금씩 밀리듯 입구로 돌아가 흔들리는 시야를 고정시켰다. 재인의 행방을 가늠할 수 없었다. 낚시꾼들처럼 숭어를 찾아내는 안경이 있다면 모를까. 해수욕장의 백사장에 찍힌 무수한 발자국들. 휴전선에서 끊긴 7번 국도와 낙가산의 홍련암으로 이어진 길이 감추고 있는 발자국들. 더더욱 의상은 아직 재인의 가슴에서 뛰고 있을 숭어의 펄떡거림을, 그 호흡을 느끼지도 못했다. 망설임의 지점에 서 있는 의상의 곁에 어느새 다가온, 바보스러워 보이는 두 사내는 서로 투닥거리며 말싸움을 시작했다.

"홍련암으로 가지 않으면 어떻게 하지?"

"여기서 달리 갈 곳이 또 어딨어? 버스를 탄다면 모르지만."

"지긋지긋해지는군, 도대체 며칠째 여길 드나드는 거야!"

길은 절벽을 옆구리에 끼고 오르막과 내리막, 좌우로 돌아갔다. 노송숲 너머 저 아래에서 모래를 핥는 파도 소리가 수런수런 올라왔다. 매표소를 지나자 숲 사이로 바다가 보이고 촛대처럼 치솟은 절벽 위에 올라앉은 군 초소도 보였다. 홍련암 가는 길은 노송이 만든 굴이었다. 시야는 일시에 환히 뚫리는가 하면 잘게 부서진 빛살이 쏟아져 얼굴을 아리게 만들었다. 신선봉에서 두 갈래로 흘러내려와 바다와 만나는 산줄기는 여인네의 젖가슴을 떠올리게 했다. 봉긋하게 치솟았다가 젖꼭지를 기점으로 급하게 곤두박질하는 바위 절벽이었다. 바다에서 볼 때, 왼쪽 젖가슴의 젖꼭지쯤에 지어놓은 육각정은 지난 세월 동안 계속된 해풍과의 부대낌으로 인해 부식되어가고 있었다. 천막으로 사방을 둘러쳐놓았지만 퇴락의 냄새마저 가둬놓을 수는 없었다. 의상은 움푹 팬 앙가슴의 골짜기에서 솟는 샘 곁에 앉아 바다를 건너온 바람이 믿을 수 없다는 듯 육각정을 감춘 천막을 뒤흔드는 소리를 들었다. 접근금지라고 붉게 써서 매단 팻말이 요동을 치는 중이었다. 그날, 재인은 육각정의 한 기둥에 기대 동해의 수평선을 물들이며 솟아오른 해의 빛살을 얼굴 가득 담으며 의상의 손을 이끌어 왼편 젖가슴을 열어주었다. 의상은 팽팽하게 부풀어오른 그녀의 진홍빛 젖꼭지를 혀로 쓰다듬었다. 땀으로 축축해진 자신의 가슴으로 의상은 손을 가져갔다. 쪼그라든 젖꼭지는 재인에게서 받았던 느낌을 전해주지 않았다. 아니야. 그 여자는 재인이 아니었을 거야. 확실하지도 않은 기억을 붙잡고 억지로 한 여자에게로 몰아가는 의식의 질주에 의상은 두려움이 들었다. 재인의 손목도 잡아보지 못했다는 게 정확한 기억일 것이다.

발 아래로 내달리는 골짜기는 배꼽쯤에서 바다에 잠겼다. 흰 거품이 더이상의 시야를 차단했다. 의상은 산자락이 잠긴 바다로 뛰어들 자신이 없었다. 새벽에 호텔을 떠나 곧장 아침못으로 들어갔다는 낯선 여자의 심정도 당분간 이해할 수 없을 것이다. 홍련암으로 향하는 가파른 언덕길로 접어들었다. 육각정 주위의 부러진 노송을 뛰어넘으며 장난을 치던 두 사내는 서둘러 옷을 털고 의상이 앉았던 골짜기의 샘으로 달려와 목을 축였다.

포구를 떠나 바다로 나간 뱃사람들은 배 난간에 팔을 걸치고 짐짓 근엄한 얼굴로 말한다고 했다. 왼편 젖가슴의 육각정이 여자의 외양을 나타낸다면 오른편 홍련암은 변하지 않는 마음의 젖가슴이라고. 언젠가 재인도 비슷한 말을 했다. 배를 타고 바다로 나가 육각정과 홍련암을 바라보지는 못한다 하더라도 걸어서 홍련암까지 가보라고. 그곳에 가면 분명 무엇인가를 찾을 수 있을 것이라고. 의상은 주기적으로 엄습하는 어찌할 수 없는 흔들림이 마음의 수면에서 범람할 때마다 사진 촬영을 핑계삼아 홍련암을 방문했지만 재인이 말한 것을 짐작조차 할 수 없었다. 바위 절벽의 중간쯤에 간신히 올라앉은 암자에서 전해오는 나른함이 전부였다. 물론 재인도 없었다. 기억이 정확하다면, 재인을 잃어버린 장소란 사실은 분명했다. 잃어버렸다기보다는 그녀 스스로 홀연 자취를 감췄다. 그날, 갑자기 몰려온 짙은 안개로 어디가 어디인지 구별할 수 없었을 때, 벼랑 중간으로 뚫린 단 하나밖에 없는 작은 길에 의상이 꼼짝없이 갇혀 있어 앞서간 그녀가 몰래 되돌아간다는 것은 거의 불가능했는데도. 아니, 아니었다. 그날 의상은 재인과 함께 오지 않았을 것이다. 역시 조작된 기억일 가능성이 더 많았다.

의상은 후들거리는 다리로 몰리는 체중을 더이상 견디지 못하고 홍련암이 내려다보이는 바위에 주저앉고 말았다. 난바다의 한쪽은 지글지글 끓고 있었다. 해안선과 평행을 유지하며 이물을 북쪽으로 향한 통통배가 파도에 미끄러지기를 되풀이하며 울렁임을 고스란히 의상에게로 보내왔다. 조작이라! 의상은 새벽의 아침못으로 들어간 여자의 팅팅 불은 얼굴을 떠올렸다.

만약 경찰 조사대로라면 그녀는 왜 나를 마지막 밤의 상대로 골랐을까. 어쩌면 모든 동기가 그날 밤 내게서 나왔을지도 모르는 일이다. 그 충격으로 인한 마음을 다스리지 못하고 무작정 아침못으로 들어갔다면 나는 어떤 책임을 져야 할까…… 그러나 아무것도 기억나지 않는다. 그녀는 도대체 누굴까.

"저어, 실례지만 그 사진기에 필름이 남았습니까?"

헉헉거리며 바위언덕을 올라온 두 사내가 의상의 곁에 서서 한참을 머뭇거리다 꺼낸 말이었다.

"거 봐, 남았잖아. 아까 방파제에서 두 장만 찍는 걸 내가 분명하게 셌다고. 사진작가 선생님, 이왕 여기까지 왔는데 한 장만 찍어줄 수 없겠어요?"

"야, 난 사진기 앞에 서면 왠지 겁이 나. 근육이 마비되는 것 같단 말이야. 마치 내 목에 쇠줄이 채워지는 기분이 든다고."

두 사내는 말다툼을 벌였다. 그러나 의상이 사진기의 렌즈 덮개를 열자 즉시 말을 멈추고 환하게 웃는 얼굴로 자세를 잡았다. 파인더에 단지 희미한 그림자로 자리잡은 그들을 배경으로 홍련암의 기와지붕이 절벽과 바다와 함께 또렷하게 층계를 이뤘다. 숨을 멈추고 셔터를 누르는 것과 동시에 의상은 해수면에서 가볍게 튀어올랐다가 사라지는 숭어를 보았다.

흑백. ISO 125. F/22. ∞. 1/60.

사진을 찍은 두 사내는 홍련암으로 가지 않고 낄낄거리며 왔던 길로 뛰어갔다. 그늘 한 점 없는 홍련암의 처마 밑 구석 자리에 앉은 의상은 난간 너머 수십 척이나 되는 절벽의 틈새로 들어와 부서지는 파도의 거품 속으로 마음의 헛갈림을 놓아버렸다. 암자는 그 위에서 아슬아슬한 자세를 취하고 있었다. 의상은 가끔씩 관광객들의 사진기 속에 갇혔다가 풀려나곤 했다. 스님을 찾을 수 없었다. 목탁과 독경 소리도 들려오지 않았다. 알 수 없는 갈매기의 울음과 엉덩이 한참 밑에서 치솟는 파도 소리, 그리고 관광객들에게서 건너왔다 이내 잊혀지는 말 부스러기가 전부였다.

재인은 무엇을 찾을 수 있다고 한 것일까.

문살에 붙은 흐릿한 유리 너머로 안을 엿보았다. 아무도 보이지 않았다. 촛불은 생각났다는 듯 흔들렸다. 난간을 붙잡고 일어났다. 파도 소리가 귓전을 덮었다. 재인의 말 때문이 아니었다. 대기를 뚫고 쏟아지는 햇살에 더이상 얼굴을 내놓을 수 없었다. 의상은 절벽으로 몸을 던지는 파도 소리가 죽순처럼 올라오는 홍련암의 법당으로 조심스레 발을 디밀었다. 신성함과 부패를 동시에 감추고 있는 묘한 향내가 실오라기로 흐르는 법당은 비어 있지 않았다.

회색의 승복 바지에 헐렁한 반팔 차림의 여자가 조금의 미동도 없이 방석에 앉아 있었다. 그녀의 시선은 마룻바닥에 펼쳐놓은 서적으로 들어가서 나오지 않았다. 길지 않은 머리카락이지만 고개를 숙인 탓에 얼굴도 숨어 있었다. 의상은 비어져나오려는 탄성을 삼켰다. 여자의 숙인 얼굴 옆쪽으로 십육절지만한 얇은 유리 네 장이 창살에 끼워져 바다와 하늘을 나누어 담고 있는 것을 보았기 때문이다. 어느새 파도 소리는 쿵쿵거리며 뛰는 가슴에 묻혀버렸다. 잘 닦여진 유리창으로 푸른 숭어가 경쾌하게 뛰어올랐다가 사라지기를 거듭하는 것이 보였다. 불당에 앉아 있는 부처의 가느다란 입술선을 따라가는 숭어. 부처의 들리지 않는 웃음. 의상은 여자의 얼굴을 확인하려 무릎걸음으로 나아갔다. 그녀는 조금도 움직이지 않았지만 얼굴은 여전히 보이지 않았다.

"오늘 재인이 오지 않았나요?"

의상은 여자가 묵독하고 있는 서적에 대고 나직하게 물었다. 마루

위에 펼쳐놓은 서적의 책장은 미동조차 하지 않았다. 무슨 내용인지 해석할 수조차 없는 한자였다. 줄을 맞춰 한 자 한 자 세로로 내려오는 불경. 사실 불경이라는 것도 추측일 뿐이었다. 재인은 펼쳐놓은 서적 속으로 사라진 건지도 모른다는 생각이 불쑥 들었다. 그렇다면…… 의상은 십육절지의 유리창을 가득 메우는 막막한 하늘을 바라보았다. 숭어를 찾아보려 했지만 허사였다. 여자가 읽고 있는 서적 속으로 들어가려고 한자의 앞과 뒤를 붙잡고 재만 가득한 화로에서 부지깽이로 불씨를 찾듯 기억 속을 뒤적거렸다.

"얼마 전에 재인을 만나지 않았나요?"

가까스로 해석해낸 몇 자를 뭉뚱그려놓자 건너온 말이었다. 화들짝 놀란 의상은 서적에서 얼굴을 돌렸지만 다음 줄에서 뒤따라 물음이 튀어나왔다.

"함께 잠을 잔 일도 잊었나요?"

"아니, 아닙니다! 전혀 그렇지 않아요. 전 이미 오래 전에 재인을 잃어버렸어요."

의상은 뒷걸음을 치다 벽에 부딪혀 주저앉았다. 사라졌던 파도 소리가 마룻바닥 저 아래에서 아우성쳤다.

"안개가 지독했던 그날, 재인은 여기서 자취를 감췄습니다. 그게 마지막이었어요. 아니, 아닙니다. 재인이 아닐 겁니다. 더 오래 전에 떠났는지도 모릅니다."

"미안해요. 잘못 본 모양이네요. 진정하세요. 이곳에 올 때마다 되풀이하는 말이지만 재인이 어디 있는지는 알 수 없어요. 하지만 마지막 기억의 장소가 홍련암이라면 여기서부터 다시 더듬어가세요. 제가 해드릴 수 있는 말은 이게 전부죠."

여자는 묵독하던 서적을 덮고 염주를 잡았다. 비로소 그녀의 얼굴선이 조금 보였다가 다시 숨었다. 의상은 그녀의 앞에 놓인, 입을 다문 서적의 겉장을 훔쳐보았다. 소문으로 들어 알고는 있었지만 읽어보지 못한 서적이었다. 법당으로 들어온 직후 느꼈던 설렘의 파도는 깎아지른 절벽을 만나 형체도 없이 스러지고 있었다. 한 장 한 장을 가득 채우고 있는 낱말 속으로 들어갈 엄두가 나지 않았다. 읽어내는 것까지야 어떻게든 할 수 있다고 실오라기 희망을 걸 수야 있겠지만 그 서적은 단지 읽어내는 것만으로는 어림도 없을 게 분명했다. 그 속으로 발을 디미는 일은 의상에겐 출구를 찾을 수 없는 연옥으로 들어가는 것과 마찬가지였다.

섬뜩하게 맑은 유리창에서 시선을 돌릴 수 없었다. 손을 대기만 해도 사방으로 금이 갈 것 같은, 오래된 유리란 생각이 먼 기억 속에서 걸어나왔다. 게으르게 이동하는 구름과 지글지글 끓고 있는 바다를 담고 있는 사등분된 유리…… 덮어놓은 서적…… 재인이 사라진 그날, 홍련암은 안개로 가득했다.

"여기서 나가는 다른 길은 정말 없습니까? 재인은 분명 그 길로 갔을 겁니다."

"들어오는 길과 나가는 길은 하납니다. 벼랑을 오르거나 수십 척 아래 바다로 뛰어들지 않는 한. 재인은…… 그렇게 무모하진 않을 거예요."

여자는 염주 돌리는 것을 멈추고 의상을 돌아보며 단호하게 말을 잘랐다. 그럼에도 의상의 얼굴에 남아 있는 의혹을 찾아내곤 빙긋 웃으며 마룻바닥에 놓인 서적을 옆으로 옮겼다. 서적이 놓였던 자리에는 손가락 하나가 들어갈 만한 구멍이 뚫려 있었다. 그녀는 구멍에 집게손가락을 집어넣었다.

홍련암에서 나온 의상은 무엇에 쫓기는 사람처럼 자주 뒤를 흘깃

거리며 뛰다시피 언덕길을 올랐다. 신선봉을 넘어가지 않은 해는 여전히 길을 태우고 있었다. 길이 두 갈래로 갈라지는 곳에서 음료수를 마시던 두 사내가 의상을 보고 손을 흔들었다. 사내들은 그를 기다렸다는 표정이었다. 벗어놓았던 웃옷을 입고 나자 노골적으로 의상의 얼굴에 담긴 무엇을 읽어내려고 긍긍했다.

"이곳으로 재인이 사라졌다고 믿진 않겠지요?"

여자의 마지막 말은 닫혔던 덮개가 열리자 일제히 치솟는 파도 소리와 함께 사라지지 않고 멍멍하게 울렸다. 책받침 크기의 널조각이 그녀의 손가락에 걸린 채 들려올라오자 의상은 그만 눈을 감고 말았다. 구멍은 해발 영에서 부서지는 바다를 수직으로 가리켰다. 여자가 나가고 한참이 지났지만 꼼짝할 수가 없었다. 조금이라도 무게의 이동이 생기면 법당 전체가 일시에 그 바다로 쏟아져내릴 것만 같았다.

신선봉의 남쪽 능선을 돌아가는 길은 아침못에 못 미쳐 두 갈래로 갈라졌다. 사내들은 멀찌감치 떨어진 곳에서 흘금흘금 의상을 기웃거렸다. 신선봉 정상엔 해수관음상과 관음굴이 있었다. 그곳으로 오르며 의상은 덜컥 달려든 불안을 지우려 얼굴을 쓰다듬었다. 홍련암에서 사진기의 필름에 음화로 새겨넣은 두 장면의 무게가 점점 불어나고 있음을 감지한 것이다. 십육절지 크기의 유리창과 마룻바닥의 구멍은 예상할 수 없는 흡인력으로 손짓하고 있었다.

재인에게로 다가가는 길일 뿐이다. 재인에게로……

사진기의 구조와 비슷하게 설계한 관음굴은 두 개의 거울을 이용해 신선봉의 거대한 관음상을 불당 위에 모셔놓고 있었다. 의상은 거울 속의 관음상을 건성으로 훑어본 뒤 신선봉으로 올라가 의자를 찾아 누웠다. 관음상의 눈을 찾아 올라가던 의상은 햇살에 질려 포기하고 말았다. 인간의 열망이 쌓아올린 것들은 조금만 길을 잘못 들면 우스갯거리로 변할 수 있다는 사실에 착잡해졌다. 걸음은 몇 발짝 옮기지 못했는데 욕망만 비대해져 결국 우울한 거인이 되어버린 것 같았다. 재인을 찾는다는 것은 무모한 행동처럼 보였다. 나무 한 그루 놓치지 않고 낙가산을 샅샅이 뒤지는 것과는 다른 차원에 속함을 분명하게 알고 있었지만 의상의 발걸음은 여전히 길이 끝나는 벼랑 근처를 서성거렸다.

의상은 재인이 왜 하필 동해안 귀퉁이에 자리한 홍련암으로 자신을 이끌고 왔는지 알 수 없었다. 그 까닭이라도 분명하게 안다면 사라진 재인을 쫓는 걸음이 훨씬 빨라질 것이다. 단서라고 추측한 두어 가지만 만지작거리다간 곧장 바다로 들어갈 게 뻔한 일이었다. 홍련암을 떠나면서부터 줄곧 사라지지 않고 매달리는 불안을 쉽게 지울 수 없었다. 이해되지 않는 꿈을 현실과 연결시켜주는 고리. 그곳으로 모든 걸 몰고 가는 마음에 제동을 걸려고 몇 차례나 큰숨을 삼켰다. 기억 속으로 들어가려면 통과해야 하는 무수한 좁은 암문들. 꿈과 현실의 경계선. 그곳. 순간 서적을 묵독하던 여자의 표정이 서늘한 칼날로 변해 의상의 마음을 베고 지나갔다.

의상은 숭어가 유연하게 파도를 가로질러가듯 햇살의 광장을 건너 관음굴로 내려가는 계단을 급하게 밟았다. 혹시라도 가까이 있는데 두르고 있는 허울 때문에 알아보지 못한 것이라면…… 길 뒤편으로 멀어져가는 흐릿한 형상들이 안타까운 얼굴로 뒤돌아보았다. 작은 광장 입구의 매점에서 부채질을 하던 두 사내도 의상의 갑작스런 행동이 의아한 듯 시멘트 바닥을 밟는 구두 소리가 요란했다. 깨어진 햇살의 파편들이 사방으로 흩어져 안개처럼 떠오르고 있었다.

관음굴의 문은 닫혀 있었다. 어둠침침한 법당을 그나마 밝혀주는 촛불마저 없었다면 귀퉁이의 탁자 뒤 벽에 기대어 조는 노파를 발견할 수 없었을 것이다. 다행히 노파의 노루잠 속으론 들어가지 않은 모양이었다. 뒤따라 계단을 내려오던 사내들의 구두 소리가 멎었다. 안을 엿보며 내뱉는 짧은 두런거림. 의상은 눈을 감았다. 가슴을 치고 올라오던 더운 숨이 가라앉는 소리. 색색거리는 노파의 숨소리. 긴장을 풀고 멀어지는 구두 소리. 짧은 풀피리처럼 울렸다가 사라지는 새소리. 어딘가 아귀가 맞지 않는 문틈으로 스며들어와 법당의 그늘을 건너 촛불로 스며드는 바람, 소리. 소리의 주문을 물들이는 묘한 향내.

"의상?"

재인이었다. 홍련암의 안개 속에서 자취를 감췄다가 다시 이어진 목소리.

"의상, 쓰러져가는 표지판 하나만 믿고 암자를 찾아 걸었던 산길 기억나요? 가도가도 그 아름다운 이름의 절은 보이지 않고 산모퉁이를 돌아가는 눈길이 끝없이 이어졌었지요. 부처는 없고 빈 방석만 있다는 암자를 찾아 우린 산그늘 속으로 마음을 디밀었지요. 이정표 하나 없는 그 길에서 산길은 늪이라고 당신은 말했고 나는 지금 가고 있는 이 길이 그래도 가장 빠른 길일 거라고 떠밀었지요. 후후! 당신은 함박눈을 가득 짊어진 소나무였고 난 하늘로 되돌아가는 흰 자작나무였어요. 길은 계속 눈 덮인 산 속으로 들어가고 그 어디쯤에 빈 방석은 있겠지만 우리의 의심은 소름과 땀으로 번갈아 옮겨다녔어요. 당신은 길 어디쯤에서 동행을 만나는 것도 괜찮을 거라 하였고 어찌 보면 그 만남이 길의 전부일지도 모른다고 중얼거렸어요. 고개 끄덕이며 난 주막을 눈 위에 그려놓았죠. 하지만 어찌할 수 없을 만큼 걸어왔을 때 우리는 말을 잃어버리고 고개를 숙인 채 발걸음을 재촉했죠. 골짜기의 바람은 차가웠고 각자의 마음 깊은 곳으로 침몰해가고 있었어요. 길 끝에 이름보다 더 아름다운, 부처는 없고 빈 방석만 놓인 암자가 있으리라는 그 믿음은 조금씩 사라져가고 있었지요. 의상, 아직도 그 길을 걷고 있나요? 혹시……그 길의 끝은 절벽이 아닐까요? 두려워요. 이 팽팽한 줄을 그만 놓아버리고 싶어요. 눈을 뜨지 말아요! 아직 당신을 만날 때가 아닌 것 같아요."

눈을 뜰 수 없었다. 재인의 얼굴을 마주 본다는 사실이 두려웠다. 눈을 뜨면 망막이 타버릴 것 같았다. 하지만 다시 헤어질 수는 없었다. 의상은 붙어버린 눈꺼풀에 힘을 주었다. 빽빽한 어둠의 숲으로 바람이 불어 검은 잎들을 살랑살랑 흔들자 바늘로 변한 빛살이 눈동자를 찌르기 시작했다.

"가지 마……"

의상은 허공에 희미한 영상으로 떠 있는 자신을 보았다. 눈을 비볐다. 해수관음상은 거울 속에서 사라졌고 거울은 어떤 대상도 담고 있지 않았다. 눈꺼풀이 벗겨질 정도로 비볐다. 요동을 치는 촛불이 시야를 가득 메웠다가 본래의 모습으로 돌아가고 있었다. 비로소 희미한 모습을 드러낸 재인은 불당의 거울 속에다 수놓았던 자신의 얼굴에서 한 올 한 올 실을 거둬갔다. 그 시간은 너무 빨랐다. 불당에 뛰어올라 한 올의 실이라도 붙잡고 싶었지만 몸은 돌부처라도 된 듯 움직이지 않았다. 건판 사진을 찍듯 재인의 마지막 표정을 가슴에다 가두었다. 다시 텅 빈 거울로 의상의 볼을 타고 흐르는 눈물이 잠깐 맺혔다가 사라졌다.

사하촌을 한 바퀴 돌아보고 온 듯한 해수관음상은 숨겨진 또하나의 거울을 거쳐 아무것도 모른다는 얼굴로 관음굴의 거울 속으로 들어왔다. 노파는 약하게 코를 골았다.

의상은 밖으로 뛰쳐나왔다. 햇살이 녹아 흐르는 광장을 살피곤 출구 쪽으로 뛰었다. 안개라곤 찾을 수 없는 대낮에 또다시 재인을 놓쳐버릴 수는 없었다. 거울은 깨끗하게 지워졌다. 단지 재인을 잡아야 된다는 것뿐. 아침못으로 내려가는 길은 끝날 것 같지 않은 구불구불한 계단의 연속이었다. 내려온 만큼씩 앞의 계단은 늘어나고 있었다. 노송숲을 빠져나온 빛싸라기들이 점차 주변을 들뜨게 만들었다. 다른 길도 없는데 재인은 보이지 않았다. 목목에 서 있는 사람들의 얼굴을 살폈다. 어둡고 가파른 숲으로 숨을 수도 없었다. 앞으로 거꾸러지려는 상체를 간신히 바로잡은 의상은 거울에 비쳤던 재인의 얼굴을 떠올렸다. 그 얼굴!…… 일시에 다리의 힘이 풀린 의상은 쏟아지는 사태를 맞은 듯 허물어졌다.

홍련암과 아침못으로 갈라지는 길목에서 장난을 치던 두 사내는 뒤뚱거리는 그림자를 앞세우고 와서 의상을 부축하며 서로 속삭거렸다.

"거 봐, 내 말이 맞잖아. 이곳은 단 한 걸음도 벗어날 수 없게 만드는 곳이야."

"갑자기 왜 이러는 거지?"

"급하게 운동을 해서 일시적으로 몸에 마비가 온 것뿐이야. 호들갑 좀 그만 떨라구."

"호들갑이 아니야! 그렇게 지시대로 가까운 곳에 있었으면 이런 불상사는 생기지 않잖아. 만약 그대로 아침못으로 뛰어들었으면 어쩔 뻔했어?"

사내들은 아침못 주변으로 띄엄띄엄 놓인 긴 나무의자에 의상을

앉혔다. 수면에서 반사된 빛살은 주위를 연노랑빛으로 물들이고 있
었다.

"그 여잘 봤습니까?"

"그 여자라니?"

제법 근심스런 얼굴로 내려다보던 사내들은 연극배우처럼 눈동
자를 굴리며 되물었다. 의상은 입을 다물었다. 관음굴에서 본 재인
의 얼굴을 그들에게 설명할 수 없었다. 도무지 믿기지 않아 거울을
지웠지만 이미 잠상으로 자리잡은 재인은 변하지 않았다. 두 개의
거울이 만들어낸 술수일 뿐이라고 아무라도 말해주길 바랐다. 사내
들은 어느새 자취를 감췄다. 아침못은 푸른 연잎을 피워올리고 있
었지만 머릿속은 과다 노출로 강렬한 빛이 관통해 모든 기억이 하
얗게 타버린 것처럼 갈피를 잡을 수 없었다. 한마디라도 밖으로 끄
집어내면 앞뒤가 뒤얽힌 말들이 맹수의 싸움 소리로 터져나올 것
같은 두려움에 깨문 입술을 놓지 않았다. 술에 만취했을 때 나타나
는 증상이 몸의 곳곳에서 꿈틀거렸다. 통고도 받지 못한 웃음이 새
어나오고 얼굴의 근육이 의지와 무관하게 저 혼자 씰룩거렸다. 가슴
에 가득 찬 정체불명의 무엇이 통로를 찾아 밖으로 나오려고 만만한
곳마다 쑤시는 탓에 제멋대로 흔들리는 몸을 두고 보아야만 했다.

홍련암과 방파제로 돌아가 확인하고 싶었지만 그들이 거기에 없
을 게 분명하다는 사실을 인정하기까지 아침못을 두 바퀴 돌았다.
재인의 물음에 답하고픈 충동이 간절했다. 진흙을 밀어내고 어두운
아침못을 헤엄쳐나와 수면에 펼쳐진 연잎. 사람들이 소원을 빌고
던져놓은 무수한 동전들을 화인처럼 가슴에 얹고 있는 연잎은 아침
못의 가운데를 대부분 덮고 있었다. 의상은 호주머니로 다가가던
오른손을 힘없이 떨어뜨렸다. 원통보전으로 오르는 언덕은 박힌 돌

240

멩이 하나 없이 잘 다져진 황토가 걸음을 부르는 길이었다. 길에 찍힌 신발 자국은 서두른 흔적을 찾을 수 없는 안온함을 하나같이 유지하고 있었다. 양편에서 길을 에워싼 숲마저도 깊이 숙고하고 있는 듯했다. 나무 한 그루 한 그루의 자세는 만인의 얼굴을 옮겨놓은 듯 그 인상이 자못 신비로웠다. 뒤틀린 꼽추목에서 장쾌하게 치솟은 거목까지. 들어가면 길을 잃을 듯한 빽빽한 노송숲을 건너온 딱따구리 소리가 들렸다. 하지만 숲에서 피어난 소리는 늘 정확한 자신의 위치를 숨겼다. 한 마리 새가 부리로 나무를 뚫는 소리는 사방에서 날아와 의상의 귓바퀴에 감겼다. 의상은 길을 벗어나 숲으로 들어가려는 걸음을 가까스로 달랬다. 짧게 혹은 길게, 이어졌다가 끊기는 소리는 갈 수 없는 먼 곳으로 타전하는, 해독할 길 없는 신호였다.

신호를 보내는 사람들……

신음하듯 웅얼거렸다. 새벽의 아침못으로 들어간 여자. 숭어가 뛰었던 방파제에서 낡은 흑백사진의 웃음을 흘리며 술을 파는 여자. 서적 속에서 침묵하는 여자. 그들은 모두 어딘가의 누구에게로 은밀한 신호를 보내고 있는 듯했다. 의상은 우연한 순간에 그 신호음의 일부를 감청한 자의 막막함을 되씹었다. 잠이 달아난 깊은 밤 라디오의 채널을 돌리면 불쑥 튀어나왔다가 사라지는 어떤 낱말을 붙잡고 막연한 안타까움으로 밤을 새웠던 기억이 멀리 있지 않았다. 재인의 주파수와 맞추려고 채널의 이쪽 끝에서 저쪽 끝까지 오르락거리는 빛을 잃은 빨간 바늘이 아른거렸다. 간혹 섬광처럼 들어온 빛이 바늘을 물들이며 몇 마디 말을 흘리고 갔지만 그 말의 앞과 뒤는 헤아릴 수 없을 정도로 긴 것이어서 뜻을 해석하기엔 역부족이었다. 의상은 물기가 사라진 나무막대기처럼 원통보전의 경내를 주파수의 눈금을 밟듯 쏘다녔다. 꼬깃꼬깃 접어두어서 보풀이 날리는, 그러나 촉촉한 부식토를 만나면 언제든 싹을 틔울 수 있다는 희망을 버리지는 않았다. 관음굴의 거울 속으로 나타났던 재인의 그 형상도 누군가의 엿봄을 염려한 변장이 틀림없을 것이었다. 재인은 분명 낙가산의 어느 곳에서 몸을 위장한 채 은밀한 신호를 보내고 있음이 분명했다. 황망중에 재인의 이름을 사내들에게 발설하지 않은 것은 잘한 일이었다. 그들이 배후세력이라면 의상보다 먼저 재인의 암호를 해독할 것이다.

요사채임을 알리는 팻말이 걸린 쌍여닫이 나무대문은 햇볕을 받고 있었지만 윤기를 찾아볼 수 없었다. 기왓장으로 문양을 넣은 진흙 담장이 꺾어지는 외진 곳에 자리한 대문은 외부인의 출입을 금하고 있었다. 의상은 화강암 문턱에 걸터앉아 원통보전의 외벽을 따라 차례로 그려놓은 그림을 보았다. 대문은 산 속을 헤매는 한 소년의 모습을 조잡하게 그린 장면과 얼굴을 맞대고 있었다. 주위를 살편 의상은 담배에 불을 붙이며 비어져나오는 허탈한 웃음을 멈추지 않았다. 저편 모퉁이에서 고개만 내밀어 기웃거리던 두 사내가 의아하다는 듯 눈동자를 치켜올린 채 다가왔다가 그림을 일별하곤 그늘이 내려앉은 처마 밑에서 목덜미의 땀을 닦으며 투덜거렸다.

"아무리 생각해도 이번 경운 너무 심한 배려라고 생각해."

"배려가 아니야…… 보호? ……삶으로 유인하는 거라고 표현하면 어떨까…… 물고기를 그물로 모는 것처럼."

"하지만 너무 짜증나! 더이상 견딜 수 없어. 넉넉잡아 한 시간이면 둘러볼 장소에서 한나절이나 허비하고 있잖아!"

"야, 이렇게 뜻있는 일이 자주 돌아오는 게 아냐. 좀 더워도 참으라고. 궁지에 몰린 사람은 이런 사찰에서 종종 쉽게 허깨비를 보고 그대로 흘려버리기 십상이라고. 우린 그들을 보호하는 거야."

뚱뚱한 사내는 이미 양복 윗도리를 벗어놓고 신문으로 부채질을 하느라 바빴다. 신선봉을 넘어간 해가 뿜어내는 햇살은 의상의 몸을 지상에서 조금씩 떠오르게 하는 것 같았다. 더위에 지친 사내의 숨소리만큼 손놀림도 빨라졌다. 담장 너머에서 나무에 구멍을 파는 딱따구리 소리가 메마른 밤알처럼 툭툭 떨어졌다. 옆의 사내는 튀어나온 입술에 담배를 꽂고 소리의 출처를 찾아 허공을 기웃거렸다.

사내의 땀이 흐르는 얼굴은 시간이 흐를수록 점점 기묘하게 일그러졌다. 그 위에는 손바닥을 눈썹에 붙이고 깊은 계곡을 바라보는 댕기머리 소년이 그려진 벽화와 울긋불긋한 처마의 단청이 깊은 그늘 속에 잠겨 있었다. 의상은 일어날 수 없었다. 햇살을 털고 일어나면 주위를 둘러싼 기이한 긴장에 금이 갈 것만 같았다. 사진기의 셔터에 올려놓은 집게손가락에 미세한 힘을 가하다가 조심스럽게 들어 딱따구리 소리가 넘어오는 담장 위로 망원렌즈를 맞췄다. 그늘 깊은 숲으로 촘촘한 첫불에 걸러진 빛살이 내려왔지만 반딧불처럼 미약했다. 의상은 렌즈를 당겨 초점 조절링을 돌렸다. 처마에서 포효하는 용과 수탉이 렌즈에 잡혔다가 허공으로 사라지고 소년의 발밑에서 부채질을 하는 뚱뚱한 사내의 형상이 조금씩 일그러지더니 어딘가 낯익은 표정의 얼굴로 변해가고 있었다. 집게손가락이 떨렸다. 방향을 틀어 옆 사내를 렌즈로 불러들였지만 사내 역시 서서히 얼굴 모습을 바꾸기 시작했다. 손거울을 들여다보는 것만 같아 사진기에서 눈을 뗐다. 두 사내는 변함없었다. 의상은 다시 사진기의 파인더를 살폈다. 숭어가 빛살을 타고 가로질러갔다. 급하게 초점 조절링을 돌렸다. 까맣게 잊고 있었던 지난날 의상의 얼굴들이 캄캄한 기억의 암문을 열고 나와 홍련암의 유리창 너머, 눈이 시린 빛살 속으로 사라져갔다. 재인은 없었다. 뒤이어 자욱한 안개만 밀려올 뿐이었다. 조절링을 끝까지 돌렸다. 정성 들여 기름을 먹인 마룻바닥에 뚫린 작은 구멍 속으로 렌즈는 빨려들었다. 단애의 바닥에서 으르렁거리는 파도가 거품을 뿜어내며 촛대 같은 바위를 부러뜨리곤 광포한 혀를 놀리며 허공의 작은 구멍에 떠 있는 의상의 고통스런 얼굴로 용암처럼 치솟기 시작했다. 의상은 질끈 눈을 감았다.

흑백. ISO 125. F/22. ∞. 1/60. O. L.

잠겼으리라 짐작했던 문은 스르르 미끄러지듯 열려 의상을 뒤로 곤두박질하게 만들었다.

풀숲에 주저앉았던 의상은 무엇에 홀린 듯 재빨리 문의 빗장을 걸어버렸다. 사방엔 빽빽하게 들어찬 나무들뿐이었다. 문의 저쪽에서 그곳은 출입금지 구역이라고 고함치는 소리가 들렸다. 사진기를 찾아든 의상은 순식간에 달라진 주위 풍경을 속수무책으로 바라보았다. 문은 요사채로 통하는 문이 아닌 듯싶었다. 낡은 기와지붕 아래 줄지어 선방이 있으리란 생각은 풀 포기 하나에서도 확인할 수 없었다. 돌아오라며 문을 두드리는 사내들의 고함 소리는 숲을 채운 그늘 속에서 힘을 얻지 못했다. 사진기의 파인더에 남아 있을지도 모를 방금 전의 얼굴을 찾았지만 허사였다. 간단하게 인정할 수 없었다. 두 사내가 바로 지난날 의상의 어떤 모습으로 변해버린 사실을.

의상은 숲에서 건너오는 묘한 느낌에 끌려 문의 저쪽으로 나가려다 그만두었다. 원통보전으로 돌아가봤자 더이상 새로운 장소로 갈 수 없을 게 분명했다. 출발점으로 다시 돌아갈 뿐이었다. 숲으로 들어가는 길만이 재인을 찾을 수 있는 마지막 방법이라고 진작에 어림잡고 있었지만 그 외양에 눌려 걸음을 못 옮겼을 따름이었다. 자주 고개를 숙이며 의상은 좁은 숲길로 들어갔다. 그늘이 차곡차곡

내려 있는 길은 전방의 가시 거리가 짧아 몇 걸음을 옮겨놓으면 방향을 좌우로 바꿔야만 했다.

중간중간 옆으로 빠지는 샛길도 있었지만 그 길이 어디로 향하는지 알 수 없었다. 의상은 내키는 대로 길을 잡았다. 허공으로 떠올라 숲을 조감할 수도 없었다. 울울한 나뭇가지에 가려 하늘이 보이지 않는 숲길이어서 설령 조감을 할 수 있는 곳에 있다고 하더라도 숲속을 통과하는 무엇도 찾을 수 없을 것이다. 숲에서도 숲 밖에서도 길의 행로를 짚어낼 수 없다는 사실을 대충 눈치챈 의상은 비로소 긴 숨을 날려보냈다. 그러나…… 누구의 추적도 간단하게 받지 않는 길은 누구의 행로도 쉽게 좇을 수 없다는 사실을 무언으로 알려주었다.

이 길을 알고 있는 사람은 누구일까.

허청거리며 내리막길을 내려온 의상은 모퉁이를 돌았다. 순간 이백오십분의 일 초 정도의 셔터 속도로 고역스런 햇살이 의상의 그림자를 땅에다 새겨놓았다.

숲길이 끝나는 곳은 아침못이었다.

의상은 쫓기듯 뒤돌아섰다. 그사이에 몸이 음지 식물로 변한 듯 피부가 화끈거렸다. 보이지 않는 새의 날카로운 울부짖음이 겨드랑이를 적시는 땀처럼 불쾌하게 머릿속으로 번져갔다. 길모퉁이를 돌아가는 누군가를 본 것 같아 헉헉거리며 뛰어가봤지만 아무도 없었다. 노송에 등을 기대고 앉아 땀을 식힐 때 새소리의 끝을 움켜잡으며 의상을 찾는 두 사내의 화난 목소리가 숲의 어딘가에서 들려왔다. 의상은 그 소리의 반대편을 어림잡아 언덕을 오르는 흙계단을 밟았다. 고함 소리는 간격을 두고 숲을 흔들어 곤충들의 울음마저 잠재웠다. 문득 의상은 재인도 숲속에서 의상을 찾아헤매고 있는 것

은 아닌가 하는 의문을 가졌다. 어느 곳에 재인이 도착해 있는 것이
아니라 의상과 같은 보폭으로 길을 찾고 어디선가 튀어나올지도 모
를 위험에 떨며 손톱에 손바닥이 파이도록 힘을 주고 있을 것 같았
다. 의상은 언덕을 올라 두 갈래로 갈라지는 길을 두리번거렸다.

숲길이 끝나는 곳은 해수관음상이 보이는 언덕이었다.

가까이에서 두런거리는 사내들의 대화가 들렸다. 그들은 의상을
시야에서 잃어버린 사실에 짜증을 부렸지 숲을 두려워하는 것 같진
않았다. 목소리와 멀어지면서 의상은 고개를 갸웃거렸다. 내 출구
는 어디에 있을까…… 의상은 땀으로 끈적한 고개를 저었다. 사내
들의 목소리는 더 가까워졌다. 의상에 대한 적개심으로 나무를 걷
어차는 소리가 들렸다. 놀란 새들이 끼룩거리며 숲 밖으로 날아가
는 소리가 분분히 떨어졌다.

어째서 홍련암으로 가는 길은 찾을 수 없을까.

의상은 두번째 만난 아침못 앞에서 목소리를 되삼키듯 웅얼거렸
다. 아침못엔 거대한 해수관음상의 상체가 잠겨 있었다. 햇살은 제
법 기울어졌다. 다리에 힘이 풀려 숲길을 더 헤맬 수 있을지 자신이
서지 않았다. 재인은 지쳤을 때 어디로 돌아갈까…… 의상은 해수
관음상의 얼굴을 지우고 자신의 얼굴을 아침못에 담갔다. 자라 한
마리가 진흙을 뒤집어쓰고서 의상의 얼굴을 가로질러 연잎 밑으로
사라졌다. 아침못의 건너편으로 오가는 관광객들이 던진 납작한 돌
이 담방담방 물수제비를 뜨며 건너오다 허무하게 가라앉았다. 재인
을 찾는 발걸음도 어쩌면 서너 차례의 물수제비를 뜨고 아침못 속
으로 자취를 감추는 돌멩이로 전락할지 모른다고 비로소 시인했다.
의상은 물 속의 얼굴을 들여다보느라 그를 찾는 사내들의 목소리가
점점 가까워지고 있다는 사실을 눈치채지 못했다.

　이제는 재인이 누구인지조차 헛갈린다. 그런 여자가 존재하기나 했던 것인지. 기쁨으로 나를 당기는 것이 아니라 돌이킬 수 없는 파멸의 장소로 몰아가는 것만 같다. 아니, 재인은 영영 사라졌고 이름만 남은 채 흔적으로만 떠도는지도 모른다. 그것도 아니라면 저 숲이 부리는 마술에 걸려 똑같이 눈 못 뜨고 자기 살만 뜯어내는 것은 아닐까. 이제야 재인을 포기할 수 있다는 생각을 해보지만 이미 내가 지나온 모든 자리는 돌아갈 길을 차단하고 있음을……

　천근은 나갈 것 같은 무거운 몸이 종잇장처럼 아침못에 떠 있었다. 의상은 자신의 얼굴에 겹겹으로 씌워져 있는 병든 징후를 찾아내려 물 가까이 얼굴을 디밀었다. 얇은 물살에도 얼굴은 일그러지고 갈라져 기이한 모습으로 변해갔다.

　"의상?"

　지친 재인의 목소리였다. 의상은 물에 빠질 듯 위태로운 자세로 수면을 들여다보았지만 줄지어 밀려오는 물살은 아침못에 잠겨 있는 모든 형상을 토막토막 잘라놓았다.

　"의상, 여기까지 왔군요. 길에 지치지 않았나요. 어디론가 가야만 한다고 고집하는 길. 가도 도착할 수 없는 길. 저는 아직 그 길을 이해하지 못했어요. 어쩌면 의상보다 먼저 포기할지도 몰라요. 그 지점은 무엇을 가리킬까요. 그곳으로 갈 수 있겠어요? 아니, 아니에요. 이것은 제 욕심일 뿐이죠. 두려워요. 길에서 쓰러져본 자만이 느낄 수 있는 이 두려움. 길은 저를 어디로 휘몰고 있는 건가요. 의상과의 사랑으로? 어떤 사랑? 사랑에서 다시 갈라지는 무수한 길이 핏발 선 실핏줄처럼 눈을 휘감아요! 가지 말아요, 의상…… 그곳에서, 눈을 감아버려요. 절대 길을 보지 말아요."

　물살에 부서졌던 의상의 얼굴은 아침못으로 되돌아왔다. 두런거

리는 목소리가 숲을 빠져나와 의상을 발견하자 탄성과 욕설로 변했
다. 두 사내였다. 사진기 속에서 의상의 얼굴로 변했던 뚱뚱한 사내
는 굵직한 몽둥이를 쥐고 씩씩거렸다. 오래 전 내 얼굴이 지금의 나
를 미행하고 있다니. 의상은 튀어오르듯 일어나 숲길로 내리 달렸
다. 숲이 일렁이는 소리가 윙윙거리며 귓전을 베어버렸다. 사내들
의 고함 소리. 볼을 후려치고 후들거리는 나뭇가지. 의상은 숲을 뚫
고 이륙하려는 것처럼 가쁜 숨을 토했다. 시야는 점점 흐려지고 아
무 소리도 존재하지 않는 공간으로 진입해 질주하는 것만 같았다.
두 다리가 상체를 따라오지 않는다고 느낀 순간 의상은 방향을 틀
지 못하고 덤불 속으로 처박혔다.

고막을 찌르며 사라지는 자동차의 경적과 뒷바람에 밀려 잡초가
무성한 배수로로 의상은 쓰러졌다. 그곳은 막막한 7번 국도였다.

프런트의 직원은 의상의 행색을 아래위로 훑어보며 형사가 기다
린 지 한참이 되었다고 턱짓으로 호텔 커피숍을 가리켰다.

"죽은 여자의 신원이 밝혀졌습니다."

낯이 익은 형사는 커피를 몇 방울씩 흘리며 마셨다. 지리한 침묵
에 흘러내린 커피가 말라갔다. 선탠을 한 대형유리 너머의 난바다
는 두껍게 언 빙판처럼 보였다.

"죽기로 작정했던 여자더군요…… 유서까지 써놓고 이곳으로 왔
으니……"

의상은 온기가 사라진 커피잔을 움켜쥐었다. 전등이 그 속에서 빙
글빙글 맴돌고 있었다.

"정말 기억나지 않습니까? 물론 그날 밤 처음 만났고 아무리 만
취했기로서니 그래도 하룻밤을 보낸 여잔데…… 아무튼 재수가 없
었다고 생각하시는 게 속 편할 겁니다. 저놈의 연못은 매년 몇 사람

씩 데려가곤 하지요. 폐쇄할 수도 없고. (형사는 새 담배에 불을 붙여 정확히 반을 피우고 껐다.) 아참, 그렇게 열심히 사진을 찍는 까닭이라도 있습니까? 농담입니다만, 너무 많이 찍으면 카메라가 무거워서 들지 못할 것 같은데."

밤바다를 건너온 어선의 실오라기 같은 불빛은 호텔 입구를 밝히는 외등에 밀려 그 자취를 찾을 수 없었다. 의상은 어둠 속에 도사리고 있는 7번 국도를 찾아 남쪽으로 내려가다가 되돌아왔다. 유리창에 떠 있는 여자의 젖가슴이 조금씩 들썩거렸다. 소리내지 않고 침대로 다가가 취침등의 불빛에 드러난 여자의 얼굴을 세심하게 살폈다. 재인이 아니었다. 젖꼭지 주변으로 타액이 허옇게 말라붙어 있었다. 가까운 기억 속의 어느 길에서도 침대의 여자는 걸어나오지 않았다. 침대 주변으로 어지럽게 흩어져 있는 옷가지와 휴지 뭉치들. 의상은 아무것도 걸치지 않은 자신의 사타구니를 기억상실증에 걸린 사람의 표정을 하고서 물끄러미 내려다보았다. 방바닥에 팽개쳐놓은 사진기의 렌즈는 어두운 천장을 바라보며 셔터가 열리길 기다리고 있었다. 의상은 사진기의 렌즈 속에다 잠든 여자를 불러들였다. 팔뚝을 따라 올라가며 담뱃불로 지진 자국이 선명하게 드러났다. 셔터에 올려놓은 손가락에 몰린 힘을 풀었다. 있던 자리에 사진기를 내려놓고 바다와 길을 감춘 어둠을 오래 응시하였다. 새벽이 오려면 좀더 기다려야 할 것 같았다. 의상은 몸을 돌려 잠든 여자와 허공을 담고 있는 사진기를 번갈아 살폈다. 알몸의 여자, 눈동자를 감춘 사진기. 조심스럽게 손을 뻗어 여자의 젖가슴을 만져보았다. 재인이 아니었다. 의상은 사진기의 뒷덮개를 열었다. 그 동안 찍은 장면들이 몸을 웅크린 채 돌돌 말려 있었다. 현상하지 않은 필름을 끄집어내 취침등 아래로 가져가 처음부터 살펴나갔다. 검은 감광제 속에 숨어 있을 잠상을 찾으려고 허둥거렸지만 소용없는 짓이었다. 기억처럼 펼쳐진 긴 띠의 필름 속에서도 걸어나오는 것은 없었다. 의상은 손에서 필름을 놓아버렸다. 지상에서의 마지막 잠을 자듯 혼곤한 얼굴의 여자를 바라보던 의상은 옷을 찾아입고 사진기를 어깨에 걸었다. 호텔 뒤편 철망 아래의 구멍을 빠져나와 무성한 덤불을 헤쳐나가다가 두 번 출발 지점으로 되돌아오는 수고를 하고 나서야 숲길을 찾았다. 숲을 적시는 어둠은 목목에서 발목을 걸어왔다. 잠들었던 새가 놀라 끼륵거리며 숲을 빠져나가는 소리가 들렸다. 잘잘한 울음을 풀어놓던 풀벌레들이 위험을 감지한 듯 침묵을 지켰다. 아침못은 엷은 안개 밑에다 가까운 숲을 감춰놓고 있었다. 의상은 재인의 목소리가 피어났던 자리에 앉아 뒤척임 없는 수면을 두리번거렸다. 아침못 속으로 들어오는 해수관음상. 낯설고 수척한 의상의 얼굴.

홍련암의 깊은 곳으로 가는 숨겨진 길은 어디에 있을까.

아침못의 숭어.

아침못의 바닥에 발이 닿자 진흙은 여인네의 음문처럼 거스르기 힘든 힘으로 서서히 끌어당겼다. 그러나 의상은 아침못에 잠기면 잠길수록 엄습하는, 이해되지 않는 갈증에 헉헉거렸다.

의상의 손에서 사진기가 떨어져나갔다.

온몸에 진흙칠을 한 의상은 난바다를 타고 건너오는 붉은 빛살에 시린 눈을 깜박이며 호텔로 돌아왔다. 알몸의 여자는 여전히 잠들어 있었다. 지우지 않은 두꺼운 화장 탓인지 몹시 보기 흉한 얼굴이었다. 의상은 담담한 표정으로 입에서 썩은 놀래기 냄새가 피어나는 방파제의 여자에게 오래 입을 맞췄다.

춘천 가는 배

돛을 잔뜩 부풀린 채 현등협(懸燈峽)으로 힘겹게 들어가는 배는
마치 대지의 은밀한 동굴 속으로 빨려드는 것 같았다. 빠르게 흘러
오는 물살의 힘과 바람을 품은 돛이 목선을 경계로 그 힘을 겨루고
있는 형국이었다. 목선은 양쪽의 힘을 감내하느라 악기의 현처럼
떨고 있었다. 조금이라도 힘의 균형이 흐트러지면 배는 물론이고
강 양편의 까마득한 바위절벽까지 무너져내릴 기세였다. 그 절벽에
피어 있는 철쭉은 불길한 사고를 예고라도 하듯 꽃잎을 날려보냈
다. 파리해진 얼굴의 문산(文山)은 침을 삼키며 다산(茶山)을 살폈
지만 그의 얼굴엔 봄날의 절경을 유람하는 한가로움만 가득했다.
둘러보니 다산만 그런 게 아니었다. 문산을 제외한 다른 이들은 모
두 한결같은 표정이었다. 배가 기울면 기운 쪽으로, 바람이 방향을
바꾸면 바뀐 쪽으로 자유롭게 몸을 의탁하는 모양새가 마치 돛이나
노처럼 배의 일부인 것 같았다. 오면서 마신 소주 탓에 더더욱 울렁

거리는 가슴을 쓸어내린 문산은 결국 체면이고 뭐고 가리지 않고 뱃바닥에 반쯤 누워버렸다. 협곡 사이로 보이는 하늘엔 흰 구름이 바람과 같은 방향으로 흘러가고 있었다.

"저 모퉁이만 돌면 춘천이야."

다산은 그제야 문산의 상태를 눈치챈 모양이다. 바람과 세찬 물살이 내려와 부딪치는 목선의 요동은 점점 심해졌다. 문산은 다산의 한마디 위로를 기다렸다는 듯 갓을 벗어던지고 아예 뱃바닥에 드러누운 채 입을 열었다.

"바다도 아닌데 멀미 기운이 번지는 걸 보니 낮술이 좀 과했던 모양입니다."

"꽃향기에 취한 게야."

"나이를 헛먹은 거죠. 벼랑길에 핀 철쭉만 봐도 기생 치맛자락을 본 것처럼 가슴이 벌렁거리니."

"나는 부럽기만 하네…… 허나 이렇게 강을 거슬러오른다 해서 한번 지나간 세월이 돌아오는 게 아닐 테니……"

배는 다산의 나직한 탄식과 함께 짙은 그늘 속으로 미끄러져들어갔다. 문산은 입을 다물었다. 다산은 저 남쪽의 초당을 떠올린 것이다. 그 세월을. 문산은 지금 자신이 거센 물살을 헤쳐나가는 작은 배에 누워 거목의 그림자를 보고 있음을 알았다. 봄날 벼랑을 수놓는 봄꽃으로 돌아오기까지의 그 긴 시간이 만든 서늘한 그림자였다. 문산은 화제를 돌렸다.

"춘천은 어떤 곳입니까?"

"……자궁 같은 곳이지."

"자궁이라…… 그러고 보니 이 협곡 풍광도 과연 그곳으로 가는 길답습니다. 갑자기 찾아온 멀미 기운도 다 뜻이 있었던 모양입니

다. 지난날 곡운(谷雲) 선생의 심미안 역시 결국 거기서 출발하지
않았을까요?"

"출발이야 누구나 대부분 선한 법이지. 곡운 선생의 구곡(九谷)이
어떠할지 미리 짐작하지는 마세. 지나친 기대는 그만큼 지나친 실
망과 한 울타리를 쓰고 있을지도 모르는 일이야."

배는 마침내 협곡을 빠져나왔다. 강의 흐름은 언제 그랬나 싶을
정도로 완만해졌고 물위에 떠 있는 꽃잎은 더이상 몸을 뒤채지 않
았다. 문산은 손을 내밀어 꽃잎을 건졌다. 연분홍 꽃잎은 손등에서
물방울을 떨구며 신부의 연지처럼 점점이 피어났다. 문산의 입에서
푸념 섞인 목소리가 흘러나왔다.

"그렇겠지요. 요즘 세상에 이상향이 있다는 게 더 이상한 일이겠
지요……"

삼악산 자락을 벗어난 배는 모진강과 소양강이 합수되는 탁 트인
풍경 속으로 빠르게 접어들었다. 봄날의 창천을 건너가는 해는 벌
써 서산을 기웃거리는 중이었다. 무수한 빙어가 일제히 비늘을 뒤
채는 듯한 수면을 가르며 배는 소양나루가 있는 오른편으로 방향을
틀었다. 버드나무의 연둣빛 이파리가 강의 가장자리를 물들이는 늦
은 오후였다.

"인간 세상에 이상향이라는 게 있다면 그것 또한 봄날의 짧은 꿈
일 뿐이야. 그렇지 않은가, 취생(醉生)?"

소금 가마니에 등을 기댄 몽생(夢生)은 풀린 눈으로 강촌 풍경을
훑으며 중얼거렸다. 강을 바라보는 민가의 굴뚝에선 연기가 올라오
고 있었다. 그 연기에 눈이 맵기라도 한 듯 몽생은 손등으로 눈자위
를 비볐고 곧이어 두 줄기 눈물이 그의 볼을 타고 흘러내렸다. 손을

뻗어 술병을 잡았지만 이미 비어 있었다. 취생은 몽생의 그런 헛손질을 보며 씁쓰레한 미소를 흘렸다. 가지고 온 술은 가평의 정족탄을 지날 무렵 이미 동이 났음을 몽생도 모르지 않았기 때문이다. 취생은 몽생을 위로하고 싶어졌다.

"짧은 꿈이면 어떤가! 어쨌든 우리 두 사람은 이렇게 두둑하게 소금 가마닐 싣고 그곳으로 가고 있잖아!"

"왜 우리가 소금 가마를 버리고 나뭇잎처럼 물위를 떠다녀야 하지?"

"그래서 이번 길을 떠난 게 아닌가! 우리가 가진 가마솥으론 더이상 소금을 구울 수 없어."

"취생, 난 지금 마치 낡은 그림 속으로 들어가는 것 같아."

"세상사를 놓고 자네에게 고리타분한 훈장처럼 말할 생각은 없네. 다만 고집하고 싶은 건 이 길이 거꾸로 가는 길은 아니라는 거네. 나라 이름이 바뀌고 한강에 철교가 놓이고 기차가 다니는 세상이 되었지만 변하지 않는 게 있다고 보네. 이번 길에 그걸 찾을지 모르겠지만 그래도 어쩌겠나. 한번 가보는 거지 뭐. 가서 허탈감만 한 배 가득 싣고 되돌아온다 해도."

"자넨 결국 소금 장수가 아니라 훈장이야! 젠장, 술도 다 떨어졌어. 나루터는 아직 멀었나?"

"저 산자락만 돌면 보일 거야."

취생과 몽생은 서풍을 업고 소양강을 올라가는 소금배 위에서 한동안 말없이 앉아 있었다. 노량진을 떠날 때 떠올랐던 해는 서산을 넘어갔고 붉은 노을만 풀어놓았다. 낮 시간을 꼬박 배 위에서 보낸 것이다. 소금을 깔고 앉아 술에 취한 채 시시각각 변하는 풍경 속의 봄꽃을 좇으며 이백오십여 리 물길을 바람에 실려온 것이다.

"이놈의 소금 냄새에 토할 것 같아!"

"몽생, 소금 장수가 소금 냄새에 토하다니!"

몽생은 몇 번 헛구역질을 하더니 급기야는 뱃전에 기대 구토를 했다. 배를 타고 오면서 먹고 마신 음식과 술이 고스란히 되올라오고 있었다. 눈길은 멀리 모습을 드러낸 봉의산 자락의 강원 감영에 걸어둔 채 취생은 몽생의 등을 두드려주었다. 뱃속의 모든 내용물이 강물로 빨려드는 기분에 몽생은 입을 다물었지만 곧바로 다시 열어야 했다. 누런 조청 같은 액체가 몽생의 입을 떠나 수면에 얼비치는 또다른 몽생의 입으로 들어가고 있었다. 몽생은 독수리에 쫓기는 닭처럼 눈을 감고서 신음을 내뱉듯 중얼거렸다.

"도대체 그곳이 나랑 무슨 상관이 있단 말인가……"

아직은 시린 강물로 얼굴을 적신 몽생은 뱃전에 빨래처럼 널려 있는 듯한 상반신을 일으키지 못하고 그대로 강물을 들여다보았다. 물살이 물살을 뒤엎는 소리가 봄밤의 개구리 소리모양 재잘거리며 올라왔다. 언뜻언뜻 수면에 비치는 단발머리는 여전히 어색하고 낯설었다. 갓을 벗고 상투를 자른 지 일 년이 되어가건만. 온갖 비웃음처럼 들려오는 물소리에 몽생은 다시 구토를 하기 시작했다. 몸에서 수분이 모두 빠져나가고 허연 소금꽃이 피어나는 기분이었다. 취생은 걱정스런 표정으로 몽생의 등을 손바닥으로 쓸어주었다.

"소양나루가 보이네. 객주에 들어가서 쉬면 좀 괜찮아질 걸세."

"말씀중에 죄송합니다, 선생님. 화장실에 좀."

점심때 억지로 먹은 순댓국밥이 기어코 탈을 부렸다. 자리를 뛰쳐나와 한달음에 화장실로 달려가서 입에 손가락을 넣어 방금 젓가락으로 집어넣은 향어의 분홍빛 살점까지 올리고 나서야 백파(伯波)

의 속은 진정 기미를 보였다. 불편한 자리도 체하는 일에 한몫 단단히 거든 모양이다. 동송(東松) 선생을 접대하는 일은 언제나 힘들었다. 도무지 속을 들여다보기 어려웠다. 일만 아니라면 죽을 때까지 만나고 싶지 않을 위인이었지만 백파로선 어차피 벌여놓은 일을 마무리해야만 했기에 답답했던 것이다. 화장실에 쭈그려앉아 참았던 담배를 피우다가 백파는 고개를 돌려 작은 유리창 너머를 물끄러미 바라보았다. 유리창 너머는 곧바로 호수였다. 멀리 중도와 상중도 사이에서 붉은 노을을 등진 마을배 두 척이 빠져나오고 있었다. 각각 서면 금산과 신매에서 출발해 그가 쭈그리고 있는 물놀이횟집과 붙어 있는 소양로 선착장으로 들어오는 배였다. 배의 모습이 조금씩 커져가면서 통통거리는 발동기 소리도 희미하게 들려오고 있었다. 그럴싸한 돛도 없고 갑판 위에 천막을 씌운 게 고작인 허름한 배였지만 해질 무렵의 묘한 기운을 받은 탓인지 마치 먼 시간 속을 항해해오는 것 같았다. 그 배를 타고 오는 귀한 손님이 있을 거라고, 선착장으로 나가 기다려야 한다고 누군가가 자꾸만 백파를 채근하는 듯했다.

"죄송합니다, 선생님. 점심 먹은 게 체했던 모양입니다."

"먹의 농담을 다루는 동양화가가 음식 다루는 덴 서툰 모양이군. 자, 술로 씻어내게. 크흥!"

동송 선생은 팔십대라고 믿기 어려울 만큼 술을 좋아했다. 흰 수염을 타고 연신 흘러내리는 술을 옆자리의 제자가 손수건으로 훔치는 것쯤은 안중에 없다는 듯 계속해서 술잔을 돌리고 받았다. 선생이 곡운의 직계 후손이고 이 시대의 손꼽히는 서예가라는 것만 알았지 지나치다 싶을 정도의 선비 기질과 소문난 주당이라는 사실은 전혀 눈치채지 못했던 백파였다. 노구를 이끌고 춘천까지 온 것은 고마웠지만 막상 내일 일을 생각하면 백파로선 막막할 뿐이었다. 그렇다고 그 부분을 덮어놓은 채 지나쳐버리는 것도 쉬운 결정이 아니었다. 백파는 쓰린 뱃속으로 계속해서 소주를 보냈다. 글씨 몇 자를 받으려고 벌인 일이 처음 생각대로 순탄하게 마무리될 것 같지 않다는 예감을 지울 수 없었다. 마을배의 고동 소리가 먼 북소리처럼 울리고 있었다.

"선생님, 예전에도 이곳이 나루터였습니다. 지금은 고작 마을배만 오고가지만…… 한양에서 춘천으로 오려면 육로보다 수로가 훨씬 수월했던 모양입니다."

"그래? 크흥, 오다보니 산세가 험하긴 험하더만. 강이 서울로 흐른 게 천만다행이었겠군. 크흥!"

"예, 그래서 곡운 선생님의 구곡을 보러 오는 이들은 대부분 배를 타고 왔습니다. 바람만 좋으면 아침에 떠나서 해질녘엔 소양정에 도착할 수 있었나봅니다."

"크흥, 그런가."

"예, 사실 제 마음이야 예전처럼 배로 선생님을 모시고 구곡 입구까지 가고 싶은데 중간에 댐이 가로막고 있어서 그럴 수가 없습니다. 차량은 빠르긴 하지만 아무래도 정취를 느끼기엔 적합하지 않은 교통수단인 것 같습니다. 게다가 세월이 많이 흘러서 구곡 경치가 선생님 마음에 차지 않을지도 모릅니다. 아무쪼록……"

"됐네. 크흥, 구곡이 뭔가? 주자의 무이도가(武夷櫂歌) 이래……"

동송은 흰 수염으로 여전히 술을 흘리며 한참 동안 구곡의 내력을 침을 튀기며 설명했지만 백파가 기다리는 말은 끝내 하지 않았다. 알고서 말하지 않는 것인지 아니면 모르고 있는 것인지조차 백파는 짐작할 수 없었다. 곡운구곡을 찾아헤맸던 지난 몇 년 동안의 지난

했던 일들이 봄날 저녁 마을배를 뒤따라온 물결처럼 속내를 뒤흔들
면서 술기운을 휘젓고 있었다.

"저기가 나루터였다면 이곳은 객줏집이었겠구먼. 크흥!"

백파는 그 말에 고개를 끄덕이다가 동송의 시선이 가 있는 곳을
찾아내곤 속으로 무릎을 쳤다. 술이 오른 동송의 끈적이는 시선은
다른 테이블에서 서빙을 하는 여직원의 둥그런 엉덩이에 매달려 있
었던 것이다. 백파는 미소를 지었다. 금상첨화를 위한 일련의 과정
에서 그 정도쯤은 쉽게 해결할 수 있는 일이었다. 의외의 장소에서
쉽게 일이 풀릴 조짐을 보았던 것이다. 시중을 드는 제자가 자리를
비운 사이 백파는 은근하게, 그러나 품위를 유지한 말투로 동송의
의중을 떠보았다.

"선생님, 술자리에 꽃과 음악이 없다면 그것 또한 도리에 어긋나
는 일이지요."

"크흥!"

어둠은 빠른 속도로 강물을 덮고 있었다. 취생이 홀로 소양정을
둘러보러 간 동안 몽생은 나루터 옆에 자리한 객줏집에서 어지러운
꿈속을 헤매다가 깨어났다. 낮 동안 흔들거리는 배 위에서 시달림
을 당한 뱃속이 다소 진정되는 기미를 보였다. 문을 열자 객줏집답
지 않게 썰렁한 풍경이 물비린내를 피워올렸다. 타고 온 배는 다른
배 사이에서 길 떠나는 철새 울음소리를 내질렀다. 오가는 행인도
드물었고 주인에게 쫓겨난 거지들이 검은 숯등걸처럼 변해 게으르
게 나루터를 빠져나가는 게 보였다. 봄이었지만 어둠이 깔린 강물
을 쓸고 온 바람은 아직 매서웠다.

"깼어요?"

낯선 여자의 목소리에 놀란 몽생은 어두워지는 주위를 두리번거렸다. 바로 옆방에서 몽생처럼 문을 열어놓은 채 강물을 바라보는 여자가 뱉어놓은 말이었다. 취한 듯 문지방을 움켜잡은 그녀의 한쪽 팔이 자주 흔들거렸고 그때마다 마루로 꼬꾸라질 듯 상체를 내밀었다간 도로 거두고 있었다.

"배엔 소금 가마닐 가득 쌓아놓고서 한 양반은 잠에 곯아떨어지고 한 양반은 마실 구경을 나갔으니 누가 다 가져가지나 않았는지 모르겠네."

"시골 인심이 설마 그렇기야 하겠소?"

"거지와 도둑이 우글거리는 세상에 아직도 시골 인심 믿는 걸 보니 진짜 장사꾼은 아닌 모양이야. 세상 물정 모르는 한양 샌님들이 소금 팔면서 유람 떠난 모양인데, 내 눈엔 철부지 아이로 보이니 어쩌나?"

"보아하니 댁께서 우리 대신 소금을 지킨 모양인데 술 한잔 사지 않으면 안 된다는 말로 들립니다?"

"이런 화통하기도 해라! 말귀 밝은 건 영락없는 한양 샌님이네!"

여자는 불안한 걸음으로 마당을 가로질러갔다. 불빛에 언뜻 드러난 그녀의 얼굴은 흐린 달빛을 머금은 소금처럼 창백해서 몽생의 가슴을 두근거리게 만들었다. 사위가 어둠에 잠기는 시간, 몽생은 생기 없는 소금꽃처럼 나타났다가 이내 사라진 얼굴을 떠올리며 취생을 기다렸다. 소금배는 보이지 않는 강물 위에서 검은 윤곽만 희미하게 드러낸 채 돛 없는 돛대만 끊임없이 허공을 기웃거리게 했다. 취생은 어디로 갔을까…… 어두워질 무렵 잠에서 깨어날 때면 어김없이 엄습하는 시공의 혼란이 몽생의 허해진 몸을 누에가 뱉어내는 실처럼 휘감고 있었다. 여인네가 술상을 가져오기도 전에, 취생이 필시 가져올 춘천의 특산주를 맛보기도 전에 실로 만든 고치 속에 갇혀버릴 것만 같았다. 몽생은 앉은걸음으로 마루로 나가 소금 가마의 불 꺼진 아궁이 같은 어둠 속에다 거푸 한숨을 풀어놓았다. 돛 없는 돛대는 방향을 찾지 못한 나침반의 바늘처럼 검은 하늘을 향해 계속 흔들거렸다. 갓 걸음을 배운 어린아이모양 객줏집의 마당을 조심스럽게 건너간 몽생은 나루에 정박해 있는 몇 척의 검은 배 사이에서 허리띠를 풀고 소변을 보았다. 강물에 떨어지는 오줌 줄기는 힘없이 졸졸거렸다. 몽생의 입에서 다시 짜디짠 한숨이 흘러나왔다.

차라리 흔들리는 게 나았다. 몽생은 소금 가마니를 실은 배에 올라앉아 객줏집으로 돌아오는 취생을 기다렸다. 한잔 걸친 걸음걸이였다. 취생은 비감을 자아내는 음색으로 휘파람을 불고 있었다. 한 손엔 역시 술병으로 짐작되는 꾸러미를 들었다. 뒤편 봉의산 자락의 범바위가 금방이라도 삼켜버릴 것처럼 버티고 있는데도 취생은 아랑곳없이 게으르게 언덕길을 내려왔다.

"취생?"

휘파람을 멈춘 취생은 한동안 멍한 얼굴로 몽생이 앉아 있는 배를 바라보았다. 그러나 몽생을 알아본 것 같지는 않았다. 객주에서 희미하게 흘러나오는 불빛에 드러난 취생의 얼굴은 무엇에 홀린 듯했다.

"나, 몽생이야. 어딜 갔다 이제 오나?"

그제야 취생은 놀란 얼굴을 풀었지만 고개를 갸웃거리며 손으로 눈자위를 몇 번이나 문질렀다.

"날이 어두운데 그곳에서 무얼 하는 건가? 난 누군가 했네!"

"누구라니?"

"……그런 게 있어. 그나저나 해 진 지 오래되었는데 아직도 맨정신으로 있단 말인가! 어쩐 일이야?"

"부엌에서 소양강 처녀가 술상을 보고 있어. 취생, 기왕이면 배에서 마시는 게 어떤가? 옛날 다산도 춘천을 찾았을 때 배에서 숙식을 하지 않았던가!"

"다산 선생?"

물위에 떠 있는 산막 같은 작은 집을 밝혀주는 것은 바람에 흔들리는 등잔불이었다. 전작으로 일찍 취한 취생은 벽에 기댄 채 끝이 없을 것 같은 휘파람을 불었고 소양강 처녀와 몽생만 술잔을 주고받았다. 봉의산에서 내려온 소쩍새의 울음소리가 휘파람 소리를 앞서거니 뒤서거니 하는 밤이었다. 취생이 갑자기 휘파람 불기를 그만두고 소양강 처녀의 얼굴을 빤히 들여다보았다.

"혹, 그때도 함께 술을 마셨나?"

"그때라니요?"

"다산 선생이 춘천을 방문했을 때 말이야."

"그때가 언제요?"

"순조 임금 재위 23년, 계미년 봄날 말이야. 요즘 식으로 계산하면 1823년 이맘때지."

"깔깔! 대한제국 객줏집 여자한테 이씨 조선 애길 물어보다니. 무덤에 있는 우리 할머니한테 물어보시우! 그때라면 우리 할머니가 여기서 활약했으니까."

"아냐, 당신이야! 당신이 틀림없어! 그때 다산 선생이 여기서 뭘 했나? 응? 잘 생각해보란 말이야!"

취생은 소양강 처녀의 대답을 듣지 못하고 옆으로 꼬꾸라졌다. 잠시 요동치던 등잔불이 취생의 숨소리를 따라 고요해졌다. 소양강 처녀는 자신의 허벅지를 취생에게 베개로 내주었다. 물위에 떠 있

는 집은 취객과 소금 가마니를 실은 채 등잔불 하나에 의지해 그렇
게 밤이라는 바다에 묶여 있었다. 흘러가는 물소리에 귀 기울이던
소양강 처녀가 빈 잔을 몽생에게 내밀었다.

"다산은 뭐 하는 작자요?"

"글쎄…… 실패한 혁명가라지."

"춘천엔 왜 왔었소?"

소양강 처녀가 빈 잔을 받으며 물었다.

"혁명을 위해서라지."

"혁명이 뭐요?"

"……이루어질 수 없는 꿈을 이루려 하는 것이라지."

소양강 처녀는 고개를 끄덕이더니 취생처럼 얼굴을 몽생 앞으로
들이밀며 물었다. 비린 물고기 냄새를 내뱉으며.

"당신들은 뭐 하는 사람이오?"

"……우리? 클클! 소금 가마가 너무 뜨거워 몰래 소금이나 팔러
다니는 사람이라지."

"깔깔! 소금 장수 주제에 입만 살았네!"

허나 소금꽃 같은 소양강 처녀는 술잔을 비우더니 이내 울적한 표
정이 되어 춘향이 옥에서 불렀다는 〈쑥대머리〉를 시작했다. 춥지도
덥지도 않은 봄날의 배 위에서 소쩍새의 울음소리가 만난 새 짝이
었다. 그녀의 소리는 취생과 달리 애달팠다. 아니 서글펐다. 수십
개의 소금 가마에 밤낮으로 불을 때던 염간(鹽干)들의 땀에 젖은 소
리와 같은 것이었다. 이제는 모두 뿔뿔이 흩어졌지만. 몽생은 비린
내를 풍기는 나루에서 그녀가 쌓아올린 내력 속으로 끌려가는 자신
을 내버려두었다. 어쩌면 다산도 노구를 이끌고 찾아온 바로 이곳
에서 저 노래를 들었으리라. 이백오십여 리의 물길을 거슬러올라와

지친 몸과 마음으로 스며드는 주막 여자의 노래에 담긴 회한을 엿보는 다산은 어떤 심정이었을까. 아니 엿보기나 했을까. 떠나가는 배와 들어오는 배, 뗏목꾼들을 보내고 맞는 일로 한 생을 보낸 이의 노래에 담긴 회한을 다산이 알기나 했을까. 구곡을 찾아가는 길에 만난 또하나의 암초를 몽생은 취해 시나브로 감기는 눈으로 바라보았다.

소금배로 불려온 다산은 눈치 빠르게 몽생의 비위를 맞췄다.

"차라리 소금 장수가 낫네!"

"소금 장수는 소금배만 운영할 수 있을 뿐입니다. 소금 장수에게 전함을 맡길 수는 없는 노릇 아닙니까?"

"문산, 사람이 나면서 모든 게 정해져 있는 건 아니라고 보네. 소금 장수도 가르치면 장수도 되고 정승도 되고 일국의 왕도 될 수 있어야 하네. 다음 세상은 그런 세상이 될 것이야."

"허허…… 구곡으로 가는 선생님의 선상 담화문 같습니다. 하지만 유학자들이 들으면 경악할 만한 내용입니다."

"나 이제 늙어 해 저문 소양강 나루에서 술을 마시네. 소쩍새 소리는 시대의 어떤 예언처럼 들려와. 옳든 그르든 유학의 시대는 나와 함께 서서히 죽어갈 것이네. 폭풍 전야의 고요함이야. 눈과 귀에 쌓인 묵은 먼지를 닦아내야 해. 저 새는 그걸 말하고 있는 거야."

"젠장, 당신들은 언제나 그럴싸한 말뿐이야!"

몽생은 눈까풀을 치켜뜨며 소리쳤고 이어 술잔을 쓰러뜨렸다. 〈쑥대머리〉는 소양강 처녀의 입에서 잠깐 멈췄다가 이어졌고 그녀의 목소리가 깊고 서늘한 물밑으로 가라앉을 때마다 소쩍새는 구슬픈 울음꽃을 피웠다. 그녀의 무릎을 베고 잠을 자는 취생의 얼굴엔 촘촘하게 땀이 잡혀 있었다. 꿈길을 걷는 듯한 눈빛의 몽생은 거적을 건 어울리고 나루터를 살폈다. 아무도 없었다. 소양강이 게워내는 물안개만 꾸물거리고 있을 뿐이었다. 다산은 재빠르게 달아났다고 몽생은 고개를 끄덕였다.

"소금 장수는 내일 어디로 가시오?"

술로 목을 축인 소양강 처녀가 물었다. 몽생은 발갛게 달아오른 그녀의 얼굴을 보았다. 술이 들어가고 노래가 나와야 비로소 소금꽃 같은 얼굴에 화색이 도는 모양이었다.

"……심심한데 실패한 혁명가나 한번 쫓아갈 생각이야."

"그자가 어디로 갔소?"

"소양나루에서 일박하고 모진강을 거슬러올라갔다지."

소양강 처녀는 술잔을 입술에 댄 채 한참 동안 몽생을 바라보았다. 몽생의 얼굴도 발갛게 달아올랐다.

"나도 데리고 가시오."

금산과 신매로 가는 마을배가 나란히 소양로 선착장을 떠났다. 새벽에 장이 서는 번개시장에 채소를 내다 팔고 돌아가는 농부들로 배는 북적거렸다. 소양 2교 앞에서 신호에 걸린 승합차의 창 밖 풍경이었다. 백파는 백미러로 뒷자리에 앉은 동송의 표정을 살폈다. 간밤에 술을 마셨다고 믿기 어려울 만큼 혈색이 좋아 보였다. 다른 이들은 의자나 유리창에 기댄 채 졸고 있는데.

"댐만 없다면 인람리까진 배로 갈 수 있는데 유감입니다, 선생님. 자동차가 편하고 빠르긴 하지만 구곡의 진수를 감상하기엔 아무래도 어울리지 않는 점이 많을 겁니다. 선생님께서 이해해주십시오."

"크흥, 괜찮네. 지금부턴 배를 타고 있다고 여길 테니 운전이나 똑바로 하게. 배가 갈 수 없는 상황인데 자네더러 배 끌고 오라고 고집 부릴 수도 없지 않나, 크흥! 아직 귀 먹지 않았으니 같은 말 되풀이하지 않아도 돼."

"제가 아직 그 경지에 도달하지 못해 조바심을 낸 모양입니다. 과거의 풍경 속으로 들어가려면 옛 어른들처럼 배나 말을 타야 한다는 강박관념에 사로잡혀 있으니 말입니다."

"곡운구곡은 과거 풍경이 아니야, 크흥! 시류를 좇는 자들이 제멋대로 팽개쳐버린 거야. 곡운 선생은 풍경이 아름답다고 노래한 게 아니라 거기에 진덕수업의 철리를 심어놓은 거지. 크흥, 서학을 맹목적으로 떠받드는 작자들이 그곳에 쇠말뚝을 박았어! 크흥!"

백파는 승합차를 돌리고 싶은 충동을 간신히 눌렀다. 화첩의 표지에 넣을 '곡운구곡도'라는 글씨 한 점을 받기 위해 가야 할 길의 아흔아홉 굽이가 한눈에 들어오는 것 같았다. 하지만 운전대를 잡은 두 손은 굴러가는 바퀴의 방향을 바꾸지 못하고 있었다. 잠깐의 망설임 속에서도 차는 벌써 다리를 건너 사거리를 빠져나왔다. 충동은 충동일 뿐이었다. 백파는 자신이 결코 자의로 차를 돌리지 못할 것임을 잘 알고 있었다. 곡운의 구곡을 모두 안내한 뒤 동송의 손에서 붓이 움직일 때까지는 경솔하게 행동하지 않겠다는 의지가 가속페달에 올려놓은 발에 힘을 실어주었다.

"몇 번이나 군청을 찾아가고 진정서를 올렸더니 그쪽 반응도 많이 달라졌습니다. 후손 되시는 선생님의 이번 방문이 제게 큰 힘을 실어줄 겁니다. 답사를 마치면 군청 관계자들과 식사하기로 했습니다. 남한 땅에 유일하게 있는 구곡이 문화재로 지정될 날도 얼마 남지 않았습니다, 선생님."

"크흥!"

동송은 오른손으로 흰 수염을 어루만졌다. 댐을 건너자 길은 호수로 잠기는 산자락을 돌고 돌았다. 괜찮은 풍경이 나타나면 백파는 속력을 늦춘 채 간단한 설명을 했지만 동송의 반응은 뜨뜻미지근한 온도에서 변화하지 않았다. 시선만 그곳에 머물렀다가 돌아올 뿐이었다.

"저곳이 인람역입니다. 예전엔 저곳에다 배를 정박시키고 말로 갈아탔을 겁니다. 다산도 아마 저 나무 밑을 지나 곡운구곡으로 들어갔을 겁니다."

"크흥, 기품이 있는 나무야. 내려서 쉬었다 가세. 자는 사람들 깨워!"

늙은 소나무는 호수와 땅의 경계에 서 있었다. 다산이 저 나무 밑을 지나쳤다는 기록은 없다. 나무의 위용을 볼 때 그럴 수도 있겠다는 짐작만 했을 뿐이다. 사실 백파로선 구곡에 들어가기 전 인람리쯤에서 어떻게든 동송에게 다산의 곡운구곡 방문 사실을 알려야만 했다. 그 완충의 역할을 인람리의 소나무에게 기대했다. 소나무에 대한 동송의 애정이 각별하다는 정보를 들은 터라 구곡으로 가는 길에 일부러 일정에 집어넣은 것이다.

"정약용이가 곡운구곡을 방문했단 말이지? 크흥!"

"예, 선생님. 1823년 이맘때쯤 배를 타고 춘천으로 왔습니다. 곡운구곡이 선정된 이래 많은 조선의 선비들이 구곡을 찾아왔던 것 같습니다. 당시 선비들에겐 구곡이 이상적인 은둔처로 존재했던 모양입니다."

소나무 아래의 평상에 걸터앉아 차를 마시며 동송은 고개를 끄덕였다. 연둣빛 새잎이 돋아나기 시작하는 소나무는 묵은 잎을 바람에 조금씩 날려보내고 있었다. 매점의 자판기 앞에 묶어놓은 늙은 개가 호수로 날려가는 솔잎을 보며 여유롭게 몇 번 짖고는 다시 잠

을 청하는 봄날 오전이었다. 동송은 손 차양을 만들어 나무의 우듬
지를 살폈다.

"이 나무 나이가 얼마쯤 돼 보이는가?"

"글쎄요…… 한 삼사백 년쯤……"

"크흥! 곡운은 어린 나무를 심거나 보았을 터이고 늙은 정약용은
나무의 혈기왕성함에 취했겠구만. 그래 자넨 이 나무가 어떻게 보
이는가?"

"저는……"

취생은 고갯마루에 올라 말을 멈추고 나루터에 묶여 있는 소금배
를 뒤돌아보았다. 만감이 교차하는 얼굴이었다. 배는 나뭇잎처럼 작
았다. 아무래도 고개를 넘기가 쉽지 않을 것 같아 몽생과 소양강 처
녀는 말에서 내렸다. 자리를 펴고 준비한 주먹밥과 술을 꺼내는 소
양강 처녀만 콧노래를 흥얼거렸다.

"소금배가 무슨 애첩이라도 되는가보우! 눈을 떼질 못하니. 난 찰
랑거리는 물소릴 안 들으니 몸이 날아갈 것 같소. 자, 요기나 때우
지요. 갈 길이 아직 먼 듯싶은데."

"물소릴 얼마 동안 들었는데?"

"소양나루 객줏집에서 태어나 지금껏 떠나본 적이 없소."

소양강 처녀는 몽생에게 술을 따르며 대답했다. 몽생은 그녀의 잔
을 채워주었다. 꿈속까지 따라오는 물소리를 대신 짐작해보았지만
이내 끊어졌다. 소양강 처녀의 넓고 따스한 품에 안겨 거대한 가마
솥에서 끓고 있는 간물 속을 헤어나지 못했던 지난밤의 꿈만 또렷
하게 떠올랐다. 소금배는 그들이 그들에게서 억지로 떼어놓으려는
어떤 기억처럼 그렇게 덩그러니 떠 있었다. 하지만 기억이란 게, 지

우려 한다고 지워지는 것이 아님을 누구보다도 몽생은 잘 알고 있
었다. 그럼에도 불구하고 사람들은 불편한 기억에서 멀어지려는 요
식행위를 되풀이한다. 취생이 바라보는 소금배도 아마 그럴 것이
다. 소금배는 저 아래 모진강의 작은 나루에 묶여 세 사람의 무기력
함을 끊임없이 비웃는 것 같았다. 시야에서 사라질지언정 없어지진
않는 것. 지친 몸과 마음에 끝까지 매달려오는 것이 있는 법이다.
세 사람은 고갯마루에 앉아 급하게 술잔을 비웠다. 각자의 마음을
들켜버린 부끄러움을 달래기 위해서.

"배를 끌고 산으로 갈 순 없어. 소금도 다 팔았으니 배는 거추장
스런 짐이지 뭐."

취생은 결연한 의지를 내비치는 얼굴로 말했다.

"아, 이거 마치 꽃 피는 봄날에 치르는 장례식 같네요."

"이봐 취생, 우리가 꼭 곡운구곡을 거쳐갈 필요가 정말 있는가?
아무리 생각해봐도 이건 소금 단지를 지고 산을 오르는 것 같아."

"내가…… 무슨 대답을 하면 까맣게 탄 소금 같은 자네 마음이 조
금이라도 풀리겠는가?"

술잔이 다시 채워졌다. 고갯마루에는 참꽃이 지천으로 피어 있었
다. 세 사람은 그 화염 속을 빠져나가기를 포기한 듯 각자 편안한
자세로 자리에 엎드리거나 누웠다. 주먹밥이 언덕을 굴러내려갔고
쏟아진 술이 옷자락을 적셨지만 세 사람은 저 아래의 소금배와 꽃
향기, 흰구름이 떠가는 하늘에 각자의 몸을 내맡긴 채 부유하고 있
었다. 한껏 꽃그늘에 빠져 있던 소양강 처녀가 취생과 몽생 몰래 흐
르는 눈물을 닦으며 중얼거렸다.

"몽생…… 정말 어디로 도망치는 거요? 도망칠 곳이 있기나 한
거요?"

"나도 모르는 걸 자꾸 묻지 말고 간밤에 했던 소리나 들려줘. 소금배에서 듣는 거랑 다를 것 같아."

"……만가로 들리지 않을까 걱정이오."

치맛자락을 펼치고 앉아 몽생의 머리에 허벅지를 내어준 소양강 처녀는 그 애잔한 소리를 시작했다. 산능선은 첩첩이 포개져 하늘 끝으로 올라가고 산자락의 아랫도리를 뱀처럼 휘감고 도는 강물 사이에 자리한 고갯마루에서 피어나는 소리였다. 몽생은 감았던 눈을 다시 떴다. 한달음에 능선을 치고 올라간 고음은 구름을 밀었고 물결치듯 산비탈을 내려간 저음은 나루에 묶어놓은 소금배의 고삐를 풀어서 물살에 띄워보냈다. 몽생은 떠나온 곳으로 유유히 되돌아가는 소금배를 꿈결인 듯 바라보았다.

소금배가 저 혼자 돌아가고 있어……

몽생의 목소리는 입 밖으로 빠져나오지 않았다. 그의 입 속에서 소금배처럼 소리없이 사라져갈 뿐이었다.

"젠장…… 다산이 고갯길을 올라오고 있어! 간밤에 달아날 땐 언제고. ……가만, 이상한 옷차림을 하고 뒤따라오는 저들은 대체 누구야?"

몽생은 말을 탄 두 사람과 그 뒤편에서 동송 일행이 풍채 좋은 소나무 아래를 지나오는 모습을 바라보다가 다시 눈을 감았다. 소금배는 산자락 너머로 사라졌다. 소양강 처녀의 몸이 소리의 흐름에 따라 물결치는 화사한 봄날이었다.

"구곡을 다 둘러보시니 어떻습니까, 선생님?"

언급은 하지 않고 있었지만 동송은 일그러진 표정을 풀지 않았다. 가래떡처럼 펼쳐진 백운담의 바위 위로 내려가면서 백파는 동송이

발길을 돌리지 않은 것만 해도 그나마 다행이라고 여겼다. 오랜 세월에 걸쳐 바위를 마모시켜 길을 만든 물이 내지르는 소리가 사람의 목소리를 삼키는 것도 고맙기 그지없었다. 사실 구곡에 대한 다산의 이견을 무시해버릴 수는 없는 노릇이었다. 백파에겐 다산의 이견이 지닌 타당성 여부보다 다산이라는 존재가 구곡을 방문했고 그 기록을 남겼다는 게 더 중요했다. ‘다산’이라는 브랜드의 막강한 영향력을 어떻게 포기한단 말인가. 동송이 그 점을 포용해준다면 더 바랄 게 없지만 저 조선의 당파와 당쟁 속으로 몇 걸음을 들이미는 순간 덮쳐온 것은 검은 먹구름뿐이었다. 그리고 그 먹구름은 나라의 이름이 바뀌고 많은 무덤들이 새롭게 생겨난 뒤에도 사라지지 않고, 사라지기는커녕 금방이라도 우박을 퍼부을 것처럼 기세등등했다. 당사자들은 사라졌지만 그들이 남긴 피는 아직 살아서 꿈틀거리고 있었던 것이다.

“자네 그림은 어떤 것을 택할 건가?”

너럭바위 위에 둘러앉아 도시락을 먹고 있을 때 결국 동송의 입은 열리고 말았다. 유배와 환국, 사사(賜死), 옥사, 은둔의 오래된 기억이 동송의 입을 통해 우박으로 튀어나오기 시작했다. 안동 김씨의 포효였던 것이다. 백파는 동송의 노한 얼굴에서 한 번도 본 적이 없는, 삼백 년 전의 곡운을 보는 것 같아 시선을 물로 돌렸다. 그렇다고 대답까지 회피할 수는 없었다.

“제 생각은…… 곡운 선생님의 구곡을 정본으로 하고 다산이 일부 새로 지정한 것들은 부록으로 삼을까 합니다. 그 방법이 제가 해드릴 수 있는 작은 화해의 밑거름이 되지 않을까 여겨집니다만……”

“크흥!”

“선생님, 왜 다산은 곡운 선생님께서 정해놓은 구곡을 굳이 바꾸려고 했을까요? 전 이해가 되지 않습니다."

동송을 따라온 제자가 결국 뇌관을 건드리고 말았다. 술잔을 든 동송의 손이 떨렸다. 백파는 동송의 입술이 열리려고 요동을 치는 것을 바라볼 수밖에 없었다. 유리 술잔이 고함과 함께 바닥에서 산산조각났다.

"그건 도전이야!"

다산은 구슬이 쏟아지는 듯한 백운담의 여울을 바라보며 고개를 끄덕였다. 문산의 지적대로 이렇게까지 할 필요가 있는가 따져보았다. 바위를 휘돌아가는 물살은 소용돌이치고 내리꽂히고 들끓다가 튀어오르고 있었다. 곡운의 구곡을 바꿔서 세상이 변한다면야 무엇을 하지 못하겠는가. 제5곡을 제7곡으로 옮긴다고 가난한 백성들의 주린 배가 얼마나 더 채워지겠는가. 목젖을 넘어가는 술맛이 쓴 약처럼 느껴졌다.

"그는 곡운구곡의 은둔자였네. 이제 그는 자신이 정한 구곡도 속으로 사라졌어. 나는 오늘 곡운구곡을 돌아보면서 감탄과 탄식을 번갈아 내뱉었다네. 하지만 제칠곡 명월계(明月溪), 제팔곡 융의연(隆義淵), 제구곡 첩석대(疊石臺)에 나타난 그의 잘못된 세계관을 모른 척할 순 없네. 그의 구곡시를 읽으며 무엇이 떠올랐는지 아는가? 아무 재주나 덕망도 없는 이들이 훈귀나 인척이라는 이유로 공경대부의 지위를 미혹하게 움켜쥐고 있다네. 가슴속에 재주와 기량을 품고 있으나 재야에 소외돼 늙도록 배척당하는 이들의 한숨 소리가 들려."

다산의 일갈에도 모함과 탄핵, 유배의 쓸쓸한 그림자가 배어 있었다. 문산은 풀지 못할 문제를 대한 듯 물살을 보며 중얼거렸다.

"세상에 이상향은 존재하지 않는가봅니다……"

"취생, 소금배에 남아서 잠이나 잘 걸 그랬어."

절벽을 앞에 둔 채 다산의 「곡운구곡시」와 곡운 일가의 구곡시를 비교하는 몽생의 얼굴엔 실망의 기색이 역력했다. 겨우 이만한 곳을 보려고 먼길을 달려왔는가 하는 표정이었다. 연분홍 꽃잎을 하나씩 백운담에 떠내려보내는 소양강 처녀가 두 사람의 대화에 끼어들었다.

"세상이 달라지면 경치를 보는 안목도 달라지는 거 아니겠소. 요즘 같은 세상, 뉘 눈에 절경이 절경으로 보이겠소. 자, 술이나 드시오. 취해 바라보면 혹 압니까!"

"다산이 심했단 생각이 들어. 이건 마치 남의 집에 가서 사랑채를 안채라 그러고 부엌을 외양간이라 하는 것과 뭐가 다른가!"

"하지만 이 작은 차이를 놓고 그 동안 저들 생사가 왔다갔다했잖아."

"젠장, 풍경을 어떻게 보느냐를 놓고 몇백 년이나 싸우고 있으니! 차라리 소금 가마에 며칠 불을 때야 소금이 구워지는가를 배우는 게 낫지."

"소금은 너무 소박한 이념이야."

"취생, 난 저들이 자꾸만 싫어져. 당쟁이니 뭐니 사실 우리랑 무슨 상관이 있어! 이념? 다 자기들 밥그릇 싸움일 뿐이야!"

"그래도 봄날 화전놀이하기엔 딱 좋은 곳이네요."

동송의 분노는 쉽게 풀릴 것 같지 않았다. 옆자리의 제자가 찬 물수건까지 가져와 뒷덜미를 식혀주고 있었다. 그의 몸에서 흐르는 혈통의 골짜기를 빠져나온 땀방울이 이마에 송글송글 잡혀 있었다. 백파의 힘으론 더이상 들어갈 수 없는 자리에 매달려 있는 땀방울은 곧 떨어질 듯 위태로웠다.

그건 도전이야!

한번에 천여 명이 앉을 정도로 넓다는 백운담의 바위 위로 꽃바람이 불고 있었다. 누구는 술잔에 몰두하고 누구는 붓을 들어 그림을 그리고 누구는 취해 그늘도 찾지 못한 채 잠들었고 누구는 사람을 불러 바위에 이름을 새기고 누구는 기생의 치맛자락 속으로 슬며시 손을 디밀고 누구는 노래를 부르고 누구는 경전을 꺼내놓고 목소리를 높이고 누구는 그저 무연한 표정으로 물위에 꽃잎을 띄우고 누구는 누구의 멱살을 잡고 돌아가고 누구는 눈살을 찌푸리며 돌아가고 누구는 발을 헛디뎌 물에 빠져 허우적거리고 누구는 이 모든 풍경을 물끄러미 바라보고 있는 봄날 오후였다. 꽃바람은 물이 바위 사이를 미끄러져가듯 그렇게 사람들 사이를 빠져나갔다.

"선생님, 다산이 방문해서 곡운 선생님의 명예를 훼손하였지만 그렇다고 해서 뭇 사람들이 이곳을 다산구곡이라고 부를 수는 없는 것입니다. 오히려 여러 모로 따져볼 때 곡운구곡의 가치가 더 올라갔을 겁니다. 그만 화를 푸십시오."

"크흥! 곡운구곡은 학문입도의 철리를 암시한 걸세! 어떻게 감히 후학이 그 철리를 깨부수고 들어온단 말인가! 학문에 대한 견해가 다르면 이곳을 찾지 않으면 그만이야. 나이 환갑이 되어 고작 한다는 짓이 이건가, 크흥!"

백파는 동송의 빈 잔에 재빨리 술을 따랐다. 혈압을 걱정해서인지 동송의 기세는 많이 누그러져 있었다. 긴 봄날 하루를 보내고 있다는 생각이 떠나지 않았다.

한숨 소리가 물소리에 파묻혔다. 문산은 산을 넘어가는 구름이 얼비치는 물을 향해 입을 열었다.

"새로 구곡을 정한 일이 나중에 또 어떤 파장을 가져올지 생각해보셨습니까?"

"내가 배를 타고 험한 물길을 따라 올라온 까닭은 할말을 삼키기 위함이 아닐세. 이것은 아주 작은 문제에 지나지 않네. 허나…… 다시 보니 이 작은 물길도 내가 상상조차 못 한 곳으로 흘러가고 있어."

"지나친 확대 해석이 아닙니까?"

"아니야. 문산…… 지금 나는 몹시 부끄러워 얼굴을 들 수 없어. 그 동안 내가 옳다고 여겨온 것마저 흔들리는 심정이야. 나 역시 저 주희(朱熹)가 쳐놓은 울타리 안에서 벗어나지 못하고 있단 말일세. 그 안에서 제법 근엄한 얼굴로 이전투구에만 몰두했던 거야."

"하지만 무엇이 옳고 그른지는 아무도 예측할 수 없지 않습니까?"

"예측할 수 없다니, 그게 말이 되는가! 저 세월의 격랑에서 우리가 결국 잊어버렸던 게 무엇인가?"

버려지지 못한 소금배는 모진강 위에 떠서 춘천으로 돌아가고 있었다. 돛은 필요없고 노로 가끔씩 방향만 잡아주면 되었다. 산협을 지나는 강물은 거칠었지만 들을 끼고 돌아갈 때는 호수처럼 잔잔했다. 기우는 햇살이 분분한 꽃잎과 함께 수면을 물들였고 배는 그 위에 주름 같은 물살을 남겼다. 수양버들의 그림자가 또다른 나무를 물 속에다 키웠고 그 가지 사이를 헤치면서 은빛 비늘을 반짝이는 물고기떼가 소나기처럼 수면 위에서 튀고 있었다. 갈증인지 놀이인지 분간할 수 없었지만. 강이 소의 머리같이 생긴 들을 휘돌아 소양강과 만나자 취생은 노를 잡은 몽생에게 그 동안의 침묵을 깨며 입을 열었다.

"쉬어버린 소금 속에 온몸이 파묻힌 것 같아. 차라리 색줏집에나 처박힐 걸 그랬어……"

"……"

몽생은 소양나루를 보며 노를 잡은 손에 힘을 주었다. 소양강 처녀는 아쉬운 듯 몽생의 표정을 읽으려 애썼다.

"이제 어디로 갈 생각이오?"

"나루터에 당신과 저들을 내려주고…… 모르겠어. 난 소금 도둑일 뿐이야. 그런데…… 아무리 생각해도 이건 불가능한 일이야. 어떻게 내가 저들과 한 배를 타고 있을까? 내가 꿈을 꾸는 걸까? 아니면 다른 이의 꿈에 들어간 걸까? 취생, 다른 이의 꿈에 들어간다는 게 가능한 일일까?"

소금배는 다시 돛을 올렸다. 뱃머리에 앉아 지는 해가 펼쳐놓은 노을에 잠겨 있는 다산과 동송 일행은 여전히 풀리지 않는 무엇인가를 놓고 격론을 하는 중이었다. 돛줄이 잉잉거리며 우는 소금배는 소양나루를 향해 점점 속력을 올렸다. 소양강 처녀가 몽생의 손을 잡으며 중얼거렸다.

"어쩌면…… 그 그림이 꾸는 꿈이 아닐까요?"

해가 서산을 넘어가자 사위는 이내 그믐밤처럼 어두워졌다. 몽생은 더는 참을 수 없다는 듯 잡고 있던 노를 내팽개치곤 뱃머리를 향해 고함쳤다. "당신들 모두 꼴 보기 싫으니까 이 배에서 당장 내리란 말이야!" 뱃머리의 사람들은 오래된 그림 속에서 갈라지고 퇴색되는 먹물처럼 모두 어디론가 사라졌고 소금꽃을 찾아 막막한 어둠 속을 떠가는 배에 타고 있는 이는 취생과 몽생뿐이었다.

해설 | 황현산(문학평론가 · 고려대 교수)

자연의 비극과 시간의 소극

소설가 김도연과 나는 개인적인 인연이 있다. 내가 강원도의 한 대학에 재직하고 있을 때 그는 내가 속한 불문학과의 학생으로 가끔 내게 소설 습작 원고를 들고 왔다. 나는 그가 좋은 소설가로 성장하게 될 것을 의심하지 않았으며, 번화롭고 동선이 복잡한 장경을 묘사하는 데에 그가 특별한 자질이 있다는 점을 말해주기도 했다. 돌이켜 생각해보면 내가 그의 재능을 적확하게 짚었던 것은 아닌 것 같다. 지금이라고 해서 그 말을 철회하고 싶은 마음은 없지만, 그 말에 담으려는 뜻은 그때와 지금이 다르다. 나는 그가 사실을 묘사했다고 생각했는데, 그가 그리려 했던 것은 오히려 환각에 가까운 어떤 것이었다고 이제 깨닫게 된다. 두메산골 출신의 문학 청년인 그가 관광객들로 흥청거리는 시골역이나 시점을 고정시키기 어려운 시장바닥 같은 복잡한 장소의 분주한 운동을 그리면서 크게 흥분했던 것은 그 끝없는 뒤바뀜 속에서 본모습을 내보이지 않는 현실, 허공에 떠 있는 현실을 발견했기 때문이다. 그가 문학에 기대했던 것도 이 허공이었을 터인데, 그가 붙잡을 수 있는 것이 실제로 그것밖에 없었다. 그는 사실에서 한 걸음 비껴 서 있으려 했다고 말할 법하나 실제로는 사실이 먼저 그를 비껴갔다. 그가 자기의 것으로 인정할 만한 삶은 이 시대의 중심에도 없었고 변두리에도 없었다. 그가 늘 접촉했던 것은 변두리의 사람들이었지만, 그가 몰두하고 있는 작업을 이해하는 데에 가장 인색했던 것도 그 사람들이다. 이는 그 자신이 그들 사이에 있지 않았다는 것을 증명하기 위해서만 그 작업을 했으니 그들의 잘못이 아니다. 그런데 운명이란 참 묘하다. 사람들을 모아놓고 물건을 나눠주는 자리에서 자기에게 배당된 것이 마음에 들지 않는다고 내내 거부하는 사람은 결국 최악의 것을 제 몫으로 떠맡게 된다. 김도연은 자신이 피해 달아나던 허공의 현실이 결국 가장 잔인한 현실인 것을 느끼기 시작하면서 소설가가 되었다.

「검은 눈」 같은 소설은 이 잔인한 운명의 매우 끔찍한 예시이다. 폭설이 내려 길이 끊긴 산골의 외딴집에서, 남해안으로 동백꽃 구경을 간 노부모를 대신하여, 소 한 마리와 개 두 마리를 비롯한 수십 마리 가축의 건사를 책임지게 된 주인공은 깨어진 사랑의 슬픔을 못 이겨 돌배술을 마시고 깊은 잠을 잔다. 꿈속에서 인간의 말로 불평하는 가축들을 달래다 일어나 마지못해 먹이를 주고, 다시 꿈속에서 동물들과 분쟁하던 끝에 깨어나 먹이를 주고 술을 마시고 잠이 들고, 며칠을 이렇게 보내다 정신을 차린 그는 굶주린 개들에게 물어뜯겨 죽어 있는 자신의 시체를 발견하게 된다. 그는 꿈에서 깨어났던 것이 아니라 다른 꿈속으로 들어갔던 것이며, 자신이 했어야 할 일을 몽상 속에서만 실천했던 것이다. 그것을 알아차렸을 때 거울 속에 그의 모습은 없고 그는 검은 눈이 내리는 다른 세계 속에 들어가 있다. 빛이 없는 세계는 시간이 없다. 몽상의 세계에는 시간의 관념이 없다.

그의 현실부재 증명은 이렇듯 자주 시간의 코미디를 연출한다. 「가수는 노래하지 않는다」 같은 소설에서 이십 년 전에 했어야 할 일을 지금 하고 있는 주인공의 처지는 이십 년 전에 완결했어야 할 소설을 이제야 추스르고 있는 소설가 자신의 운명이다. (실제로 이 소설은 소설가가 대학생이던 80년대 어느 해에 한 대학신문의 현상모집에 응모하여 당선한 작품을 다시 개작한 것이다.) 주인공은 좌천된 산골 면소재지의 고속도로변에서 통행 차량을 검문하는 말단 경찰이다. 직무에 애착이 없어 자주 근무지를 이탈하고 인간관계에 서투른 그에게 현실은 권태롭고 미래는 암울하다. 게다가 그에게는 삶의 정열과 함께 식어버린 짝사랑의 기억이 있다. 어느 날 이 마을에 한 여자가 들어와 술집에서 접대부로 일을 한다. 주인공은 그 여자가 현상수배된 시국사범임을 알고 있고 수배자들의 사진에서 얼굴을 확인하기까지 하지만, 버스를 타고 다시 마을을 떠나는 여자를 검문하면서도 체포하지 않는다. 변해버린 시대에 낙오하여 뒤늦게 나타난 시국사범 하나를 체포하는 것이 빛나는 공훈일 수 없듯이 그녀를 모른 척 보내주는 것이 영웅적 행위일 수 없다는 것을 그는 잘 알고 있다. 다만 그에게는 옛날 마음속으로 사랑했던 여자가 여러 역경 끝에 지친 발로 걸어와, 가망 없는 삶을 견디고 있는 자기 앞에서 잠시 머뭇거렸던 것 같은 처연한 느낌 하나가 남는다. 잊혀지고 구석진 자리에서 이제는 아무도 부르지 않는 노래를 한 번 더 부르는 그에게는 다른 사람에게 후일담인 것이 여전히 현장의 이야기다. 그리고 이 뒤늦은 현장에는 옛날 열정의 봉우리가 지녔던 높이만큼 깊은 감정의 구렁텅이가 있다.

　다른 소설 「기차가 사북을 지나간다」에는 정확히 이십 년의 격차를 가진 두 사건이 겹쳐 있다. 박정희의 죽음과 함께 유신시대가 끝나고 신군부가 새로운 폭압정권을 세우기 위해 마지막 준비를 서두르고 있던 1980년 4월, 사북광업소의 광부들과 6천 명에 이르는 그 가족들이 노동쟁의를 하며 사북읍을 삼 일간 점거했던 사건이 있었다. 그때 사북은 하나의 해방구였다. 그 광부 가운데 한 사람이었던 주인공은 이십 년이 지난 지금 폐광된 광산의 탄층을 밟고 새로 들어선 카지노에서 도박에 몰두하고 있다. 몰두하고 있다는 것은 도박에 그가 열의를 바치는 것을 말하는 것이 아니라 그것밖에는 다른 일을 생각해내지 못하고 있다는 뜻이다. 이 전직 광부의 도박은 이십 년 전에 과거의 족쇄가 일시에 타파되는 것 같았던 며칠간의 해방감을 되살리며 그 마지막 잔여분을 지금 소비하고 있는 것에 다름아니다. 이십 년 전에는 운행이 중지되었던 기차가 다시 사북에 들어오는 날이 바로 그 해방의 끝이었다. 이십 년이 지난 지금 주인공은 수시로 기차가 지나가는 사북에서, 천지를 뒤덮은 폭설 때문에 길이 끊긴 곳에 자신이 갇혀 있다고 생각한다. 그는 마치 얼음에 갇힌 백조에 대해 "살아야 할 거처를 노래하지 않은 까닭으로 희망도 없이 스스로를 해방하는 자가 바로 자기라고 생각한다"고 읊었던 말라르메의 시구를 읽은 사람처럼 자신의 신세를 돌아본다. 그는 탄좌의 어느 막장을 폭파하던 중에 세계 각 대륙에서 파견된 사람들이 각기 다른 통로로 들어와 합류하는 이상한 동굴에 이르는 꿈을 꾼 적도 있다. 그와 그들은 동굴의 바닥에서 귀중한 어떤 것을 발견하게 되지만 그것을 독차지하기 위해 각기 자기가 들어왔던 입구를 막아버린다. 그들은 자진해서 거기 갇히는 것이다. 이십 년 전의 해방으로 현재의 자신을 해방하려는 자에게 해방의 소망은 감옥이 된다.

그런데 이 광부가 이십 년 전부터 발신인이 누군지 모른 채 수시로 받게 되는 편지, "곰 한 마리. 도마뱀 한 마리. 길. 크기가 다른 세 개의 호수. 천막 두 동. 천막 옆의 십자가 세 개. 한 천막 안에 그려진 여인의 팔"을 나타내는 그림편지를 어떻게 이해해야 할까. 작가 자신이 그 그림의 일부를 설명한다 : "세 개의 호수를 지나 그가 오기를 기다리는 곰 한 마리가 머무는 그곳으로 가는 길이. 그러니까 그는 불도마뱀이라는 얘기다." 그렇다면 그림의 나머지는 죽음의 십자가에서 두 동의 텐트를 지나 호수까지 가는 도정으로 설명될 수 있을 것이다. 두 동의 텐트는 말할 것도 없이 삶을 잠시 캠핑으로 바꾸어놓았던 이십 년 전의 해방구와 지금의 도박장일 터이다. 그리고 도박장에는 룰렛에 상아구슬을 던지는 딜러 여자의 팔이 있을 뿐이다. 해방감의 잔여분을 소비하며 현실에의 부재로 현실의 해방을 대신하는 광부의 여정은 마지막 텐트를 결코 벗어날 수 없을 것이다.

크기가 다른 세 개의 호수와 곰에 관해서 말한다면, 그것은 이 시간 코미디의 근원에 자리잡은 자연의 비극을 암시한다. 호수 찾아 떠돌기를 주제로 삼고 있는 소설 「지중해」에서 그 설명의 한 끝을 발견할 수 있을 것 같다. 동해안 국도를 북쪽으로 타고 올라가는 버스에서, 고니의 사진을 찍기 위해 여행하는 남자와 지중해를 찾아간다는 여자가 나란히 앉게 된다. 강원도 해안의 호수를 거쳐 지중해에 도착하겠다는 여자의 태도는 진지하다. 그녀는 그리스어를 알고 있으며, 이름난 고대 궁전들의 구조에 상당한 지식을 지녔다. 그러나 남자는 고니를 발견하지 못하며, 여자는 지중해에 이를 수 없다. 남자와 여자는 경포호 언저리의 호텔이나 영랑호·건너편의 모텔에서, 또는 화진포와 바다가 함께 보이는 콘도의 객실에서, 잠자리를 같이할 수 있을 뿐이다. 남자는 카메라의 렌즈를 여자의 알몸에 겨냥했고, 두 사람은 서로 끌어안고 사진을 찍는다. 그런데 남자의 수첩에는 이미 삼 년 전에 두 사람의 모습을 함께 담은 사진이 들어 있다. 두 사람은 공동의 추억을 확인한다.

저 시골 경찰이 현실을 추억의 가장자리에 옮겨놓음으로써만 영웅이 되고, 저 전직 광부 도박사가 추억 속에 도박장과 해방구를 겹쳐놓고 혁명가의 몸짓을 시늉하는 것처럼, 이들 두 여행자 역시 추억의 인간들이다. 자연은 깊이를 잃었고, 이른바 '강원도의 힘'을 소진했다. 자연이 아우라를 잃을 때, 그 깨어진 깊이를 메워주는 것은 추억이다. 남자의 고니 촬영은 추억의 길을 따라 잃어버린 시간 찾기이며, 여자의 지중해 여행은 자연에 추억을 덧씌워 그 황폐함을 감추려는 시도이다. 두 사람이 구실로 삼는 지중해와 고니는 그들이 애초에 찾으려 했을 자연, 온갖 상징과 은유를 담보하고 인간 삶의 경계를 무한한 깊이까지 연장해주는 저 그윽하고 통일된 자연의 알레고리일 뿐이다. 그러나 자연의 은유적 깊이는 인간과 사물과 세계 사이에 통일된 유추관계를 마련하지만, 추억의 알레고리적 깊이는 개인의 시간과 경험 속에 고립된다. 여자는 그 점을 모르지 않는다. 삼 년 전의 사진을 불태우고 새 사진을 남겨두어 추억을 갱신하려는 그녀는 한 벌의 깊은 추억보다 여러 벌의 얕은 추억을 선택하는 편이 내내 거듭되어야 할 자신의 지중해 여행에 더 유리하다는 것을 안다. 그녀는 기억의 고립을 피하기 위해 추억을 삼 년 단위로 소비하며, 파편화된 자연의 비극을 감추기 위해 파편화된 추억으로 시간의 코미디를 연출한다.

자연의 비극은 곧 소설가 김도연의 비극이다. 그의 소설 속 인물들은 자연 속에 있을 때 자주 고립된다. 「가수는 노래하지 않는다」의 박순경은 결코 해변 카페에 갈 수 없으며, 시골 지서를 떠나고 싶어하나 어떤 노력도 하지 않는다. 「검은 눈」에서도, 「기차가 사북을 지나간다」에서도, 「소리개가 떴다」에서도, 화자와 주인공들은 모두 오지의 폭설에 갇혀 있다. 이들 세 소설에는 각기 오줌 줄기로 눈 속에 노란 벌집을 뚫는 장면이 한 번 이상 들어 있다. 그것은 백설에 뒤덮인 자연에서 어떤 참신한 기운도 찾을 수 없고, 그것과 인간 사이에 어떤 정신적 교류도 가능하지 않다는 표시이다. 자연은 우연한 폭력이 되고 인간은 그 속에 누추하게 고립되어 있다. 특히 「소리개가 떴다」에서는 자연의 정신성 상실과 그로 인한 불행한 사태의 조짐이 뚜렷한 알레고리로 표현된다. 한 국립공원에 폭설이 내려 세상과 관리소 사이에, 관리소와 산간 사이에 교통이 두절되는 날, 높은 예견력을 지니고 있던 그곳 암자의 노승이 세상을 뜬다. 스님의 장례를 치를 길이 막막한데, 새들이 무리지어 산을 떠나간다.

죽은 스님이 중생을 구제하려 했던 제도 방편의 예언들이 편언척자(片言隻字)로 화하였다가, 다시 한 마리 한 마리의 새가 되어, 살아가는 것인지 죽어가는 것인지 모르게 산을 떠나가고 있었다. 뒤로 텅 빈 산의 쓸쓸한 바람이 아름드리 나무들을 연신 울려댔다.(184~185쪽)

빛나는 기운이었던 것이 쓸쓸한 바람으로 바뀔 때, 떠나가는 것들이 떠나가기만 하는 것은 아니다. 산을 떠나던 한 떼의 산새들은 관리소 근처의 나무에 머물러 자기들끼리 싸움을 벌인다. 까마귀떼에 쫓겨 하늘을 감돌던 소리개가 까마귀들을 제쳐두고 노란 새 한 마리를 발견하여 덮친다. 인간과 사물 사이에 소식이 두절되고, 뜻이 단지 기호로 타락하여 사라지고 나면 이유를 알 수 없는 폭력만이 남는다고 소설가는 말하고 싶었을 것이다. 폭력은 깊이없음의 다른 이름이다. 인간은 깊이 속에서 고립되는 것이 아니라 깊이가 없는 곳에서만 고립된다.

「춘천 가는 배」는 자연의 깊이 상실에 대한 일종의 역사적 고찰이다. 17세기의 주자학자 곡운(谷雲) 김수증(金壽增)은 관직에서 물러난 후, 춘천의 북서쪽, 현재의 화천군에 속한 곡운에 퇴거하여, 그곳 북한강 언저리의 아홉 절승을 골라 곡운구곡(谷雲九谷)을 지정하였다. 자신이 이상향으로 여긴 그 자연을 학문입도의 철학적 이치로 은유하려 했던 것이다. 김도연의 소설은, 19세기의 어느 날, 환갑을 맞은 도산이 후학 문산(文山 李載毅)과 함께 배를 타고 북한강을 따라 오르는 유람으로부터 시작한다. 다산은 곡운이 정했던 구곡의 내용을 수정하고 순서를 바꾼다. 그로서는 이 구곡의 수정이 주자학적 세계질서를 거부하고 새로운 시각으로 자연을 이해하려는 시도였다. 그리고 한말의 어느 날, 필경 동학혁명에 참가했다 살아남은 자일 취생과 몽생이 소금장수 또는 소금 도둑의 신분으로 배를 타고 구곡에 접근한다. 그들에게는 구곡의 철리 은유도 다산의 사실주의적 수정도 자연 속에 연장된 당쟁의 일부로만 여겨진다. 이상향의 은유로도, 흥취 없는 풍광의 사실로도, 도망자인 그들의 몸을 숨길 수는 없다. 그러나 구곡을 찾는 것은 그들만이 아니다. 현대의 어느 날 동양화가 백파가 늙은 한학자 동송을 자동차에 태우고 구곡을 찾는다. 백파는 김수증의 후손인 동송의 글씨를 받아 자신의 구곡화첩에 표제자로 쓰려는 야심에서 이 여행을 기획한 것이다. 완고한 동송은 다산을 규탄한다. 그래서 동송의 글씨와 다산의 명성을 함께 이용하려는 백파의 계획은 성공하기 어렵다.

주자학자의 은유적 철리는 실학자 다산을 만나 미신이 되며, 두 세기를 격한 이 자연 논쟁은 다시 실패한 혁명가 취생과 몽생에게 무의미한 기호의 싸움으로 인식된다. 동양화가에게는 이 죽은 기호가 물신으로 된다. 완고한 한학자에게 선조의 철리는 여전히 철리로 남지만, 맥이 끊긴 시간 속에 고립된 이 철리가 또하나의 물신인 것은 말할 것도 없다. 그러나 소설의 서술에서 가장 큰 비중을 차지하는 것은 취생과 몽생의 뱃길이다. 도취하여 사는 취생과 꿈속에 사는 몽생은 그들의 뱃전에 전대의 여행자들과 후대의 여행자들을 모두 불러들여 그들과 토론할 수 있었다. 그들은 철리의 자연과 물신의 기호 사이 좁은 협곡을 타고 '춘천 가는 배'를 모는 것이다. 자연과 기호의 두 극단이 그들의 취기와 몽상 속에서 통합되는 듯도 하다. 실제로 소설가의 필치에서 수면과 강변의 자연이 가장 아름답게 묘사되는 것도 그들의 뱃길을 말할 때이다. 그러나 어떤 도취 속에도 현실의식은 남아 있고, 현실의식이 가장 가혹한 것도 그때이다. 몽생은 묻는다.

난 소금 도둑일 뿐이야. 그런데…… 아무리 생각해도 이건 불가능한 일이야. 어떻게 내가 저들과 한 배를 타고 있을까? 내가 꿈을 꾸는 걸까? 아니면 다른 이의 꿈에 들어간 걸까? 취생, 다른 이의 꿈에 들어간다는 게 가능한 일일까?(277쪽)

벌써 빛을 잃고 있는 한 자연을 그에 대한 역사적 기억과 함께 바라보는 것이 가능하느냐는 질문이다. 술집의 작부인 소양강 처녀가 적절한 대답을 찾아준다 : "어쩌면…… 그 그림이 꾸는 꿈이 아닐까요?" 그림은 정지된 자연이며 기억과 시간의 단면이다. 그러나 정지와 단면은 운동의 연속을 전제한다. 한 번 멈춰서고 한 번 끊어졌기에 영원한 운동을 드러내는 이 그림의 시간, 그것은 인간들의 끝없는 염원을 풍경의 한 순간에 바친 집중력의 시간이다. 그러나 의문문의 형식을 빌린 소양강 처녀의 대답에는 자신감이 부족하다. 그림을 그리며 시간을 바치는 자의 집중력과 그것을 관상하며 그 시간 속으로 다시 따라들어가는 자의 집중력은 결코 흔한 것이 아니기 때문이다. 집중력의 시간은 현재의 시간과 무의식의 기억을 아우른다. 이에 비해 명정과 몽상은 집중력을 흉내내는 또다른 종류의 시간 코미디에 불과하지만, 이 코미디가 단 한 번이라도 짧게 저 집중력과 같은 효과에 이르지 못한다고는 할 수 없을 것이다.

「아침못의 미궁」은 일종의 집중력 연습 프로그램이다. 무대는 다시 강원도 해안의 낙산 또는 낙가산이며, 탐구의 길에 들어선 인물은 의상(義湘)이다. 한국 화엄불교의 첫 조상인 의상은 관음보살이 머물고 있다는 동해안의 동굴에서 정갈한 마음으로 세 번 기도하여 보살의 진신을 볼 수 있었다. 의상은 굴이 있는 산꼭대기에 낙산사를 짓고, 관음보살이 바다에서 붉은 연꽃을 타고 올랐던 자리에 홍련암을 지었다. 그후 천사백 년이 지나, 김도연의 소설에서 현대의 의상은 그가 본 적이 있거나 있다고 생각하는 한 여자를 찾아, "마음을 유린시켜 벼랑으로 몰았다가, 그 꿈과 현실의 경계선에서 돌연 정체를 숨기는" 한 존재를 찾아, 낙산사 일대를 떠돈다. 그는 다른 길로 벗어날 수 없는 홍련암의 외길 안개 속에서 그녀를 잃었거나 잃었다고 생각한다. 홍련암과 아침못은 이 탐색의 두 중심이다. 소설가는 이 이야기가 〈심우도〉의 한 변형임을 여기저기서 암시한다.

그래서 의상이 그 여자 재인 대신 만나는 "새벽의 아침못으로 들어간 여자. 숭어가 뛰었던 방파제에서 낡은 흑백사진의 웃음을 흘리며 술을 파는 여자. 서적 속에서 침묵하는 여자"는 저 〈심우도〉에서처럼 잃어버린 소 찾기 또는 잃어버린 마음 찾기의 각 단계일 것이다. 한번은 홍련암에서 재인의 소식을 물었고, 한번은 두 개의 거울을 이용해 신선봉의 거대한 관음상을 불당 위에 비춰놓는 관음굴에서 재인의 얼굴을 잠시 보았으며, 또 한번은 금지된 문을 열고 들어가 세상의 길과는 분명 다른 차원으로 뚫린 숲길을 달렸다. 그는 홍련암의 여자가 읽는 책에서 글자 이상의 소식을 듣지 못하며, 관음굴 거울 속 재인의 얼굴을 실제의 얼굴로 바꾸지 못하며, 다른 차원의 숲길에서도 세상의 소란에서 완전히 벗어나지 못하여, 그의 행로는 매번 죽음의 아침못에 이르고, 그의 달음질은 그를 7번 국도의 구렁텅이에 처박는다. 그는 길을 발견했으나 그 길을 옳게 가지는 못한다. 길을 아는 것과 길을 걸어가는 것은 다른 것이다(영화 〈메트릭스〉). 그가 탐색을 시작할 때보다 더 많이 알고 있는 것이 있다면, 그것은 자기가 찾는 것이 또한 자기를 찾고 있다는 것이다. 재인의 목소리는 가끔 말한다 :

"의상, 여기까지 왔군요. 길에 지치지 않았나요. 어디론가 가야만 한다고 고집하는 길. 가도 도착할 수 없는 길. 저는 아직 그 길을 이해하지 못했어요. 어쩌면 의상보다 먼저 포기할지도 몰라요. 그 지점은 무엇을 가리킬까요. 그곳으로 갈 수 있겠어요? 아니, 아니에요. 이것은 제 욕심일 뿐이죠. 두려워요. 길에서 쓰러져본 자만이 느낄 수 있는 이 두려움. 길은 저를 어디로 휘몰고 있는 건가요. 의상과의 사랑으로? 어떤 사랑? 사랑에서 다시 갈라지는 무수한 길이 핏발 선

실핏줄처럼 눈을 휘감아요! 가지 말아요, 의상…… 그곳에서, 눈을 감아버려요. 절대 길을 보지 말아요."(247쪽)

눈을 감는다는 것은 길을 포기하고 죽음 속에 떨어진다는 것만을 의미하지는 않는다. 눈을 감는 자에게는 길과 길 아닌 것의 구분이 없다. 소설가가 쓰는 것처럼 "누구의 추적도 간단하게 받지 않는 길은 누구의 행로도 쉽게 쫓을 수 없다"는 것이 사실이라면, 만인의 추적을 받는 세상의 평범한 길에서는 만인의 행로를 쫓을 수 있을 것이다. 의상은 어쩔 수 없이 현실로 돌아온다. 재인의 소식은 끊어졌으나, 아침못에 몸을 던져 죽은 여자의 신원이 밝혀져 그녀가 재인이 아니라는 것은 알게 된다. 이런 종류의 모든 탐색여행기의 주인공들이 깨닫게 되는 것처럼, 의상에게도 그가 탐구하는 진리는 그 부재증명에 의해서만 그 존재가 증명된다. 의상은 마침내 그가 찾으려 했던 재인 대신 "입에서 썩은 놀래기 냄새가 피어나는 방파제의 여자에게" 담담한 표정으로 오래 입을 맞추게 되는데, 이 결말은 〈심우도〉의 마지막 단계 입전수수(入廛垂手)의 지경에 해당할 것이다. 그는 현실에서 사랑할 것을 찾는다. 그러나 이 현실인식은 결단보다는 단념에 더 가깝다. 그의 현실 행로를 먼 거리에서 지켜줄 관음의 시선, 은유의 시선이 부족하여, 그의 사랑 역시 잃어버린 여자에 대한 알레고리에 머물고 말기 때문이다. 기운이 복원되지 않는 세상에서 저잣거리에 들어서는 것만으로 화엄이 이루어질 수는 없다.

먼 거리의 시선이 부족할 때 소설가는 그것을 저 자신의 노력으로 메우려 할 것이다. 그래서 소설쓰기는 자연 만물에 그 은유적 관계가 소멸하였음을 깨닫고도 그에 관해 끊임없이 말해야 하는 형벌이

다. 실제로 김도연은 「야하고 묘하고 혹한 이야기」에서 자신의 소설
습작과정을 '벌받으면서 글쓰기'로 표현하고 있다. 그는 이 형벌에
서 벗어날 수 없음을 안다. 누릴 수는 없어도 잊지는 말아야 한다는
말은 상징문학의 숨겨진 원리가 아닌가. 사랑을 그 기억의 알레고
리로라도 적어두어야 문득 사랑이 나타났을 때 그 얼굴을 알아볼
것이다. 그리고 그때 아직 소설가의 현실에 머문 김도연의 현실은
수식어 없는 현실이 될 것이다.

작가의 말

어둠 속으로 달이 떠오른다. 이곳은 아직 꽃이 피지 않았다. 늘 그
렇듯이 세상의 봄꽃이 져야 이 마을에 꽃이 핀다. 먼지 날리는 길을
걷지만 꽃을 기다리는 것은 아니다. 눈을 기다리는 것도 아니다. 게
으르게 몇 장의 책을 넘기고 몇 잔의 술을 마시며 그저 바라볼 뿐이
다. 바람 부는 길 위에 책상과 의자를 놓고서. 글이, 소설이 무엇인
지 나는 모른다. 어떤 날은 고통스럽게 한 줄을 넘어갔고 또 어떤
날은 낄낄거리며 한 장을 끝내기도 했다. 그 길 위에 지푸라기 같은
희망이 있었다면, 글이 나를, 내가 누구인지를 말해주었음 하는 것
이었다. 그러나 나는 아직 내가 누군지 모른다. 내 손을 떠난 글이
누구의 아궁이에 들어가 구들장을 데울 수 있으리란 조금의 희망도
갖지 않는다. 지난 십 년 동안 내게 소설이란 것은, 모습을 드러냈
다가 사라지기를 거듭하는 신기루 같은 것이었다. 잡았다고 환호하
면 어느새 손가락 사이로 달아나는 모래. 그 사막은 한없이 넓어 숨

이 막혔고 또 어느 날은 마당만한 넓이로 변해 나를 안심시켰다. 춘천과 수원, 그리고 지구의 절벽에 자리한 이곳 당근밭에 도착하는 동안. 그 세월의 폭설과 눈보라 속에서 이 글들은 씌어졌다. 엄살처럼 많이 아팠고 많은 것을 잃었다. 악몽을 죽이려 술을 마셨다. 귀신에게서 도망치려고 밤마다 꿈을 기록했다. 그러나…… 참담하다. 참담하다. 감당조차 하기 힘든 무모한 발자국이 도처에 가득하다. 돌이킬 수조차 없다. 그러한즉…… '얼굴 없는 희망'의 선생님, 저는 아직도 보들레르의 '저 정체 모를 원수'가 무엇인지 몰라 강의실을 떠나지 못하는 열등생일 뿐입니다.

동쪽 산능선 위로 올라오는 보름달
담배를 피우며 바라본다
잎이 모두 떨어진 능선의 나무들이 환하게 가지를 드러낸다
새들은 자신이 노래 부르는 것을 잊어버리지 않기 위해 꿈속에서도 노래를 부른다고 한다
나의 다음도 그랬으면 좋겠다

2002년 7월
김도연

문학동네 소설집
0시의 부에노스아이레스
ⓒ 김도연 2002

초판인쇄 │ 2002년 7월 13일
초판발행 │ 2002년 7월 20일

지 은 이 │ 김도연
책임편집 │ 김현정 조연주 장한맘 손미선
펴 낸 이 │ 강병선
펴 낸 곳 │ (주)문학동네
출판등록 │ 1993년 10월 22일 제22-188호

주   소 │ 136-034 서울시 성북구 동소문동 4가 260번지 동소문빌딩 6층
전자우편 │ editor@munhak.com
전화번호 │ 927-6790~5, 927-6751~2
팩   스 │ 927-6753

ISBN 89-8281-520-1 03810

www.munhak.com